新潮文庫

リオ

―警視庁強行犯係・樋口顕―

今野　敏著

新潮社版

8249

リオ

警視庁強行犯係・樋口顕

1

中島昇は、雨合羽《あまがっぱ》から顔に雫《しずく》が垂れるのも忘れて、ドアの隙間《すきま》から見える女の姿に眼を瞬《しばたた》いた。

五月というのに、外は冷たい雨が降っていた。廊下には、ビニールの合羽から滴《したた》った雫が点々と落ちている。

それがエレベーターの前まで続いていた。エレベーターは一基だけ。六人も乗れば満員になる小さなものだった。

「あの……。新聞の集金です……」

中島昇は、眼をそらして手元の領収書を見た。

表札には、野沢と名字だけが書いてある。領収書には、ワープロの文字で野沢朱美《あけみ》と記されてあった。

　野沢朱美は、オリーブドラムのタンクトップだけを着ていた。そのタンクトップは、ワンピースのように体を覆《おお》っているが、乳房の大半が露《あらわ》になっており、下半身の下着がもう少しで見えそうだった。

「ちょっと待ってね……」

　彼女は、面倒くさげに言うと、いったんドアを閉めた。しばらくすると、ドアを今度は大きく開け、財布を持って現れた。

　相変わらずタンクトップしか身につけていない。乳首がはっきりとわかった。

　中島昇は、なんだかやるせない気分になった。

「三千八百五十円です……」

　野沢朱美は、財布から五千円札を取り出した。動くたびに豊かな乳房が揺れた。今にもタンクトップからこぼれ出てしまいそうだった。

　挑発されているような気分になってきた。

「お釣りです……」

　お釣りを受け取るために野沢朱美が手を伸ばす。

（この手を握って引き寄せちまいたいな……）

中島昇は思った。（こんな恰好《かっこう》で玄関先に出てくるんだ。抱きついても抵抗しないかもしれない。俺を誘ってるんじゃないのか……）

釣りを渡すとき、手が触れ合った。

すんでのところで行動を起こすところだった。

突然、廊下の奥のほうでテーブルを引っ繰り返したような激しい音がした。その音で、はっと我に返った。

野沢朱美と中島昇は、同時にその音のほうを見ていた。

すぐに関心をなくした様子の野沢朱美は、ドアを閉めようとした。誰かが、食器の載ったテーブルでも引っ繰り返したのだろうと、中島昇も思った。

「毎度ありがとうございました」

中島昇が言ったそのとき、若い女の悲鳴が聞こえた。

ドアを閉じかけた野沢朱美が、驚いて大きくドアを開き、身を乗り出した。

野沢朱美の薄茶色の乳首が、タンクトップの脇《わき》から覗《のぞ》いているのに気づいた。

「痴話喧嘩《げんか》かしらね……」

「は……？」

「今の声よ。何か引っ繰り返すような音も聞こえたし……」

「あ……。そう……、そうかもしれませんね……」

「突き当たりの部屋みたいだったわね」

「そうですかね……」

乳首が気になっていた。

「でもおかしいわ……。突き当たりの部屋は空き部屋のはずよ」

「そうですか？」

「ちょっと、あなた、見てきてよ」

「僕がですか……？」

「ほかに誰がいるの？」

(まいったな……。何で俺が……)

中島昇は、心の中でぶつぶつ言いながら奥のほうへ進んだ。(どうせ、つまんないことで喧嘩してるんだ)

振り向くと、野沢朱美がドアの隙間から顔だけ出している。

他の部屋の連中は、顔を出そうともしない。

(東京のマンションなんてこんなもんだ……)

隣りの部屋で何か起こっても知らん顔だ。それが、都会の生活では必要な処世術なのかもしれないと中島昇は思った。

突き当たりの部屋の前までやってきた。だが、どうしていいかわからない。

ドアをノックして、「どうかしましたか?」などと尋ねるのはひどく不自然な気がした。

部屋の中は静まりかえっている。ドアノブを握って回してみた。

ドアが開いたらどうするか——そんなことまでは考えていなかった。

ドアノブは回らない。鍵《かぎ》がかかっていた。中島昇は、もう一度振り返った。野沢朱美は、まだこちらを見ていた。

(どうしろってんだよ、まったく……)

突然、ドアが勢いよく開いた。

あやうく、顔面にドアを叩《たた》きつけられるところだった。

中島昇は、慌《あわ》てて後ろに下がった。

戸口から、誰かが飛び出してきて中島昇にぶつかった。

「いて……」

ぶつかった相手は、びっくりして中島の顔を見た。

言葉をのみ込んだ。

これまで出会ったことがないほどの美しい娘だった。

大きな眼は、美しい鳶色《とびいろ》をしている。髪は、茶色っぽく透明感があったが、脱色しているわけではないことがすぐにわかった。生まれつきそういう色をしているようだった。ごく自然な色だ。

肌の白さが際立《きわだ》っている。

唇は、明るいピンク色をしているが、ルージュをさしているわけではなさそうだった。持って生まれた色なのだ。

顔だちは、いたって端正だが、その上愛らしさが同居している。

癖のない長い髪を自然に垂らしている。その髪の毛先のほうの一部が濡《ぬ》れていた。

「あ……」

中島昇は、何か言おうとした。

娘は、慌てて駆けだした。

娘の衣服が乱れているような気がした。何より不自然なのは、娘が白いソックスを手に持っていることだった。

娘は、エレベーターの脇にある階段を駆け降りていった。

ドアは開いたままだった。

野沢朱美が部屋を出て近づいてきた。彼女は、白いバスローブを羽織っていた。

「あれ、普通じゃないわよね……」

「そうですかね……」

「やだ……。何、この臭《にお》い……」

彼女は顔をしかめた。

たしかに、部屋の中からひどい臭いが漂ってきていた。

野沢朱美は、部屋の中を覗こうとした。中島昇は、言った。

「ちょっと……。まずいですよ……」

「だって、この部屋、誰も住んでいないはずなのよ」

さらにドアを開き、中に上半身を突っ込むようにして様子をうかがった。その体が、一瞬にして硬くなった。

「何です……？」

ゆっくりと体を引いた。眼を大きく見開いている。みるみる顔色を失っていった。

野沢朱美は、中島昇を見つめている。その眼に涙が溜《た》まってきた。

「どうしたんですか？」

中島昇は、ひどくうろたえて尋ねた。

野沢朱美は、部屋の中を指さした。

おそるおそる戸口から部屋の中を見た。彼は、思わず、う、と声を洩《も》らした。

部屋の中に、人が倒れている。その頭部が血まみれだった。床にも血溜まりができつつある。

中島昇は下半身から力が抜けるような気がした。その背中にしがみつくようにして、野沢朱美が再び部屋を覗き込んでいた。中島昇に体を押しつける形になっていた。中島昇はその感触に気づいた。

「死んでるの……?」

「わからない……」

「どうすればいいの?」

「警察だよ」

「救急車じゃない?」

「その、両方だ」

「あ……、あたしの部屋から電話を……」

「そうだな……」

「だから、あなた、電話してよ」

「僕が……？」

「あたし、一一〇番なんてしたことないもん……」

「僕だってそうだよ」

「あんた、男でしょう」

「わかったよ。電話するよ」

野沢朱美は、中島昇の腕にしがみつき、彼を部屋に引っ張っていった。

周囲の部屋の住人たちが、不安と好奇心の入り交じった顔を見せはじめたのは、それからずいぶんと経《た》ってからだった。

部屋にまずやってきたのは、警らの警官だった。無線で連絡を受け、現場に急行したのだ。

近くの派出所勤務の巡査と巡査部長のふたりだった。巡査部長の名は相馬、巡査の名は江藤だ。

「えー、こちら、現場到着《ゲンチャク》。通報者を確認しています。どうぞ……」

相馬巡査部長は、署活系のＵＷ１１０型無線機のマイクに向かって言った。それから顔をしかめてつぶやく。「だめだ。マンションの中からじゃ、無線が通じねえ……」

江藤巡査が窓を指さして言う。

「あそこから……」

相馬巡査部長が、窓に近づき、現場到着の報告をしている最中に、機動捜査隊の連中が到着した。ほとんどがジャンパーを着ている。背広を着ている者はいなかった。皆、受令機のイヤホンを耳につけている。機動捜査隊は、てきぱきと動き回り、現場の保存に努めた。

ひとりの機動捜査隊員が相馬巡査部長に近づいた。

「班長の木村です。通報したのは？」

「あちらにいるふたりです」

相馬巡査部長は、開け放たれたドアの向こうを指さした。廊下に、中島昇と野沢朱美が立っている。ふたりとも蒼《あお》い顔をしていた。機動捜査隊の木村係長は、うなずき、ふたりに近づいた。

木村は、まず中島昇を見た。

「お名前をお聞かせ願えますか？」

中島昇は名乗った。次に、木村は野沢朱美に名前を尋ねた。

「中島さん、ちょっとこちらへ……」

木村は、中島昇を離れた場所に連れていった。ひとりぽつんと取り残された野沢朱美は不安そうだった。

　木村係長は、尋問は必ずひとりにして行うという基本を守っていた。通報者や第一発見者が容疑者となる場合は、思いの外多い。

「中島昇さんでしたね……。年齢は？」

「二十一歳です」

「住所は？」

「西荻北三丁目……」

「職業は？」

「学生です」

「学生……？　どこの？」

「早稲田です」

「ほう……。早稲田……。で、その恰好《かっこう》は？」

「新聞配達のバイトをして奨学金をもらっているんです」

「今日はなぜ、ここへ？」

「集金に回っていたんです」

「通報したのは、あなたですか？」

「ええ」

「どこから？」

「彼女の部屋からです」

「彼女とあなたの関係は？」

「ねえ刑事さん。どうして僕がこんな質問をされなきゃならないんです？」

「通常の手続きだから気にしないでくれ。彼女との関係は？」

「何もありませんよ。今日初めて会ったんです」

「以前に集金に来たことはなかった？」

「ありませんでした。今月が初めてです」

「今日会ったばかりのふたりが、どうしていっしょに死体を発見するようなはめになったんだね？ しかも、彼女の部屋から通報している」

「通報しちゃいけなかったんですか？」

中島昇は、木村係長の扱いに少しばかり腹を立てはじめたように見えた。木村係長は、まったく気にしない様子だった。

「どうしてふたりで死体を発見するはめになったんですか？」

「廊下でお釣りを渡していたとき、物音と悲鳴が聞こえました」

「どんな物音だね？」

「何か……、食器を載せたままのテーブルを引っ繰り返すような……」

「悲鳴というのは？」

「若い女性の悲鳴です。その女の子が逃げていくところ、見ましたよ」

「どんな女の子でした？」

「ものすごい美人でしたよ。本当にすごくかわいかった……」

「年齢はどのくらい？」

「そうだな……。高校生くらいかな……。でも、あんまり美人なんで、歳《とし》なんかわからないくらいでしたよ」

死体と美少女。ちょっと意外な組み合わせだと木村は思った。

「服装は？」

「よく覚えてません。ミニスカートでしたけど……。着ている物は黒っぽかったような気がします」

「身長はどれくらい？」

「一六〇センチくらいかな……」

「髪形は？」

「長かったですよ。自然に垂らしてました。前髪だけ切りそろえていたかもしれない」

「死体を発見したときのことを順を追って話してくれませんか？」

「さっき言ったように、野沢さんが五千円出したんで、お釣りを渡しました。そのとき、テーブルが引っ繰り返るような、ガチャンという音がしたんです。そのときは、別に気にしませんでした。でも、その直後、悲鳴が聞こえたんです。野沢さんは、あそこの部屋は空き部屋のはずだと言いました。様子を見てきてくれって、野沢さんに言われて、ドアに近づきました。でも、どうしていいかわからなくて……。試しにドアノブを回してみましたが、鍵《かぎ》がかかっていました……。それで、どうしようかと思っていると……」

「鍵がかかっていた？」

木村係長は、話を遮《さえぎ》って確認した。「それは確かかね？」

「ええ。確かですよ」

「それから……？」

「どうしようかと思っていると、突然、ドアが開いたんです。危うく頭をぶつけるところでしたよ。そして、女の子が飛び出してきたんです。女の子は、僕にぶつかって……。そのとき、顔が見えたんです。肌が真っ白で……。大きな眼をしていたな……。ほんと、すごい美少女でしたよ」

「それで……？」

「ドアが開きっぱなしでした。まず、野沢さんが先に部屋の中を覗《のぞ》いて……。そして、僕が覗きました。そしたら……」

「そしたら……？」

「男の人が倒れているのが見えたんです。頭から血を流して……」

木村係長は、メモを見ながら話の流れを確認していた。やがて、顔を上げると彼は言った。

「何か特に気づいたことはなかったかな……？」

「気づいたこと？」

「変だなと思ったことや……」

「ひどい臭《にお》いがしてました」

「まあ、人が死んでいる場所は、そういうものだ」

「あ、それと……」

「何だね？」

「女の子、手にソックスを持っていました。白いソックスです。それに、髪が少し濡《ぬ》れていました」

木村係長は、表情を変えずにメモを取っていた。中島昇は、期待するような顔つきで木村を見ていた。

「あの……。これって、なんかを物語ってますよね」

「なんか？」

「つまり、彼女は、シャワーを浴びるか何かしていたんじゃないですか？」

「そうかもしれんし、そうでないかもしれない」

木村係長はそっけなく言った。「私にとっては、ただ、女の子がソックスを手に持ち、髪が少し濡れていたという事実にすぎない。連絡先を教えてくれますか？」

「連絡先？」

「何かあったときに、すぐに連絡が取れる方法だ。部屋に電話があれば一番いい」

「電話、ありますよ。でも、そんな必要があるんですか？」

「必要があるから訊《き》いているんですよ」

木村係長の態度は、抗議を許さぬものだった。しかたなく、中島昇は電話番号を教えた。「もう少し、ここで待っていてくれますか？」

「どうして……。もう、帰ってもいいでしょう？　販売店に戻らなきゃ……」

「もうじき所轄《しょかつ》署の刑事がやってきます。連中もあなたの話を聞きたがるはずだ……」

「もう一度同じことを話すんですか？」

「そうなるかもしれないし、別の質問をされるかもしれない。やってくる刑事次第ですね……」

　もうそのときには、木村係長は、中島昇への関心をなくしていた。彼は、ひとりで廊下に立っている野沢朱美を見ていた。

2

「ね、これって、殺人事件ですか？」

木村係長が近づいていくと、野沢朱美が好奇心を露《あら》わにした。

彼女はまだ顔色が悪い。死体を見たことによる緊張と恐怖からまだ抜け出ていない。

なのに、好奇心が勝っているようだった。

「警察が殺人と考えているかどうかに興味がありますか？」

「え……。それ、どういうことです？」

「尋ねたとおりの意味です」

「興味はありますよ。でも、一般的な興味で、個人的な興味じゃないわ」

「お名前を聞かせてもらえますか？」

「なあに、また、名前を言わなきゃならないの……？」

「ええ。お願いします」

「何のため？」

「私たちは、報告書を書かなければなりません。誰による供述かを明記する必要があるのです」

「本当にそれだけ？」

「そうです」

「わかったわ。名前は、野沢朱美」

「年齢は？」

「女性に平気で歳《とし》を訊くのね……」

「仕事ですから」

「二十三歳よ」

「こちらにひとりでお住まいですか？」

「そうよ」

「ええと……。ここの正確な住所を教えてくれますか」

野沢朱美は投げやりな調子でこたえた。

「職業は？」

「ＯＬよ」

「勤務先を教えてもらえますか？」

「ねえ、刑事さん。あたし、容疑者なわけ？」

「いいえ」

「じゃ、どうしてそんなこと訊くの？」

「だから……」

「わかったわ。報告書のためだというんでしょう。いつもこうなわけ？」

「そうですよ」

野沢朱美は、腹立たしげに溜《た》め息《いき》をついた。木村係長は、まったく動じない。彼はこうした尋問の際、女性のほうが面倒なことを心得ていた。

「コクボ事務器の庶務課に勤めているわ。会社の住所は、東日本橋三丁目……」

木村はメモを取りつづける。

「コクボはカタカナ。事務器の器はうつわよ」

「中島昇さんとの関係は？」

「誰、それ……」

「あの方です」

「ああ、新聞の集金の……。今日初めて会ったのよ」

「最初に死体を発見したのは、どちらです？」

「あたしよ」

「そのときの状況を詳しく教えていただけますか？」

「新聞の集金が来て……。あたし、玄関のドアを開けてお金を払っていた……。そしたら、物音が聞こえたの、その部屋から……」

「どんな物音でした？」

「ガチャンて……」

「ガチャンね……」

「そう」

「それから？」

「そのときは気にしなかったの。食器を落としたりすることがあるでしょう？　でも、そのあとに、悲鳴が聞こえたの」

「どんな悲鳴です？」

「若い女の悲鳴よ」

「それで……？」

「あたし、あの集金人に様子を見てきてって言ったの。何だか気味が悪いじゃない。だって、その部屋、誰も住んでいないと思っていたんだもの」

「誰も住んでいない……？」

「そうよ。そのはずよ」

「それからどうしました？」

「あたし、部屋のドアから様子を見ていたわ。そしたら、女の子が突然飛び出してきて……。あの集金人にぶつかって、それから逃げていった……」

「どんな女の子でした？」

「若い子よ。まあまあかわいい子ね」

その娘の容貌《ようぼう》について、ふたりの評価に差があるような気がした。

どちらの評価が正しいのだろう。

たぶん、ふたりの中間が正しいのだろうと、木村は考えた。若い男は、若い女性の容貌を過大に評価しがちだ。若い女性は、同年代か自分より年下の女性に対して評価がきつくなりがちだ。嫉妬《しっと》が混じるからだ。

つまり、かなりの美少女だったということだ。

「年齢はどのくらい？」

「あれ、女子高生ね」

「どうしてそう思います？」

「見ればわかるわよ。遊んでそうだったわ。最近は中学生もかなり遊んでいるらしいけど、中学生はあれほど垢抜《あかぬ》けていないもの」

「髪形や服装は覚えていますか？」

「長い髪。ちょっと茶色っぽかったけど、脱色はしていないわね。うるさい学校だったら、たぶんいろいろと言われてるわね。黒いジャケットに、黒いミニスカート。ジャケットは、アニエス・ベーっぽかったわ」

「アニエス……？」

「女子高生ご用達《ようたし》のブランドよ」

「その少女は、部屋を出てどうしたのですか？」

「あたしの部屋の前を駆け抜けて、あそこの階段を降りていったわ」

「駆け抜けて……？」

「そうよ」

「じゃあ、あなたが見たのは、ほんの短い時間ですね？」

「一瞬ね」

「その間にそれだけのことを見て取ったのですか？」

「女はそれくらいのことは、一目で見ちゃうのよ」

「目撃者が皆あなたのような人だと助かるのですがね……」

「あたし、ミステリーとか、好きなんだ。テレビの二時間ドラマとか、けっこう見てるのよ」

「あれはいいですね」

「刑事さんもそう思う？」

「ええ。二時間で事件が解決しますからね……」

野沢朱美は、笑った。その笑顔はちょっとばかり煽情《せんじょう》的な感じがした。

「あの部屋、鍵《かぎ》はかかってましたか？」

「鍵？　知らないわ。女の子が飛び出したときにドアが開いたままだったから」

木村係長は、うなずいた。

ふたりの話に矛盾した点はなさそうだった。

所轄《しょかつ》署である荻窪《おぎくぼ》署の刑事がやってきた。それを潮に、木村は、最後に野沢朱美の電話番号を尋ねて質問を終えた。

天童隆一警部補は、朝の会議を終えて席に戻ってきた。昨夜、荻窪署管内で起きた殺人事件の捜査本部が、荻窪署にできることになった。

捜査本部の開設および解散については、警察本部長が命ずると、犯罪捜査規範第二二条に規定されている。

東京では、警視総監が命令するということだが、実際に捜査本部開設の決定を下すのは、所轄署の幹部か、捜査課の課長、刑事部長、あるいは、それらの合議による。そうした決定のもとに警視総監に開設を要請するという形を取る。

今回は、荻窪署の捜査課長と署長が相談の上、警視総監に要請した。

実際に、捜査本部の開設準備などの段取りをするのは、天童隆一の役目だった。警視庁捜査一課強行犯第一係の係官である天童隆一は、捜査に関わるあらゆるバックアップを仕事としている。

強行犯第一係の責任者である天童隆一をいまだにショムタンと呼ぶ刑事は少なくない。最近の若い刑事は、ショムタンという言葉を知らないが、かつては、一般的に使われた言葉だった。

第二係が継続捜査を担当し、第三から第七までの係が実働部隊となる。

「ヒグっちゃん」

天童警部補は、自分の席の前に立ち、樋口顕《あきら》警部補を呼んだ。

「はい……」

強行犯第三係の係長である樋口警部補は、顔を上げ、立ち上がると天童警部補の席に近づいた。

「何か面倒な事案、かかえてたっけね？」

「今は別に……」

「荻窪署のコロシな……。出張ってくれないかね……」

「捜査本部ですね。わかりました」

天童警部補は、四十七歳になるが、すでに好々爺《こうこうや》の風貌《ふうぼう》を備えていた。人によっては哲学者の風格と言うこともある。年齢のわりには、白髪《しらが》が多い。痩《や》せ型で穏やかな眼をしている。刑事には珍しいタイプの眼だ。

樋口顕警部補のほうは、四十歳。

こちらは、年齢相応に見える。髪には白いものが混じりはじめていた。実務をこつこつとこなすタイプだ。派手なスタンドプレーは決してやらない。

背広に目立った皺《しわ》はなく、ワイシャツもよれていない。妻が気を遣っているのだ。それは健全な家庭を持っていることを物語っているようだ。

髪はすっきりと整えられていて、ソツのない印象がある。組織の中での彼への信頼は厚い。

樋口警部補は、第三係を率いて荻窪署に出かける準備を始めた。第三係は、部長刑事が六名、巡査の階級の刑事が六名おり、それぞれがペアを組んでいる。

天童警部補は、その様子を眺めて頼もしく思っていた。

(あのヒヨッコがな……)

天童は、かすかに笑みを浮かべた。(今では、りっぱな班長さまだ)

樋口警部補は、駆けだし刑事のころ天童と組んでいた。当時、天童は部長刑事で、捜査のイロハを樋口に教えた。

樋口は真面目《まじめ》さだけが取り柄の刑事だった。山っ気や押し出しがまったくない。

こんなやつに刑事が務まるのかと、天童は不安に思ったものだった。だが、樋口はなんとかやってのけた。

謙虚さが彼を助けた。

警察社会では、これはかなり特殊な事例だと天童は思っていた。謙虚さは、気の弱さと受け止められてしまうのだ。警察官は、なめられることを極端に嫌う。一般市民にも同僚にもなめられたくはないのだ。

樋口は、個人のプライドよりも効率を優先する傾向にあった。組織をうまく活用する天性の素質を持っている。

現在、天童が最も信頼する刑事のひとりとなっていた。

樋口に任せておけば間違いないと、たいていの者は思っているし、天童もそう思っていた。

「じゃあ、行ってきます」

樋口が打ち合わせを終え、天童に声をかけた。

「ああ、頼んだよ」

樋口小隊——警視庁捜査一課強行犯第三係は、荻窪署に向かった。

『マンション殺人事件捜査本部』の捜査本部長は、荻窪署の署長が務めていた。

捜査本部長には、警視庁の刑事部長か捜査課長、または所轄の署長が当たることになっている。

今回、住宅地の事件ということもあり、地域性が強いと判断され、荻窪署の署長がその任に就いた。また、捜査主任には、本庁捜査一課の理事官が就いた。

理事官は池田厚作という名で、五十歳になる白髪の警部だった。

捜査規範第二条には、捜査本部長が捜査主任を務めると定めてあるが、これは必ずしも実情に合わないので、たいていは捜査に慣れた者が主任として立てられるのだ。

荻窪署の刑事捜査課長が、捜査副主任となり理事官を補佐することになった。

この副主任である荻窪署捜査課長の下に、外勤の警官が五名つけられた。連絡業務や書類書きといった仕事を割り当てられる。いわば秘書役だ。

『マンション殺人事件捜査本部』は、通例どおり、庶務班、捜査班、予備班、鑑識班で構成されていた。

庶務班は、捜査員ではなく荻窪署の生活安全課から三名やってきた。実際に、捜査本部の設営をやってのけるのは、彼らの仕事だ。会議室に机を並べ、ホワイトボードを運び込む。電話を引き、捜査に必要な装備を調達してくるのだ。

食事の用意をし、ときには炊《た》き出しをやる。会計を引き受け、捜査費用を割り当てたりする。

捜査班は、本庁と荻窪署の刑事たちだ。実際に歩き回り、捜査に必要な材料をかき集めてくるのが彼らの仕事だ。

予備班は、たいてい、二名ないし四名で構成される。今回は二名だった。

予備班というのは、捜査主任の懐刀《ふところがたな》だ。ベテランがその任に就く。特定の任務に就かず、情報の交通整理をやる。

重要参考人や容疑者の尋問も予備班の役目だ。また、捜査主任の特命による捜査に当たることになっている。

鑑識班は、今回、荻窪署の鑑識係から二名やってきていた。必要に応じて人員を増減する予定だった。

樋口は、荻窪署署長の挨拶《あいさつ》を聞くふりをして、資料を読み進んでいった。

会議室に、机が並べられている。まるで学校の教室のようだった。樋口は、その最前列にいた。

正面には、捜査本部長の荻窪署署長と、捜査主任の池田理事官、副主任の荻窪署捜査課長がこちらを向いて坐《すわ》っている。

こういうとき、資料を読んでもなかなか頭に入らない。

他の連中は、すらすらと内容を理解しているような気がする。

樋口は、自分だけが理解力がないような妄想《もうそう》を一瞬覚えた。いつものことだった。同じ行を何度も読み返さなければならない。もう若くはない。樋口も、自分のことはかなりわかっているつもりだった。

どうして資料が頭に入らないか、その理由も理解していた。

彼は、書類に書かれている内容よりも、周囲の人間の顔色が気になるのだ。

自分が、他人の眼にどう映っているかが気になる。

特に、正面にいる上司や、階級が上の者の反応が気になるのだ。また、荻窪署の連中の中には、顔を知っている者もいるが、初めて見る顔もある。

初対面の連中が、自分をどう見ているかが気になるのだ。

若いころ、樋口は、そうした自分が嫌でたまらなかった。

自分勝手に振る舞う人間、他人の思惑を気にせずにマイペースで生きている人間をうらやましいと思っていた。

彼は、北海道の空知《そらち》にある小さな炭坑町の生まれだった。町の連中は、常に隣り近所の眼を意識して生きている。東京で大学生活を送った樋口は、そうした体質を疎《うと》ましく思っていた。

しかし、大学生活を送るうちに彼は、自分の中にその体質がしっかりと根づいていることに気づいた。そこから自己嫌悪《けんお》の日々が始まった。

どうしても自信を持つことができなかった。

なぜ、警察官を志したか、今となってはよく覚えていない。一般の企業に入るのが嫌だったことだけは覚えている。

経済原理に従って動き、競争を強いられるのがたまらなく嫌だったのだ。

しかし、警察も競争社会であることに変わりはなかった。

捜査課に配属された彼は、現場のすさまじさにまた自信をなくした。捜査畑は現場主義だ。学歴も階級も関係ない。

彼は実際に、キャリアの警部の椅子《いす》を蹴《け》っ飛ばす部長刑事の姿を見たことがあった。現場でへまをした若い警部を、ベテランの部長刑事が足蹴にしたのだ。

実際、面倒を見てくれたのが天童でなければ、尻尾《しっぽ》を巻いて警察を逃げ出していたかもしれない。

天童は、できないことを無理してできるふりをするな、できることだけを真剣にやれ、と教えてくれた。

その言葉どおり仕事をし、気がつくと、組織の中で信頼されていた。

樋口は、それがひどく不思議だった。周囲は、自分が思っている以上に自分を評価しているような気がした。

確かに失敗は少ない。それは、単に自信がないからだ。人が一度でやることを、何度も確認を取ってやる。

それが信頼につながるのだから、何だか皮肉な感じがした。

今でも、それは変わっていない。第三係を任されているが、自分には荷が重いと感じることもある。

周囲の評価と自分自身に対する評価のギャップをいまだに埋められずにいる。四十歳になり、娘が高校生になった今でもだ――。

樋口は、捜査資料の一ページ目を何とか読み進んだ。事実関係は、だいたい頭に入った。

ふと、自分の名が呼ばれるのに気づき、顔を上げた。

捜査主任の池田理事官が樋口を見ていた。樋口は、一瞬、その理由がわからず緊張した。

捜査副主任の荻窪署捜査課長が言った。

「では、予備班は、わが署の強行班担当係官、植村警部補と、本庁の係長である樋口警部補ということでよろしいですね」

そういうことか……。

樋口は、眼を書類に戻した。

（予備班だって……？　ベテランの仕事じゃないか……）

彼はまたしても思っていた。（荷が重いな……）

3

「一一〇番通報があったのが、午後七時五十分。通報者は中島昇、年齢二十一歳。早稲田大学の学生で、新聞配達のバイトをして奨学金をもらっています。当夜は、新聞の集金のために現場のマンションを訪れたということです。死体の第一発見者は、同マンション住人の野沢朱美、二十三歳。コクボ事務器のOLで、通報者の中島昇とともに、現場の部屋を覗《のぞ》いたと言っています……」

捜査副主任の荻窪署捜査課長が、事件の概要を説明しはじめた。

樋口は、その捜査課長の名前を思い出そうとしていた。

(たしか、尼城《あまぎ》といったか……)

「被害者の身元は所持品から割れました。安藤典弘《のりひろ》、四十八歳、不動産業。現場のマンションは、被害者の持ち物でした。死因は、鈍器による頭蓋骨《ずがいこつ》骨折、脳挫傷《のうざしょう》および硬膜下出血、つまり脳内出血ですね。凶器は、現場にあったクリスタル製の灰皿と見られています。傷は、少なくとも七か所。何度も殴ったようですな……」

樋口は、同じ予備班となった荻窪署の植村警部補のことを考えていた。年齢は、樋口よりもかなり上だ。額が後退しており、どこか脂《あぶら》ぎった印象があった。腹が出ており、赤ら顔で気難しげな印象があった。どこかで顔を見かけた覚えがあるが、これまで一度もいっしょに仕事をしたことはない。

彼とふたりで予備班を組むとなると、当然行動を共にしなければならなくなる。

(相手が昔ながらの刑事だとやりづらいな……)

樋口は、そんなことを考えていた。

昔ながらの刑事というのは、帝国陸軍の軍曹《ぐんそう》のようなものだ。部下をひっぱたいて鍛えるやり方しか知らない。

「刑事はお茶くみ三年」などという言葉をことあるごとに繰り返すような連中だ。

樋口は、警察の旧陸軍的というか、体育会的というか、そういった雰囲気が嫌いだった。その点でも、天童に助けられた。

天童も樋口も、学生時代から運動にはあまり縁がなかった。おかげで、ふたりとも術科が不得意だった。巡査部長になるためには、柔道、剣道いずれかの有段者あるいは有級者でなければならない。樋口は、ようやく剣道の初段を取り、その資格要件を満たした。

警察には、大学や高校の柔道部、剣道部などの出身者が多い。

そうした連中は、体育会の体質をそのまま警察に持ち込む。

植村警部補がそういうタイプでなければいいが、とひそかに願っていた。

「なお、通報者の中島昇と第一発見者の野沢朱美の両名は、現場から逃走する女性を目撃しています。年齢は、十七歳前後、身長約一六〇センチ。長い髪……。重要参考人ということになります」

樋口は、顔を上げた。

重要参考人……。十七歳くらいの少女……。少女が中年男を殴り殺したのか……。

一瞬、その光景を想像した。

だが、彼は、すぐにその想像をかき消した。

(少女はまだ容疑者ではない。予断は禁物だ……)

「そのふたりは……」

植村警部補が質問した。「重要参考人の女の子を同時に見たのかな?」

うなるような声の調子だ。ちょうど、ヤクザが凄《すご》むような感じだった。

捜査副主任の尼城課長が言った。

「その点については、直接話を聞いてきた者がいるから……」

尼城課長は、樋口の背後に眼をやった。椅子の音がした。誰かが立ち上がったようだった。

樋口は、振り向いた。

三十代半ばの刑事が発言するために立ち上がったのだ。荻窪署の刑事だった。見たことはないが、たぶん部長刑事だろうと、樋口は思った。

「ふたりは同時に少女を目撃しています。詳しいことは、書類にもありますが……」

「口頭で説明してくれよ」

植村警部補が、とがめるように言った。

樋口は、その口調にちょっとばかり嫌な感じがした。

「最初に現場の部屋の様子を見に行ったのは、中島昇のほうです。野沢朱美は、自分の部屋のドアからその様子を眺めていました。そこに、少女が飛び出してきて……」

「そのふたりの関係は？」

「え……？」

「関係だよ」

「初対面だと言っていました。中島昇が新聞の集金に来て……」

「確認を取ったのか？」

「確認……？」

「ふたりが初対面だという確認だ」

「いえ……。それは……」

「少女がいたというのは、そのふたりだけの証言だ。そのふたりは、第一発見者とその場にいっしょにいた通報者だ。ふたりが口裏を合わせていれば、少女をでっち上げることだってできる」

「はあ……」

これがベテラン刑事の考え方か……。

樋口は思った。

ありとあらゆることを疑ってかかる。なるほど、刑事は嫌われるはずだ。

植村の指摘が鋭いのは確かだった。第一発見者や通報者をまず疑えというのは捜査の鉄則だ。

しかし、仲間の捜査員を責めるような口調は気に入らなかった。

(私なら、あんな言い方はできない)

樋口は思った。(残念ながら、ああまで強気に出られない。相手の顔色をうかがってしまう)

彼は、人に嫌われることを恐れているのだ。相手が後輩や部下であっても気を遣ってしまう。

よく言えば円満な性格だが、ともすれば八方美人となる。そして、円満な性格が刑事に向いていないのは明らかだった。

司会進行役の尼城課長が言った。

「たしかに、その確認を取ってみる必要はあるね。少女を見たと言っているのは、そのふたりだけだ」

「もうとっくに誰かが裏を取っているものと思ってましたよ」

植村が皮肉っぽい口調で言った。

尼城はまったく気にしていないようだった。植村のこうした態度に慣れているのかもしれない。

（あるいは、こういう態度が当然と考えているのだろうか……）

樋口は、被害者の所持品リストを眺めていた。

免許証、銀行のキャッシュカード、クレジットカードが三枚。そのうち、二枚がゴールドカードだった。

財布に現金が七万円あまり。

（私の財布とはえらい違いだな……）

手帳や名刺入れの類《たぐい》は持っていなかった。被害者の写真がホワイトボードに貼《は》られている。

死体の写真だ。

頭が薄くなってきている。その髪をオールバックにしていたはずだ。その髪が乱れている。

乱れているのは髪だけではなかった。頭の形自体が歪《ゆが》んでいるのだ。頭部は、大きく陥没し、ぱっくりと傷口が開いていた。

眼を開いたままの死体。唐突に人生が終わったことに驚いているような表情だった。

樋口は、そういう一般的にはきわめて気味が悪いとされる写真を見てもすでに何も感じなくなっている。殺人現場のおびただしい血も、糞尿《ふんにょう》の臭《にお》いにも慣れている。そうなるまでには、ずいぶんと時間がかかった。刑事は、自分なりの方法でタフになっていく。

樋口の場合は、上の者に気に入られたい一心で、殺人現場の凄惨《せいさん》さや暴力と憎しみに満ちた刑事の日常をこなしていった。

「あ、それと……」

部長刑事が付け加えるように言った。「書類にもありますが、通報者の中島昇は現場に駆けつけたとき、部屋に鍵《かぎ》がかかっていたと言っていました」

「鍵……？」

植村警部補が、睨《にら》むように部長刑事を見た。

「ええ。中島昇は、ドアのノブを回してみたそうです。ノブは回らなかったそうです。つまり……」

「何で中島昇が……」

「最初に現場の部屋に様子を見に行ったのは、中島昇のほうなんです。野沢朱美に見てきてくれと言われて……」

「初対面なのに、そんなやりとりをしたのか？」

これも皮肉な口調だった。

「ええ……。まあ、そういうこともあるでしょう」

「もう一度、そこんとこ、突っ込むんだな……」

「はあ……」

部長刑事は、衆目の中で吊《つ》るし上げを食らっているような恰好《かっこう》になった。樋口は、部長刑事に同情するとともに、植村警部補と組んで仕事をしなければならなくなったことをひそかに憂《うれ》えた。

「まあいい」

植村はさらに言った。「つまり、中島昇によると、犯行が行われたときに、部屋の中にいたのは、被害者とその少女だけだということなんだな?」

「そう思えますね……」

ふと、樋口は気になった。

何が気になるのか自分でもわからない。だが、そのとき、捜査が予断に流れていきそうな感じがした。

理屈ではなかった。何だか、足元が危うくなるような生理的な不安感を覚えたのだ。

誰かが同じことを感じていてくれないだろうか。

樋口は、思った。そして、それを自分の代わりに発言してくれればいいのに……。

だが、誰も何も言わなかった。発言しようかと思った。だが、どう言っていいかわからなかった。

根拠がないのだ。

そのまま、話題が移ってしまった。

「では、捜査班を、地取り、敷鑑、遺留品の三班に分けることとします。班分けについては、のちほど発表します」

尼城課長が言った。

本庁からやってきた捜査員と、荻窪署の捜査員をうまく組み合わせて班を作らなければならない。そのために、幹部の打ち合わせが必要だった。

会議を終え、捜査本部長の荻窪署署長、捜査主任の池田理事官、捜査副主任の尼城課長、そして予備班の樋口と植村が集まり、捜査班の班分けを相談した。

捜査班は、ふたり一組で行動する。その組分けがなかなか難しい。

所轄《しょかつ》署は、捜査本部に年配者と新米を送り込むことが多い。一線でばりばりに活躍している刑事は、所轄の他の捜査に残しておきたいからだ。

また、本庁の刑事は、所轄の連中ほど地域のことを知らない。

そこで、本庁の捜査員と所轄の捜査員を組ませるのが一般的だ。

捜査員の個性を細かく把握しているのは、係長《ハンチョウ》である樋口と植村だった。

彼らが相談して組み合わせを決めなければならなかった。

こうした実務に関して、樋口はソツのなさを発揮した。樋口が植村のことを気にしているのと同様に、植村も樋口のことを警戒しているようだった。

本庁から来た、自分より歳《とし》の若い係長。

樋口は、誰が見ても植村よりもすっきりとした出《い》で立《た》ちをしている。特に運動を心掛けているわけではないが、腹も出ておらず体格も若いころとそれほど変わっていない。

（植村は、私のことを鼻持ちならないやつと感じているのではないだろうか？）

樋口は、そんなことを考えていた。

どうしても、初対面の人間が自分のことをどう考えているかが気になるのだ。

「地取りにもう少し人数を回したほうがいいな」

植村が言った。「今回の件は、ぞう品捜査の必要がない。遺留品も少ない。その分、聞き込みに回したほうがいい」

池田理事官と尼城がうなずく。

樋口は、「そうですね」と言って、すぐに班分けの訂正を始めた。

言葉遣いが丁寧になっている。

ぞう品捜査というのは、現場から盗まれた品の売却や入質といった処分先を捜査することだ。

今回、盗品については、あまり考慮する必要がないと判断されていた。

遺留品についても、それらしいものは現場から発見されていない。髪の毛などの体毛、唾液《だえき》などの体液などが残されている可能性があるが、それは、鑑識に任せることになっていた。

「なるべく鑑取りに年配者を回そう」

植村がまた意見を述べた。

敷鑑捜査——一般に鑑取りと呼ばれるのは、被害者の交友関係や親族関係など周囲の関係者を調べることだ。ときに、かなりプライベートな問題に立ち入って捜査しなければならないことがある。そのため、年配者が当てられることが多い。

年配者は、相手に何となく安心感を与える。

「わかりました」

樋口は、素直にその意見を受け入れ、人選を調整した。まるで、植村に命じられて樋口が実務をこなしているような印象があった。だが、樋口は、そのことを不満に思ってはいなかった。それより、自分が植村に対してどういう印象を与えたかのほうが気になっていた。

なるべく人間関係に波風を立てたくない。樋口は、知らず知らずのうちにそう考えてしまうのだった。

捜査班の組分けが決まると、即座にそれが発表された。初対面で組む連中が多い。

彼らはそれぞれに自己紹介をした。

本庁の部長刑事には、荻窪署の若手が、また、荻窪署の年配者には、本庁の若い刑事がつくように考慮してあった。

「地取りの班は、重要参考人と見られる少女を追ってみてくれ。それと、ふたりの目撃者の関係をもう一度洗う」

捜査副主任の尼城が指揮した。「鑑取りの班は、被害者の身辺を徹底的に洗う。被害者は不動産屋だ。取り引き関係も取りこぼしなくな。怨恨《えんこん》の線に絞って当たってみてくれ。遺留品捜査の班は、鑑識と協力して手掛かりを探す。では、よろしく頼みます」

捜査員たちは、椅子《いす》を鳴らして立ち上がった。

「さて……」

池田理事官が幹部連中に言った。「捜査方針について相談しなければならないな」

「通報者と第一発見者の言葉をもとにすれば……」

尼城課長が言った。「やはり、その少女が怪しいということになりますか……」

「そうだな……」

植村が言った。「部屋に鍵がかかっていたというしな……」

「まずは、その少女の特定と発見に全力を挙げるか……」

池田理事官が言う。

植村警部補が、皮肉な口調で言う。

「その女の子が実在すれば、の話ですがね……」

尼城課長は苦笑を洩《も》らした。同じ署の同じ課で普段顔を突き合わせている。植村の人となりを知り尽くしているのだろう。

たしかに、植村のような皮肉屋には同じような皮肉な笑いを浮かべて付き合うのが一番なのかもしれないと、樋口は思った。

池田理事官が植村を見て言った。

「目撃者の証言があるかぎり、実在するものとして捜査すべきじゃないか?」

植村警部補は、理事官を見た。

「ええ、わかってますよ」

まったく気後れした様子がない。

樋口は、池田理事官の心情を思いやってひやひやした。

「さて、もう一度事件をおさらいしてみようじゃないですか……」

尼城課長が言った。

池田理事官は、植村の態度を気にしていないようだった。手元の資料に眼を落とす。

(何で私は、こんなことばかり気にしていなければならないんだ……)

樋口は、資料を手に取り、読むふりをしてそう考えていた。

「天童さんよ……」

本庁の捜査一課長が声をかけた。

捜査一課長の名は田端守雄。階級は警視だ。役職も階級も天童より上だが、いまだに、さんづけで呼ぶ。

天童のほうが年齢が上というせいもあるのだが、哲学者然とした天童のたたずまいがそうさせている面もたしかにあった。

「はい……」

天童は、顔を上げた。田端捜査一課長は、天童の机の脇《わき》までやってきていた。課長が傍らに立ち、天童は坐《すわ》ったままだった。

「荻窪署の殺人、誰を送り込んだ?」

「第三係です」

「樋口小隊か……。ああ、樋口なら間違いなかろう……」

田端は、刑事畑一筋の実践派だった。柔道四段の猛者《もさ》で、首が太く逞《たくま》しい体格をしている。

だが、年齢と長年のデスクワークのせいで腹が出ており、背が丸くなっていた。猪《い》首《くび》の猫背で、大股《おおまた》で歩く姿は、ヤクザ者のような印象を与える。角刈りと赤ら顔が、その印象を強めていた。

「そう。樋口なら、何の心配もありませんよ」

天童は、穏やかな表情で言った。自分が育て上げたという自負がある。

「あいつは若いころからしっかりしたやつだった」

「ええ。そうですね」

「理事官が行っているが、捜査本部べったりというわけにはいかん。進展があったら、直接俺に知らせるように樋口に言ってくれ」

「わかりました」

田端課長は、天童の席を大股で離れていった。

天童はその姿を眺めながら、思った。

(ヒグっちゃんや。皆、おまえさんを評価してるんだ。自信を持っていいんだぞ)

4

樋口警部補は、茶を持ってきた制服警官に言った。

「茶は自分で淹《い》れる。気を遣わんでくれ」

制服を着た警官は、若い巡査だった。

「いや、でも……」

そのやりとりをそばで聞いていた植村警部補が首をのけ反らせるようにして樋口のほうを振り返った。

「樋口さんよ。これが荻窪署の教育なんだ。気にせんでくれ」

「はあ……」

樋口は、曖昧《あいまい》に言った。「でも、私のやり方がありますから……」

植村は驚いたように樋口の顔を見つめた。何に驚いたのかわからず、樋口はまた落ち着かない気分になった。

(自分の意見を言ったことに驚いたのだろうか？　それとも、「私のやり方」そのものに驚いたのだろうか？)

制服警官は、茶を置いて電話のある机のほうへ去っていった。彼らが電話番をやってくれていた。

「私のやり方って……」

植村が言った。

「え……？」

樋口は、思わず植村の顔を見ていた。

「それは、本庁《ホンブ》のやり方って意味か？」

「いえ。私個人のやり方という意味でして……」

（若い者の顔色を窺《うかが》うことがか？）

植村の表情はそう言っているように樋口には感じられた。

だが、植村はそれ以上何も言わなかった。その代わりに彼は、意味不明の笑いを浮かべた。

樋口は、眼をそらしていた。

子供のころ、いじめっこに笑いかけられて逃げ出したときに感じたのと同じものを感じた。

樋口と植村の予備班は、書類を洗いなおしていた。捜査主任の池田理事官と副主任の尼城課長もいっしょだった。

捜査本部長の荻窪署署長は、署長室に戻っていた。彼は立場上、捜査本部に常駐することはできない。

そのために、捜査主任を別立てにしたのだ。

「痴情のもつれかね……」

尼城課長がぽつりと言った。

「被害者は四十八歳。重要参考人の少女Aは証言によると十七、八……」

植村が言った。「三十も歳が違う男女が、痴情のもつれね……」

「男と女の間には何だって起こりうる」

「そりゃまあ、そうですがね……」

「十七、八歳といえば、高校生の年代だ」

池田理事官が、重々しい口調で言った。「最近の女子高生というのは、あれだ……、何というか、ずいぶんと派手なんだろう？」

「ひでえもんですよ」

植村が言った。「うちの生活安全課でもかなり力を入れていますがね……。夜の井の頭公園なんかで、女子高生がジカ引きやってるってんだから……」

「都内各所でデートクラブも何度か摘発されている」

池田理事官が言った。「デートクラブってのは、ようするに売春なんだろう？」

「単純な売春ならかわいいもんですよ」

植村が吐き捨てるように言った。「メシおごってもらって、カラオケやって、小遣いもらって、それでバイバイってこともけっこう多いらしい。だから、売春の事実があってもなかなかガサを入れられない。現場をなかなか押さえられないというわけです」

「植さん、警察官としてじゃなく、中年のオヤジとして怒ってないか？」

尼城課長が言った。

「誰がションベン臭い女子高生を相手にするかよ」

「だから、親の年代として……」

「俺に娘なんざいないから、知ったこっちゃないな……」

「だが……」

池田理事官は言った。「その線はあるかもしれないな……」

「その線……？」

尼城課長が尋ねる。

「そう。女子高生売春だ。いろいろなケースがあったはずだ。たしか、女子高生が枕《まくら》探《さが》しをやったというケースがあった。女子高生がラブホテルで殺されたという事件もあったな……。そのヤマもデートクラブがらみだった……」

「中年オヤジと少女が密室の中でふたりきりだった……。その可能性も無視できませんね……」

尼城が慎重な口調で言った。

樋口は、三人の会話を黙って聞いていた。何だかいたたまれないような気分だった。

娘の照美のことを思い出していたのだ。

照美は、十六歳。神奈川県立の高校に通っている。

（女子高生の売春だって……）

樋口は、困惑した。

世の中にはそういうこともあるだろう。だが、それはごく一部の若者たちの話で、マスコミがおもしろがって煽《あお》っているだけだという思いが強かった。

娘の照美と、女子高生売春やデートクラブというものがどうしても結びつかない。いや、結びつけて考えたくないというのが正直なところかもしれなかった。

「あんた、どう思う？」

植村が樋口のほうを見て尋ねた。

樋口には、挑戦するような口調に思えた。書類から眼を上げずに言った。

「今の段階では、何を言っても憶測の域を出ませんから……」

「そいつはそうだがな……」

植村は言った。「俺たちは、捜査本部の中枢《ちゅうすう》だ。俺たちが捜査の筋を読まなきゃならんのだ」

捜査本部において、幹部の捜査方針がきわめて大切なのは、樋口だって百も承知だ。そんなことは植村に言われなくたってわかっている。

「初動捜査の段階で言えることは少ないと思いますよ。私は、せめて、今日一日の成果を待ちたいと思います」

「慎重なんだな……」

「間違った方針を立てたくありませんからね……」

「だが、刑事にゃ、読みってのも大切なんだ」

「わかっています」

池田理事官が言った。

「何か気づいたことはなかったかね？」

樋口は、その一言が助け船のような気がした。池田理事官が自分のことを気遣ってくれたように感じられる。

「この部屋ですが……」

「部屋……？」

「現場の部屋です。第一発見者の野沢朱美によると、誰も住んでいないはずだということになっていますが……」

「そう。たしか野沢朱美はそう言っていたね……」

「現場を見たわけじゃありませんが、家具がある程度そろっていたようですね」

「ああ。ベッド、ソファ、冷蔵庫程度のものが置いてあったそうだ」

「現場には、ふたり分のグラスが床に落ちて割れていた……。グラスの中にはビールが入っていたのでしたね……。つまり、グラスも部屋に置いてあったと考えていいでしょう……」

「そうだろうね。野沢朱美と中島昇が聞いたガチャンという音は、そのグラスが床に落ちた音だろう」

「このマンションは賃貸でしたよね」

「そう。１ＤＫの独身者向け賃貸マンションだな……」

「マンションの持ち主は、被害者ですね」

「そうだ」

「賃貸物件の一室を、自分のために使っていたのですね」

「自分のため……」

「そう。つまり、自宅ではできないことをするための部屋です」

「浮気とか……」

池田理事官が樋口の顔を眺めて言った。どこかぼんやりとしているような表情だった。この顔が曲者《くせもの》であることを樋口は知っていた。

頭を回転させているときの表情なのだ。

植村が樋口に言った。

「浮気だって……。いい歳《とし》をした男が、十七前後の小娘と浮気……？」

尼城課長は、にやにやと笑いながら言った。

「趣味の問題だよ、植やん。俺だって女子高生に迫られりゃどうなるかわからん」

「冗談じゃねえや……」

植村は、顔をしかめて言った。「おらあ、脂《あぶら》の乗った三十女にしか興味が持てねえな」

「その少女のために、部屋を用意したということは考えられませんかね……」

樋口は言った。

「小娘を囲ってたというのか……」

「被害者が、家財道具をいつ買いそろえたか……。それをいつ部屋に運び込んだか……。その点を調べてみる必要があると思いますが……」

「なるほどね……」

池田理事官はうなずき、尼城課長はメモを取った。

「そりゃ男と女の間にゃ、何が起こったって不思議はないさ」

植村が言った。「だが、まだケツのあざも消えていないような小娘を囲うだって？そんなことが考えられるか？」

「そういう例は世の中にいくらでもある」

樋口は言った。「高校生の女の子が四十男と付き合うというのは、びっくりするほどのことじゃない」

樋口は、しゃべっていて、違和感を抱きつづけていた。

一般論と現実の差だ。テレビや週刊誌で見聞きすることがらと、娘の照美との差異と言ってもいい。

「そんなもんかね……」

植村はあきれたように言い、それ以上その件に関しては何も言おうとしなかった。

「もし、被害者が、その少女のために家財道具を買いそろえたとしたら、怨恨《えんこん》の線がますます濃くなるな……」

池田理事官がぼんやりとした口調でつぶやいた。

尼城課長がうなずいた。

「被害者が入れ上げすぎたのかもしれませんね……」

「ちょっと待った」

植村が言った。「そいつは、予断というもんだ。まだ、被害者とその小娘がデキてたと決まったわけじゃない。デートクラブとか少女売春の線だってあるんだ」

「そのとおりです」

樋口は言った。知らぬうちに、植村にへつらうようなしゃべり方になっている。

「私は、あくまでもひとつの可能性を言ってみたにすぎません」

(くそっ)

樋口は、心の中で自分を罵《ののし》っていた。(何で植村のご機嫌を取らなければならないんだ……)

「だが、家財道具をいつそろえたかといったようなことは、調べる価値があるな」

池田理事官が言った。

尼城課長は、自分のメモを見て言った。

「私もそう思いますね。その線をたどっていくうちに、少女を特定する手掛かりが出てくるかもしれない。いっしょに買い物に行った可能性もある」

「まあ、少女が実在すれば、だがね……。俺はまだ中島昇と野沢朱美のふたりが口裏を合わせているという可能性を捨てきれないね……」

植村が言う。

尼城課長が植村に言った。

「もちろん、その確認も取る」

「あのふたりに見張りを付けなくてだいじょうぶか？」

植村が言う。

「その必要はないと思うが……」

池田理事官もうなずいた。

「今のところ、取り立てて彼らを疑う要素はない」

「探ってみないとわかりませんよ」

植村が言った。

「外勤に要注意案件として伝えておこう。それでいいだろう?」

植村は曖昧《あいまい》にうなずいた。

(優秀な刑事であることは認める……)

樋口は思った。(だが、植村は、明らかに私とやり方が違う……)

今後、そのあたりが捜査に支障をきたさなければいいがと樋口は考えていた。取り越し苦労とわかっていても、ついそういうことを考えてしまうのだった。

「さて、私は、警視庁《ホンブ》に戻る。あとは、頼んだ」

池田理事官が言った。立ち上がると、彼は、樋口に言った。「美少女との愛の巣か……。案外、いい線かもしれんぞ……」

池田理事官は、部屋を出ていった。

樋口は、居心地の悪さを感じていた。この話し合いの中で、樋口の発言は極端に少なかった。

樋口は、どうしても聞き役に回ってしまう。なのに、池田理事官は樋口の発言を評価した。

なぜかいつもこうなってしまう。自分が、実力以上に評価されているのではないかと不安になるのだ。

不当に過小評価されるのはいたたまれないものだ。だが、過大に評価されるのも落ち着かない気分にさせられる。

他人、あるいは組織に利用されるために、おだてられているような気分になるのだ。

池田理事官の一言を植村がどう感じているかも気になった。

樋口は、そっと植村の様子をうかがった。植村は、尼城と冗談を言い合っている。池田理事官の言葉を気にしている様子はない。

(そうなんだ……)

樋口は思った。(私は、いつでも人の反応を気にしすぎるのだ……)

そのことに気づいたのは、大学を卒業してからだった。若いころというのは、誰でも多少は自意識が強い。だから、樋口は、取り立てて自分が特別とは思わなかった。

また、大学は同年代の者が集まっており、世代的な共通点もあった。樋口の世代は、おとなしい世代ではなかったろうか。上級生が議論する様を、いつも傍観者のように見ていた気がする。

一九五五年生まれ――昭和三十年生まれというのは、何だか中途半端な世代のような気がした。祭りのあとの後始末の世代……。そんな感じがした。

社会に出ると、それこそ年齢も趣味も経歴もばらばらな人間が身の回りにいる。そこで、樋口は、自分が人に気を遣いすぎるのではないかと気づいたのだ。

ひたすら事を荒立てまいとする自分の態度が何か卑屈なものに感じられてきた。警察という組織では、ことさらにそういうことが気になる。

樋口は、上司や先輩にとっては扱いやすかったかもしれない。自分を殺して相手に合わせることが得意だったからだ。しかし、心底相手に同調することはあまりなかった。

（私は、こうやって自分の感情を抑え、定年まで勤めるのかもしれないな……）

樋口は、そんなことを考えていた。

日が暮れて、捜査員たちがぞくぞくと捜査本部に戻ってきた。

それぞれの班で情報交換が始まる。明日の朝、捜査会議が開かれ、それぞれの班が持ち寄った情報が共有されるのだが、重要と思われる情報は、夜の段階で尼城課長のもとに届けられる。

「中島昇と野沢朱美ですがね……」

聞き込みから帰ってきたばかりの捜査員が尼城課長に報告した。彼は、本庁の部長刑事で、樋口小隊の一員だった。荻窪署の新米刑事と組んで聞き込みに出ていた。

「初対面というのはどうやら本当のようですね。野沢朱美が新聞を取りはじめたのが、先月半ばから……。中島昇が集金に訪れたのも初めてです。ふたりに共通する点はなく、つながりは一切見つかりませんでした……」

樋口と植村もその報告を聞いていた。

樋口は、植村を見た。植村は、平然と言った。

「ま、そんなところだろうな。……てことは、口裏を合わせているわけじゃねえってことになるか……。現場から逃げ出した小娘ってのが、多少現実味を帯びてきたってことだな」

樋口はただうなずいただけだった。

尼城課長は樋口小隊の捜査員に言った。

「現場の部屋だがね……。あそこの家財道具、いつごろ運び込まれたか……、どこでいつ手に入れたか……。そういったこと、調べ出した者はいないかね……」

「は……。どういうことです？」

尼城は、樋口の説をかいつまんで説明した。相手はうなずいた。

「他の組にも聞いてみましょう。そうですね……。確認は取ってませんが、家具は新しいようだったから、最近買いそろえたのかもしれませんね……」

「あそこが空き部屋だったというのは確かなんだね」

「ええ。誰もあの部屋の契約はしていません。それは確認を取りました」

「そうか……。例の少女だが、中島昇と野沢朱美の他に目撃者はいないのかね……」

「私らが聞いた範囲ではいませんね」

「そうか。ご苦労さん」

捜査員は、樋口にうなずきかけてその場を離れた。

次に入ってきたのは、荻窪署のベテランと本庁の若手の組だった。若手捜査員は、興奮した面持ちでまず樋口に言った。

「班長、少女の目撃者が出ました」

樋口は、同行していたベテランの捜査員や尼城に対して、またしても気を遣わねばならなかった。

「私でなく、副主任に報告するんだ」

「かまわないよ、樋口さん。私にも聞こえている」

「表通りにコンビニがあるんですが、そこの店員が、ごみを捨てに出たときに、それらしい少女を見ているんです。人相、服装が一致しています。ひどく慌《あわ》てた様子だったということです」

植村がまったく悪びれずに言った。

「こりゃあ、是が非でもその小娘を見つけなきゃならなくなったな……」

鑑取りに回っていた班も次々に帰ってきた。その中の一組が、奇妙な表情で尼城に何かを手渡した。

樋口は、手元を覗《のぞ》き込み、それがポラロイド写真であることに気づいた。

「若い娘の写真ばかりだな……」

尼城が眉《まゆ》をひそめて言った。それを持ってきた捜査員が言った。

「被害者の仕事場の机から出てきました」

「かなりきわどい写真もある。……おっと、こいつは、モロにヘアーが写ってるじゃないか……。何だこの写真は……」

「さあ、被害者が雇っていた事務員に尋ねたんですが、知らないということです」

「その事務員、嘘《うそ》言ってねえだろうな？」

植村が言った。

「そんな感じじゃありませんでした。五十近いおばちゃんなんですがね……」

「なかなかかわいい娘ばかりだ……」

尼城が言った。

「その中に……」

樋口が言った。「現場から逃げた少女がいるかもしれませんね……」

尼城が樋口の顔を見た。樋口は、自分が何か変なことを言ったかと不安になった。

尼城は地取りの班の連中がいるほうに向かって言った。

「おい、この写真を中島昇と野沢朱美に見せるんだ」

何人かの捜査員が即座に立ち上がった。

5

地取り班の捜査員がポラロイド写真を持って出かけたのが五時過ぎだった。結果を待たずに帰る気にはなれず、樋口は捜査本部に残っていた。

すでに七時を過ぎている。

写真のことがなくても、樋口は、ひとり捜査本部をあとにすることなどできなかっただろう。

いくらすることがないといっても、他の人間が帰らないのに、彼だけ帰るわけにはいかない。そういうことが平気でできる人間もいるだろうが、樋口には無理だった。

疲れていた。だが、刑事は誰でも疲れている。樋口はそう思ってじっとパイプ椅子《いす》に腰掛けていた。

腰が痛んだ。坐《すわ》りつづけていたせいだった。腰の血の巡りが悪いせいで、右の大腿《だいたい》部《ぶ》がかすかに痺《しび》れはじめている。

眼の奥が痛み、樋口は、目頭をもんだ。それは気休めにすぎず、ちょっとしたマッサージで消えるような疲れではなかった。

七時三十分を回り、中島昇と野沢朱美に会いに行っていた捜査員たちが帰ってきた。

彼らは、子供に土産を持って帰る父親のようなものだった。

捜査本部にいた者全員が、彼らに注目する。

帰ってきた捜査員のひとりが言った。

「どうも、はっきりしないんですが……。たぶん、この娘だろうと……」

彼はポラロイド写真のうちの一枚を掲げ、それを尼城課長に差し出した。

「はっきりしない……？」

すかさず植村が尋ねた。「それはどういうことだ？」

「ふたりとも断言できなかったということですよ」

「あのふたりは顔を見ているはずだろう」

「このポラロイド見てくださいよ。似たようなタイプの女の子が何人もいる。目撃者のふたりとも、はっきりとこの子だ、とは言い切れなかったんですよ」

「だが、ふたりとも同じ写真を選んだんだな？」

「そうです」

「なら、ほぼその写真の娘と考えて間違いないだろう」

樋口は、また奇妙な不安感を覚えた。それは、見知らぬ土地を車で走っていて道に迷ったときの感覚に似ていた。不確かなまま、走りつづけねばならない不安感だ。

「その写真の中に、彼らが目撃した少女がいるという仮定に基づいての話です」

樋口は慎重に言った。「その写真の少女は、単に中島昇と野沢朱美が見た少女に似ているにすぎないのかもしれません」

「被害者の持っていた写真の中に、目撃された少女の写真があるかもしれないと言ったのはあんただぞ」

植村はあきれたような顔で言った。

「あるかもしれないと言ったのです。あると言ったわけじゃない」

「わかった。だが、手掛かりには違いない。その写真に写っている少女を当たってみようじゃないか。写真のコピーを取るんだ」

尼城はうなずいた。

制服の警官が立ち上がった。そうした雑事は彼らの仕事だ。

尼城は制服警官に写真を渡す前に、その写真を樋口に見せた。

黒っぽい服を着た少女が写っていた。白い薄手のセーターの上に黒いジャケットを着ているようだ。どこか得意げな笑みを浮かべている。

(そういえば、現場から逃げた少女は黒いジャケットを着ていたと目撃者が言っていたな……）

　樋口は、そんなことを考えた。

　美しい少女だった。顔が小さな印象がある。顎《あご》が細い。そのせいか眼がずいぶんと大きく感じられる。都会の少女の特徴を持っている。だが、樋口はあまり現実感を覚えなかった。

　芸能人の写真を見ているのと同じような感覚なのだ。町のポスターや雑誌のグラビアを飾る少女たちは、現実に見ればたいへん美しいのだろうが、どこか実感が湧《わ》かない。

　その少女が、アイドルやモデル並みに美しいということなのかもしれない。

　樋口は、その写真を植村に手渡した。植村はちらりと見るとすぐに、待っていた制服警官に手渡してしまった。

　尼城が言った。

「明日は、写真のコピーを捜査員全員に配る。少女……。仮に少女Aとしておこうか……。少女Aの特定を急いでくれ」

　樋口は、荻窪署を出ると西荻窪駅まで歩いた。たいした距離ではない。歩いて十数分だ。

だが、長いと感じた。若いころは、靴の底を二週間でだめにするほど歩き回った。

彼は、自分を中年だと思ってはいなかった。

二十歳《はたち》くらいのころは、四十歳というとりっぱな中年だと思っていた。現実に四十歳になってみると、二十歳のころと精神的にどこが違うのかよくわからない。

だが、肉体的には確実に衰えてきている。無理がきかなくなってきた。

ようやく西荻窪駅に着く。ホームを抜けていく風は柔らかく暖かだった。樋口は、ようやくほっと一息ついた。

どんなに慣れた仕事場でも心から寛《くつろ》ぐことはできない。ましてや、今日は、慣れない荻窪署に出かけ、初対面の連中とずっといっしょだった。

いい季節になったようだ。

樋口は、ひそかに深呼吸をした。世間ではゴールデンウイークが終わったばかりだった。

殺人事件は、ゴールデンウイーク明けの最初の日に起こった。

いいタイミングじゃないか。殺人犯も休みを気にするというわけか……。

結局、この休みも家族に何もしてやれなかった。ゴールデンウイークの真ん中に当直が入っていたのだ。

妻も娘も何も言わない。

ひょっとして、文句を言う気にもなれないのかもしれないと、樋口は思った。不平不満を言うのはまだ期待するところがあるからだ。

妻や娘は、すでに私に期待することをやめてしまったのかもしれない——樋口はそんなことを考えていた。

中央線で新宿へ出て山手線に乗り換える。渋谷から新玉川線に乗り自宅のあるたまプラーザ駅まで行くことにした。

賃貸のアパートから分譲マンションに移ったのは結婚した翌年だった。子供が生まれるということもあり、思い切ってマンションを買うことにしたのだ。

まだバブルによる異常な不動産の高騰《こうとう》が始まる前で、何とかローンを組むことができた。公務員という強みもあったが、頭金には、樋口と妻の両方の両親に多少の援助をしてもらわなければならなかった。

2LDKだが、郊外型のマンションのおかげで間取りはゆったりしている。高校生の娘に一部屋を占領されているので窮屈ではあるが、居心地は悪くなかった。

自宅に帰ると妻が玄関に通じる短い廊下に顔を出した。すでに十時近かった。

「お帰りなさい」

西荻窪の駅で感じた寛ぎがいっそう充実した。

今どき、帰りを迎えてくれる妻などそういないのではないかと、彼は思う。それも、結婚後、十七年が経《た》った妻が、だ。

妻の恵子は、夕食の惣菜《そうざい》を電子レンジにかけ、台所にあるダイニングテーブルに樋口の食事を並べはじめた。

「ビール、飲むでしょ」

「ああ……」

恵子は、リビングの低いテーブルにノートやら書物のコピーやらを広げていた。彼女は翻訳のアルバイトをしている。翻訳といっても、訳者として名前が出るような仕事ではない。

出版の世界では下訳と呼ばれる仕事で、翻訳家の資料などに使われる。それでも、恵子はやり甲斐《がい》のある仕事と考えているようだった。

「仕事、急ぎなのか？」

「まあね。いつものこと」

「じゃあ、私のことは気にせず、やってくれ」

「いいの。一休み。あたしもビール、もらおうかな……」

娘の照美が部屋から出てきた。樋口は、照美に、玄関に近い洋室を与えていた。

「お帰りなさい、お父さん」

照美は、父と母の様子を見て言った。「あら、ふたりだけでなんかいいことしてるわね」

母親の恵子が言った。

「おとなの時間よ。邪魔しないで」

「邪魔する権利はあるわよ。あたしだって家族ですからね」

「おまえも飲みたいのか?」

樋口は言った。

「お父さん、警察官でしょ。未成年の娘にお酒すすめるわけ?」

「別にすすめちゃいない。飲みたいか、と訊《き》いただけだ」

「遠慮しておくわ。逮捕されちゃかなわないもの」

「未成年の飲酒で本人を逮捕などしない。保護者にきつい注意をするくらいのもんだ」

「あら、私が注意されるのかしら?」

恵子が言った。

「考えてみよう。おまえを逮捕したら、少しはいっしょにいる時間ができるかもしれない」

「あなた。結婚して十七年も経って、まだそんなこと言ってるの」

(妻にも娘にも、何もしてやれない、情けない男だからな……)

樋口は、その言葉を口には出さなかった。言ってみてもしかたのないことだ。

樋口は、曖昧《あいまい》に言葉を濁し、恵子はおかしそうに笑った。

娘の照美は、こうした夫婦の会話を楽しんでいる。

これほど満ち足りた家庭は他にあるだろうか……。樋口はいつもそう思う。

樋口は、恵子に愛情を感じていた。それは明らかに若いころの恋愛感情とは違っていた。

だが、樋口は、今感じている身内に対する情をはっきりと自覚するように努めていた。その努力をしなくなったとき、彼は本当に何もできない夫であり父になってしまうような不安を感じていたのだ。

家庭も職場での立場も綱渡りのようなものだ。樋口は、ときおりそう感じる。特に平穏な家庭などというものは、きわめて微妙なバランスの上に成り立っているという気がした。

仕事柄、樋口は不幸な家庭ばかり見てきた。貧困に憎しみ。私欲に暴力。親子で覚《かく》醒《せい》剤《ざい》を打ち合う例もあったし、酒や博打でめちゃめちゃになった家庭もあった。知り合いでも離婚した者が何人もいた。

新聞を見れば、子供はいじめに悩み、多くの若者は世をすねて暴力や性犯罪に走っている。

それが普通だという風潮すらある。だが、そんなものが普通であるはずがないと樋口は思いつづけてきた。

少年少女が荒れる原因のほとんどは、両親の不仲だ。あるいは、両親の無責任か……。若いころに無責任な生き方をした連中がおとなになることを拒否したまま結婚をする。

子供同士の結婚には、相手を許す忍耐や相手を認める努力が不足する。夫婦は互いに自分の主張だけをぶつけ合う。

その結果、離婚し、子供はグレる。

家庭の不和。荒れる子供。こうした世の中は、突然できあがったわけではない。遠因があるのだ。

樋口は、その遠因が四半世紀ほど昔にあったと確信している。その時代に青春を過ごしたひどく無責任な圧倒的多数の若者たち。彼らが今、暴走や暴力に明け暮れたり、ブルセラショップでパンツを売ったりする子供たちの親になっている。

恵子と知り合ったころのことを今でもはっきりと覚えている。

大学のキャンパス。

暑い夏。

樋口が大学に入ったころ、構内はきわめて平穏だった。だが、あの喧騒《けんそう》の名残はまだ色濃く残っていた。

クラブハウスの壁には、ペンキでさまざまな文句が落書きされていた。ひとつの時代が過ぎ去ったことを受け入れられないセクトが、立看板《タテカン》の前で演説を繰り返していた。

その演説を聞く学生はおらず、拡声器から響く意味不明の言葉はむなしく学舎の壁にこだました。

恵子は、樋口と同じ英文科だった。樋口は、特に英語に興味があったわけではない。強いて言えば、高校の科目で英語くらいしか興味を持てなかった。それなりに受験勉強をしたので目指す大学の英文科を狙《ねら》える偏差値を確保していた。

一方、恵子は、英語にきわめて熱心だった。彼女は、入学するとすぐにＥＳＳに入部した。高校時代は演劇部に所属していた。

ＥＳＳは、部内でいろいろなグループに分かれていた。討論をするグループ、弁論をするグループ、英語劇をするグループなどだ。恵子は英語劇のグループに入った。

彼女は、そうしたキャンパスライフを楽しんでいた。

樋口は、過ぎ去った大きな祭りの名残に戸惑っていた。実のところ、彼が入学する前の年まで、学園紛争は尾を引いていたのだ。

キャンパスは、鉄の柵《さく》で囲まれていた。三つある出入口のうち、ひとつは治安のために閉鎖されたままだった。

午後八時になるとキャンパスを強制的に追い出された。時限ロックアウトという言葉がまだ生々しく語られていた。

だが、樋口は加速度的に回復していく秩序の中にいた。そういう場合、管理する側は、破壊される以前よりも保守的になるものだ。

樋口たちは、入学したときから強固な管理体制のもとに置かれることになった。だが、それを息苦しいとは感じなかった。

高校もそうだったからだ。

高校にも、紛争が終わってから入学した。教師たちは、すでに生徒の扱いを心得ていた。紛争がもたらした唯一《ゆいいつ》の成果は制服の廃止だった。

管理された平穏なキャンパスの日常。樋口は、その平穏さを貴重だと感じていた。そんな中で、樋口は、恵子を見つけた。小柄で、一所懸命な感情表現が愛らしかった。

さらさらの美しい髪と、よく光る眼が印象的だった。同じクラスだったが、なかなか話すチャンスはなかった。

男子校からいきなり女子の多い私立大学の英文科に入学した彼は、戸惑いながらも有頂天になっていた。

樋口が、華やかな雰囲気に慣れ、ある種の落ち着きを持って学友を見られるようになったのは、夏休み前の試験の時期だった。

たまたま同じ一般教養を取っており、試験の間、ふたりは暇な時間を共有した。樋口は、どうしても恵子といっしょに歩きたくなり、明治神宮へ散歩に出かけようと言いだした。

九州の博多から出てきていた恵子は喜んで同行した。暑い日だった。汗を流しながら歩き、表参道に出て喫茶店に入った。

そこでいきなり付き合ってくれと言ったのだった。

樋口は、自分の口から出た言葉に驚いていた。恵子はもっと驚いていた。今思えば、あれは天の啓示だったかもしれない。そのときのことを思い出すたびに、樋口はそんな気がするのだった。

それからずっと円満な付き合いが続いたわけではなかった。他に好きな娘が現れたこともあったし、恵子も男子学生に人気があった。

だが、ふたりの絆《きずな》はつながっていた。その絆も今になって思えば綱渡りのロープにすぎなかったかもしれない。大学四年生のとき、恵子はアメリカに留学した。大学入学のときから留学するのが夢だと恵子は言っていた。樋口は反対とは言えなかった。それきり、付き合いは途絶えるかもしれないと思った。

樋口は卒業し、恵子はその半年後に帰国した。一年遅れて四年生となった。恵子の帰国を知り、どうしても会いたくなった。そして、彼女が入っていた女子寮に電話をしたのだ。それから付き合いが再開した。

ふたりが結婚したのは、恵子が卒業したその年だった。すぐに娘の照美が生まれた。樋口が子供のころ、若者たちの恋愛は自由さだけを強調していた。同棲《どうせい》時代という言葉が流行《はや》ったりした。その反動で、しっかりした家庭を持ち子供を作るということにまったく抵抗を感じていなかった。

同棲のような自堕落な男女関係に嫌悪《けんお》感を抱いていたのだ。

二十四歳で子供を産んだので、恵子は比較的若いうちに子育てから解放された。それから彼女は、友人のつてでちょっとした通訳のアルバイトなどを始めた。最近では、出版社から翻訳のアルバイトの注文もある。

彼女は第二の人生を歩みはじめて幸せそうだ。娘も母が若いので、友達のような付き合い方をしているようだ。

オ

（私にはこの家庭が何より大切なのだ）

樋口は、ビールのほろ酔いの中であらためてそう思っていた。

リ

6

五月九日木曜日。朝から細かい雨が降っていた。梅雨《つゆ》を思わせるような天気だった。

だが、樋口は悪い気分ではなかった。五月の雨は緑の匂《にお》いがする。

荻窪署の玄関に足を踏み入れたとたん、独特の臭《にお》いがした。男の汗の臭い。それはそのままストレスの臭いのような気がした。

それは、捜査本部に近づくにつれ強くなっていく。体育会の部室のような臭いだ。

(警察署はどうしてどこもこんな臭いがするのだろう)

樋口は思った。

樋口が警視庁に配属になったのは、まだ庁舎が新しいころだった。そのころはコンクリートの臭いや塗料の臭い、机などの新しい機材の臭いがしていた。

しかし、汗と垢《あか》の臭いに取って代わられるまでそれほどの時間はかからなかった。

捜査本部のある会議室も、同様の臭いがしている。それは、昨日より強まったような気がした。

日を追うごとに強まっていくだろう。捜査員たちは風呂《ふろ》に入る暇もなくなるからだ。

樋口も泊まり込みを覚悟していた。

朝一番の捜査会議に、幹部が顔をそろえた。捜査本部長の荻窪署署長。捜査本部主任の池田理事官。副主任の尼城課長。

だが、そのうちに、署長と理事官のどちらかが欠けるようになるのは明らかだった。実際に捜査本部の日常を運営していくのは副主任の尼城課長だった。

捜査会議のはじめのうちは、すでに樋口が知っている事実の報告だった。昨夜のうちに話を聞いていた。

それを捜査員全員が共有するための会議だった。しかし、後半になって、樋口が知らない事実が報告されはじめた。

それは、夜遅くまでかかって聞き込みを行った結果わかった事実で、樋口は注意深く耳を傾けなければならなかった。

捜査員のひとりが発言している。鑑取りに回っていた組の者で、荻窪署の年配の部長刑事だった。

「被害者の安藤典弘は、不動産業のほかに、副業を持っていました。彼は、現場のマンションのほかにも、荻窪にひとつ物件を持っていまして、その空き部屋を利用してデートクラブをやっていたのです」

「ほう……」

尼城課長が言った。「すると、あのポラロイド写真は、そのデートクラブの女の子ということかな……」

「そうでしょうね。どうやら、そのデートクラブというのは、使っている女すべてが未成年者だったんです。売り文句は、今流行りの女子高生と遊べるってやつです。在籍している女は二十人ほど……。ポラロイド写真は十枚ありましたね」

「女子高生か……。なるほど、あの写真の娘たちは、皆それくらいだな……」

すでに、現場から走り去った少女の写真の拡大コピーが捜査員に配られていた。捜査本部では、その少女を少女Aと呼ぶことになっていた。

尼城課長は、池田理事官のほうを見て言った。

「すると、少女Aもそのデートクラブの一員ということになりますかね……」

「いや、そう決めつけるのは早い……」

尼城課長とともに、何人かの捜査員がうなずいた。

植村が、発言しているベテランの部長刑事に尋ねた。

「そのデートクラブってのは、どういう仕組みになってるんだい？」

「マンションの一室を仕切って、窓を取り付ける。その窓はマジックミラーになっていて、向こう側に何人かの少女がたむろしている。客は、そのマジックミラーを見て相手を選ぶ……。クラブに払うのは、一時間一万円。あとは、女の子に直接払う」

「ごく一般的だな……。店を出てふたりきりになれば、何をしようと勝手だ。法には触れない。自由恋愛ということになるからな……」

「売春は違法だよ」

池田理事官が言う。

オ「ですがね、理事官。若い女とセックスをするのは違法じゃない。神奈川県あたりだと淫行《いんこう》条例違反になりますが、東京だと条例でもそれは禁じていない。労働基準法の年少者や女子の項目の対象にもなりにくい。そして、金を持っているやつが、若い娘に小遣いをやるのも違法じゃないんです」

リ「女子高生をデートクラブで働かせるのは違法だよ」

「そう。そこで働かせているという点では、労働基準法第六一条の深夜業や児童福祉法に抵触しますね……。だが、踏み込んだとき、そこがデートクラブだということを証明できなければなりません。ただ若い娘が集まってくっちゃべっているところに踏み込んでも、検挙はできませんよ」

「地道な内偵が必要だということだな？」

「そうですね……。その辺のことは、私らより生活安全課のほうが詳しい」

池田理事官は荻窪署署長を見て言った。

「生活安全課の協力も仰いでおいたほうがいいな」

「そうですね……」

樋口は、配られた少女Aの写真の拡大コピーを見つめていた。

(デートクラブだって……?)

少女Aは娘の照美と同じくらいの年齢だ。それを考えると落ち着かない気分になった。照美が心配だというのではない。照美と少女Aの共通点が見つからず、不安になったのだ。

なぜ不安なのかわからなかったが、そのうちに気づいた。

樋口は、少女Aがデートクラブで働く心境が理解できない。それと同じくらい、照美のことも理解できていないのではないかという気がしたのだ。

彼女たちは、樋口たちおとなとは別の世界を作り、そこで彼らだけの社会を築いているのではないかと思った。

(何をばかな……)

樋口は、自分の考えを否定した。

同じ年代というだけでひとくくりにしてはいけない。

事実、樋口の高校や大学の同級生だってさまざまな生き方をしている。世代にこだわるのは、樋口より五歳から九歳上の連中に任せておけばいい。

彼らは、自分たちが理解できないこと、自分たちに不愉快なことをすべて世代の断絶という単純な概念で切って捨てたのだ。

「樋口さん。何かあるかね？」

司会進行をしている尼城課長が尋ねた。

「在籍が約二十人」

樋口は、言った。「ポラロイド写真がその半分……。あのポラロイド写真はどういうものだったんでしょうね？」

「どういうって……」

植村が言った。「そのデートクラブにでも貼《は》ってあったものじゃないのか？」

「でも、そのデートクラブでは実際に少女を客に見てもらっていたわけでしょう？その世界では顔見せというんですか……？　写真の必要はないでしょう」

「ま、そりゃそうだな……」

植村は本気で考えているようには見えなかった。

「それに、デートクラブで使うものを、本業の不動産事務所の机に入れておいたというのも何だか……」

「ずぼらなやつだったんだよ。罪の意識がなかったのかもしれないな。それくらい神経が太くなきゃ、不動産屋などやってられないかもしれない」

「そのあたりはどうだったんです？」

樋口は年配の部長刑事に尋ねた。「被害者は、デートクラブを経営していたことを、周囲の人間に明らかにしていたんですか？」

「いや……。不動産屋の事務をやっている女性も知りませんでしたね。家族も知りません。被害者はオーナーで、クラブの経営は、別の人間にやらせていました。デートクラブをやっているというのも、彼の交友関係を洗っているうちにわかったもので……。被害者の財産のリストを捜査しているうちに、持ち物のマンションの一室でデートクラブを経営している者を発見しました。その人物を追及したところ、被害者の友人であることがわかりました。さらに詳しく話を聞くと、そのデートクラブ経営者は、オーナーが被害者であることを認めたのです。周囲には秘密にしていたようですね」

「なるほど……」

植村が言った。「被害者は、デートクラブを経営していることを秘密にしていた。後ろめたいからな……。摘発を食らったときに、捜査から逃れることを考えていたのかもしれない。だが、だからどうしたというんだ？　写真の数？　それを不動産事務所の机に入れていたこと？　それが何だというんだ？」

　いつしか植村は責めるような口調になっている。

　樋口は、あくまで冷静に言った。

「いろいろなことが考えられます。彼は、デートクラブを不動産業のために役立てていたのかもしれません。つまり、誰かを接待するときに使っていたとか……。もちろん、自分がオーナーであることは秘密にして……。ポラロイド写真はそういうときに使用していたのかもしれませんね」

　植村は、苦笑した。

「写真を見せる必要はないよ」

「え……？」

「そういう場合は、こっそり耳元で囁《ささや》けばいいんだ。いいところ知ってるんですよ。今度、いっしょに行ってみましょうってな」

「そうですね……。そのとおりかもしれません」

「そういうもんなんだよ」

「では、あの写真は、個人的な趣味だったのかもしれません」

「個人的な趣味？」

「そう。デートクラブの中の気に入った女の子とのお楽しみの記念です」

「つまり、味見というわけか？」

「そもそもデートクラブを始めようというのも、趣味と実益を兼ねていたのかもしれませんね」

「そういった憶測は何の役にも立たんな」

「おっしゃるとおりです。でも、十枚のポラロイド写真の中には重要参考人の少女Aらしい写真があった。そして、被害者は空き部屋に家具を用意し、その部屋に少女Aを招いていた……。被害者と少女Aの関係を想像することはできます」

「そうさな……。少女Aが被害者のお気に入りだったという可能性はある」

「そのデートクラブを当たれば、少女Aの素性がわかるかもしれない」

年配の部長刑事がうなずいた。

「わかってます。これからすぐその経営者に会いに行くつもりです。少女Aの写真を持ってね……」

会議の最後は鑑識班の発表だった。

遺留品について。グラスは割れていたが、二種類の指紋が検出されていた。片方は被害者のもの。もう片方は現在検索中。指紋の照合には時間がかかるのだ。

凶器と思われるクリスタルの大きな灰皿からは、被害者の指紋しか出なかった。

ベッドから体液は発見できなかった。ふたりは、まだ性交をする前だったということになる。煙草《たばこ》からは、唾液《だえき》が検出され、被害者の血液型と一致した。O型Rhプラス。

その他、衣類の一部と思われる繊維が何種類か見つかっている。

尼城課長は地取り班に向かって言った。

「君たちは、犯行現場の部屋にあった家具の入手先と購入時期の特定だ。さ、尻《しり》に根が生えないうちに出かけてくれ」

朝の捜査会議が終わると、それを待っていたように電話が鳴った。電話番をしていた制服警官が、樋口あてだと告げた。

捜査本部には、ボタンで何系統か切り換える形式の電話機が入っていた。一番のボタンが点滅している。受話器を取ってそのボタンを押した。

「樋口です」

「ああ、ヒグっちゃん。天童だ」

「どうしました？」

「いや、捜査本部のほうはどうかと思ってね……」

「まだ、これといった進展はありません」

「捜査の内容については、理事官から聞いてるよ。本部の雰囲気はどうだね？」

「別に問題はありません」

「特にやりにくいことはないか？」

「天童さん。どうしてそんなことを訊《き》くんです？」

「私はショムタンだ。捜査本部におまえさんを送り込んだのは私だし……。いろいろなことを知っておかねばならないのさ」

「私がやりやすいかどうか、なんてこともですか？」

「そう。何でも知っておいたほうがいい。現場から少女が逃げたそうだね？」

「ええ。でも、容疑者というわけじゃありません」

「わかっている。記者発表は控えているよ。少年少女の扱いはデリケートだ。それで、ずばり、ヒグっちゃんはどう思っているんだ？　その少女は、容疑者なのか？」

「まだ何とも言えません」

「おい、私は、ブンヤじゃないぞ」

「本当に私にはわからないんです」

「用心深いな……。相手が私だというのに、あんたは気を許そうとしない。昔、いっしょに組んだ仲なのにな……」

「そんなことはありません。まだ、誰にもわからないんですよ」

「あんたは、その少女を怪しいと思っているのか？」

「どうでしょう……」

「気分の問題でいいんだよ」

「そうですね……。ええ。怪しいと思っています」

「その少女と被害者の関係は？」

「判明していません」

「ヒグっちゃん。私も長いこと刑事稼業《かぎょう》をやっている。捜査本部ができて二日目の朝だ。どの程度のことがつかめるか、だいたいわかるつもりだ」

「理事官に訊いてくださいよ」

「もちろん訊く。だが、あんたの意見も聞いておきたいんだ」

「わかりました。言いましょう。被害者は、その少女を囲おうとしていたんじゃないかと、私は思います」

「なるほどね……」

「被害者は、表の稼業は不動産屋でしたが、裏でデートクラブを経営していました。少女は、そのデートクラブで働いていたのかもしれない。今、捜査員が確認に行っています」

「デートクラブ……。売春かね？」

「手っとり早く言えばそうですね」

「少女が売春……」

天童は溜《た》め息《いき》をついた。「今どき珍しくもない話だと人は言うだろうが、聞くたびにどうにもやりきれない気分になるな」

「同感です。私にも高校生の娘がいますからね……」

だが、樋口は、そのとき、娘の照美のことを考えていたわけではなかった。手元の少女Aの写真を眺めていた。

「被害者の安藤典弘はたしか四十八歳だったな……。私は四十七歳だからひとつ上か……。それが、十七、八の少女を愛人にしようとする……。まったくな……」

「少女Aの年齢は確認されたわけではありません。ひょっとすると、二十過ぎかもしれないし、十五、六かもしれません」

「正確な年齢がどうの、という問題じゃないよ。おとなの自覚というのがないのかね……。好きになる気持ちはわかる。だが、相手の女の子の将来を考えてやるだけの分別をどうして持てないのだろう」

「まったく同感ですよ」

樋口は、そのとき本当にそう考えていた。おとなには責任というものがある。どんなに子供たちがうっとうしいと言おうが、子供を導く責任があるのだ。それは、子供との戦いかもしれない。つらい戦いだ。だが、そのつらさに耐えるために人間は年齢を重ねるのだと、樋口は考えていた。

「テレビや週刊誌で女子高生を見ると、仰天してしまうな……。髪を茶色にして、ピアスをしている。深夜の盛り場をうろつき、ポケベルや携帯電話で連絡を取り合っている。ブルセラショップに下着を売ったり、デートクラブで売春したりして小遣いを稼ぐ……」

「マスコミがおもしろ半分に取り上げているだけです。全部が全部そういう子供たちじゃありません」

「もちろんわかっている。照美ちゃんみたいな高校生がいることもわかっているさ。だが、どうしてこういう世の中になったのかと、つい思ってしまうよ」

「それは年寄りの言うことですよ」

「もう充分に年寄りだよ」

「そんなことはありません。私にはまだまだ天童さんの助けが必要です」

「なあ、ヒグっちゃんや。あんた、もっと自信を持たにゃいかんよ。三係の班長なんだ。課長だって理事官だってあんたを信頼している」

「はい……」

「がんばってくれ」

電話が切れた。

(信頼している……？)

樋口は考えていた。(その点が私には問題なのだがな……)

7

現場にあった家具の入手先が判明した。西荻窪の家具屋で購入したものだった。その家具屋は、商店街にある被害者の不動産事務所の近くにあった。

家具を注文したのが四月二十八日。日曜日だった。配送が翌日。四月二十九日は祝日だが、荷が届けられていた。荷は被害者の安藤典弘本人が受け取った。

搬入した配送係によると、そのとき、部屋にいたのは、安藤典弘ひとりだった。

デートクラブの経営者を当たっていた年配の部長刑事が尼城課長に告げた。

「少女Aの写真を見せましたが、店長は知らないと言っています」

「知らない……？」

「はい。クラブで働いていたわけではなさそうですね」

「それは確かなのかね？」

「すべての従業員に個別に当たってみました。こたえは同じでした」

「口裏を合わせているんじゃないのか？」

「女の子をつかまえて話を聞いたのですが、やはり見たことはないと……」

「どういうことかね……？」

尼城課長は、植村と樋口の顔を交互に見た。植村は、ベテラン捜査員らしいリラックスした態度だった。

「事件のことを知ってダンマリを決め込んでいるんじゃないかな？　関係者をもう一度締め上げてみたらどうだ？　なんなら、任意で引っ張ってきてもいい。俺が取り調べる」

「あるいは……」

樋口が言った。「少女Aは、本当にデートクラブでは働いていなかった。……としたら、被害者の安藤典弘とは個人的な付き合いということになりますね……」

「それを確認するためにも、デートクラブの関係者を引っ張ってくるんだ。取調室で叩《たた》きゃ、本当のことをしゃべるさ」

樋口は反対だった。

本来、警察にそんな権利はない。人権を考えれば、任意同行などなるべく避けたほうがいいのだ。

しかし、実際にはおおっぴらに行われている。捜査はきれいごとではないというのが多くの警察官の言い分だ。

人権という言葉は、現場の捜査員の間では弁護士を揶揄《やゆ》する冗談で使われるにすぎない。

樋口は正面切って植村に反対意見を言うことができなかった。捜査というのは、半分以上が確認作業だ。任意の取り調べが確認のためのものならそれもやむをえない。

「どうだろうね？」

尼城課長は、実際に鑑取り捜査に当たった年配の部長刑事に尋ねた。

「そうですね……。別に隠したり嘘《うそ》をついたりといった様子は見られませんでしたがね……」

「フーゾクやってるやつは海千山千だよ。簡単に嘘を見破られたりはしない」

植村が言った。

「一理あるね」

尼城課長が妥協するような口調で言った。「よし、そのデートクラブの店長を任意で引っ張ろう」

「別の可能性も考えておかなくてはなりません」

樋口は言った。無意識のうちに植村を刺激しないような言い方になっていた。「デートクラブではなく、個人的な知り合いだったという線も追わなければ……」

「そうだな……」

尼城課長が言った。「鑑取り班の聞き込みに期待するしかないが……」

「だがな……」

植村が言う。「デートクラブで働いている女の子の写真の中に、少女Aらしい写真もあったんだ」

「単にお気に入りの女の子の写真を持っていたにすぎないのかもしれません」

樋口は言った。

植村は、ベテランらしい鷹揚《おうよう》な態度を見せた。頬を歪《ゆが》めるような笑みを浮かべ、肩をすくめてみせたのだ。

「お気に入りのね……」

「現場の部屋に家具が運び込まれたのが事件の約一週間前……。被害者の安藤典弘は、どこかで知り合った少女Aをそこに住まわせようとした……。少女Aもそれに同意したが、ふたりの思惑に食い違いがあったというようなことかもしれません」

「思惑に違いがあった……」

尼城課長は、樋口の言葉を繰り返してから言った。「つまり、被害者は、少女を情婦にしようとした。だが、少女にはその気がなかった……」

「そういうことも考えられます」

植村がかぶりを振った。

「いい線かもしれないが、誰もそいつを証明できない。今は、少女Aを特定して見つけ出すことが先決なんだ。何があったかは、少女Aに訊《き》けばいい」

「そうですね……」

樋口は、曖昧《あいまい》な態度で言った。

植村が言った。

「まあ、取り調べの結果を楽しみにしてるんだな」

デートクラブの店長は、任意同行に同意した。

取り調べは予備班の役目なので、植村と樋口が担当した。

狭いコンクリートの部屋。そこに、刑事ふたりと記録係の制服警官がいる。そんな場所に連れてこられたら、誰だって心細くなる。味方がひとりもいないのだ。

「名前は？」

植村がデートクラブ店長の正面に坐《すわ》って尋ねた。睨《にら》むような目つきだ。

「与田晴夫……」

「年齢は？」

「二十九歳……」

「住所」

「武蔵野市吉祥寺東一丁目……」

「あんた、殺された安藤典弘さんが出資しているデートクラブを経営している。そうだな？」

「ただの雇われ店長ですよ。それに、デートクラブだなんて……。俺たちは『出会いのサロン』と言っています」

「出会いのサロンだと？」

「そうです」

「女の子は何人在籍している？」

「さあ……。正確にはわかりませんが、だいたい二十人くらい……」

「正確にはわからないだと……？」

「そう……。アルバイトですからね……。昨日来たと思っても今日来なかったり……。そんなのばかりですよ」

「未成年者もいるだろう」

「ええ、そりゃまあ……」

「十八歳未満もいるな？　そうなると、ちょっと面倒なことになるぞ」

「勘弁してくださいよ。雇うときに、本人が十八だと言えば信じるしかないんです
よ」

「身分証明書を確認するとか、方法はあるだろう」

「そりゃまあ、そうですが……」

「まあいい。在籍は二十人と……。アルバイトで出入りがかなりいい加減となると、すべての女の子を把握しているわけじゃないようだな」

「いえ。店で働く子は全部知ってますよ。俺が面接しますからね……」

「たった一日しか来なかった子もか？」

「ええ。名前を正確に覚えてやしませんが、見ればわかります」

植村は、大きく一息ついた。

「俺が何を訊きたいかわかっているようだな？」

「店に来た刑事さんに尋ねられましたからね」

植村はおもむろに少女Aの写真の拡大コピーを取り出した。コピーといっても、解

像度はかなりよく、人相が確認しづらいというようなことはない。

与田晴夫は、写真のコピーを見ながら言った。

「店に来た刑事さんにも言いましたけどね。そんな子が働いていたことはないですよ。こんなかわいい子なら一度見たら絶対に忘れません」

「本当だな？」

「ええ」

「立場がまずくなってから、やっぱり知ってました、なんてのは通用しねえぞ」

「本当に知りませんよ。ほかの従業員に訊いてみればいいじゃないですか」

「もちろん、そのつもりだ」

「勘弁してくださいよ……」

与田晴夫はつぶやくように言った。

彼はもう半ば諦《あきら》めかけている。樋口はそう思った。デートクラブが摘発されたわけではないが、刑事がやってきたときに、すでに覚悟を決めていたに違いない。

樋口は、じっと与田晴夫を観察していたが、嘘をついているようには思えなかった。嘘をつかなければならない理由も思いつかない。

「よく見るんだ。たった一日だけ顔を出してそれっきりの子かもしれない」

「言ったでしょう、刑事さん。俺、一度見たら忘れないって。その点には自信あるんですよ。社長が店任せてくれたのも、そのためなんです。才能ってやつですかね？」

「女好きというわけか」

「特に若い子がね」

「調子に乗るなよ。売春斡旋《あっせん》のかどでブタ箱にぶち込んでもいいんだぞ」

「売春斡旋……？　冗談じゃないっすよ。俺ら、売春なんてやってないですよ」

「女の子たちは、小遣い稼ぎのために中年オヤジに体売っててんだろう」

「知りませんよ。お客は、気に入った女の子を選んで出かけるんです。基本的には、食事したりおしゃべりしたり、カラオケ行ったりするだけですよ」

「基本的には、か……。ふざけやがって……」

「これ、デートクラブの業務についての取り調べなんですか？　だったら、令状なしにはしゃべりませんよ」

「上等じゃねえか、この野郎……」

植村はうなるように言った。本気で腹を立てているようだった。「いいか……。覚えておけ。令状があろうがなかろうが、誰かを取調室に連れ込んだら、俺たちは好きなことができるんだ」

「任意なんだから、俺はいつでも帰れるはずです」

虚勢を張っている。樋口はそう思った。だが、味方がまったくいない取調室で虚勢を張れるだけたいしたものだ。

(こいつは場馴《ばな》れしている。警察の世話になったことがあるに違いない)

樋口は思った。(だが、嘘はついていない)

植村は立ち上がった。

ゆっくりと与田晴夫の背後に回る。

何をするつもりか、樋口にはすぐにわかった。実力行使だ。

密室で暴力を振るわれるのは心理的にひどくこたえる。誰も助けに来ないとわかっているし、いつまで続くかわからないのだ。

ちょっとした暴力も、取調室という特殊な場所ではりっぱな拷問《ごうもん》になるのだ。心理的な拷問だ。

与田晴夫も何をされるかわかっているようだった。緊張した面持ちでまっすぐ前を見ている。

「そう。あなたは、いつでも帰れる」

植村が手を出す前に、樋口が言った。

植村と与田晴夫が同時に樋口のほうを向いた。

「だが、その前にもう少し話を聞かせてもらいたい」

植村は、出端《でばな》をくじかれた。

不機嫌な顔で樋口を睨むと、与田晴夫の背後を通り過ぎ、一回りする形でもとの席に戻った。植村は、椅子《いす》を斜めにして腰を下ろし脚を組んだ。

与田晴夫は、そこに樋口がいることに初めて気づいたとでもいうように樋口の顔を見つめていた。

「その写真の女の子をあなたは見たことがない。そうですね」

「そう。間違いありませんよ」

与田晴夫は、値踏みするような目つきで樋口を見ながらこたえた。この二十九歳の若者は、私より植村のほうが手ごわいと感じているのではないだろうか。樋口はそう思った。

「安藤典弘さんが若い女の子と付き合っていたとか、そういう話を聞いたことはありませんか？」

与田晴夫は、ぽかんとした顔で樋口を見つめ、次の瞬間笑みを洩《も》らした。

「何です、刑事さん。そりゃどういうことです？」

「若いガールフレンドができたとか、そういった類《たぐい》の話です」

「ああ、その写真の子のことですか？　どうかな……。社長がその子と付き合っていたかどうかということですか？　そんな話は聞いたことがないですね」

「安藤典弘さんには特定の女友達はいらっしゃいましたか？」

「それは、情婦がいたかどうかということですか？」

「そうです」

「どうですかね……。社長にそんな度胸があったかどうか……」

樋口は、植村の表情を見てみたかった。植村が与田晴夫のこたえをどう考えているか知りたかったのだ。

だが、我慢して与田晴夫の顔を見つめつづけていた。今は、プレッシャーをかけることが必要なのだ。植村の実力行使とは違った形のプレッシャーを……。

与田晴夫は、次第に居心地が悪そうな表情になった。樋口が正確なこたえを要求していることがわかったのだ。

「……ええと、女がいたという話は聞いたことがありません。社長は、奥さんのこと、怖がっていましたしね……。不動産屋やっているくせに、けっこう気が弱かったんですよ。特に、女性には何かコンプレックスを持っているようで……。頭、薄かったでしょう。自分のこと、実際以上に醜男《ぶおとこ》だと思っていたようですよ。女ってのは、社長が思ってるほど男の見かけにはこだわらないものなのに……」

樋口は、じっと相手の顔に視線を据えて話を聞いている。相槌《あいづち》も打たない。

与田晴夫は、ますます落ち着かない態度になってしゃべりつづけた。

「……だいたい、社長は、コンプレックスが強いくせに、高めの女を狙《ねら》いすぎだったんですよ。バブルのころに六本木のクラブなんかでけっこういい思いをしたのが忘れられなかったんですね……。あ、俺とも六本木のクラブで知り合ったんですけどね……。俺、『オリーブ』っていうクラブで働いていたんですよ。女口説くのに金を使うことしか知らなかったんですね……。デートクラブ始めたのも、そのせいかもしれない……」

「そのせい……？」

「何ていうか……。ハーレムでも作るつもりでいたんじゃないですか？　お気に入りの女の子そろえて、好きなときに遊びに来てっていうようなこと考えていたようですけどね……。実際はそうはいかない。水商売やフーゾクなんてそんなもんじゃないって何度も言ったんですけどね……」

「どうしてです？」

「女の子次第ですからね……。特にうちは、水商売みたいに接待を義務づけているわけじゃない。ほら、言ったでしょう。あくまで、出会いを提供する場だと……」

女の子を連れ出したあとは、客の腕次第だという意味だ。オーナーの安藤典弘が相手でも事情は同じだということなのだろう。要するに、女は素人《しろうと》だということだ。それは樋口にも理解できた。

樋口は黙ってうなずき、話の先を促した。不思議なもので、反抗的な態度を見せていた与田晴夫が今は進んでしゃべろうとしていた。

こういうことは初めてではなかった。口をつぐんでいた容疑者が、脅したわけでもないのにしゃべりはじめたということが過去に何度かあった。

「あの……、どうしてその子のことが気になるんですか?」

取り調べの場では、質問するのは刑事の側でなければならない。刑事は相手の質問にこたえてはならないのだ。

ここで与田晴夫の問いにこたえるかどうかは冷静に判断しなければならなかった。

樋口は、またしても植村の顔を見たくなった。

しかし、ここで彼の顔を見たら、植村はまた主導権を握ろうとするだろう。樋口は、与田晴夫を見据えたまま考え、その末に言った。

「あの少女は、犯行現場から走り去った。その姿を複数の人間に見られている」

「へえ……」

与田晴夫は、驚きの表情を浮かべた。その表情は、さきほどと違いきわめて無防備に見えた。「それって容疑者ってこと？」

「違います。容疑者ではありません。参考人です」

「その写真はどこから……？」

「安藤典弘さんがデートクラブで働いている女の子の写真といっしょにお持ちでした」

「ははあ……」

与田晴夫は、考えを巡らせているような顔つきをした。「その子をスカウトするつもりだったのかもしれませんね。よくあったんですよ。社長が女の子、連れてきて、どうだ、この子、使ってみないか、なんてことが……。酒場とかで知り合って、うまいこと言って連れてくるんですが、はっきり言って迷惑でしたね。そういう仕事はプロに任せてほしかった……」

「デートクラブに連れてくる前に、特別なお付き合いをしていたという例はありましたか？」

与田晴夫は失笑した。

「持って回った言い方だな。味見したかどうかってことでしょ？」

「ええ」

「あったんじゃないかな？　小遣いやってね……」

「そういう子とはどこで知り合われたんでしょうね？」

「いろいろですよ。飲み屋とか……」

「特定の場所はなかったのですか？」

「ありませんよ、そんなの」

樋口は、しばらく無言で考え、質問を終えた。植村の顔を見ると、あきれたような表情をしている。その表情の意味がわからず、樋口はまたしても落ち着かない気分になった。

8

「帰っていいよ」

植村は、それだけ言うと椅子《いす》から立ち上がり、戸口に向かった。植村が出ていくと、樋口は与田晴夫に言った。

「ご苦労さまでした。ご協力を感謝します。お引き取りください」

あとは制服警官に任せて樋口も取調室を出た。植村の態度が気になっていた。捜査本部に戻ると、植村はいつものリラックスした恰好《かっこう》で椅子に坐《すわ》っていた。

深く背もたれに体をあずけ、脚を組んでいる。片方の肘《ひじ》を机代わりのテーブルに置いていた。ネクタイをゆるめており、そのおかげでできた襟の隙間《すきま》に顎《あご》をうずめるような恰好になっていた。

「どうだった？」

尼城課長が植村に尋ねた。植村はだらしのない恰好のままでこたえた。

「樋口さんに訊《き》いてくれ」

尼城課長は無言で樋口を見た。樋口は取り調べの結果をかいつまんで説明した。

少女Aはデートクラブで働いていなかったらしいこと。また少女Aは、被害者の安藤典弘が見つけてきたらしいこと、そして、安藤典弘は少女Aをデートクラブで働かせるつもりだったかもしれないという点をはっきりと伝えた。

植村は樋口のほうを見ていない。

（私が取り調べの主導権を握った形になったのが、気に入らないのではないだろうか……）

樋口は、その点が気になっていた。

「わかった」

尼城課長は、そう言っただけだった。

それから植村と樋口は口をきかなかった。出かけていた捜査員たちが次々と戻ってくる。直帰の捜査員もいた。

尼城課長は、午後十時に腰を上げた。それを潮に植村と樋口も帰宅することにした。

署の玄関を出ると植村が課長に言った。

「ちょっといつものところで一杯だけやっていこう」

「この時間にか？」

「ほんの一杯だよ。樋口さんも付き合えよ……」

樋口は、断ることができなかった。

「はあ、じゃ、ちょっとだけ……」

尼城課長と植村は、西荻窪駅近くの赤提灯《あかちょうちん》に入った。

「いらっしゃい、課長さん」

カウンターの中にいる店主らしい男が言った。

カウンターはまだ客で埋まっていた。

「奥、いいかい？」

「どうぞ……。三人さんですね」

カウンター席の後ろをすりぬけ、奥の狭い座敷に上がった。座敷にはテーブルがふたつあり、どちらも空いていた。尼城課長は、出入口から見えないほうの席を選んだ。

樋口はビールを注文したが、尼城と植村は日本酒のぬる燗《かん》を頼んだ。酒が来るとふたりはコップになみなみと注いだ。

植村がコップを差し出した。

「樋口さん。荻窪署へようこそ。ささやかな歓迎会だ」

「歓迎会？」

樋口は、戸惑いながらコップを合わせると言った。「私は捜査本部に出向いただけです。荻窪署に赴任になったわけじゃない」

「そういう意味じゃねえよ。いっしょにやっていく上での、まあ、何ていうか……」

植村はコップの酒をすすった。

「俺はね、正直言って驚いたよ。あんた、どんな魔法を使ったのか……。その点を訊いてみたかったんだ」

「何の話です？」

「さっきの取り調べだよ」

植村は、尼城課長に向かって言った。「この人はね、不思議な人だよ。相手はけっこうなワルだった。それは見ただけでわかった。俺は時間がかかると踏んだね。なめられちゃいけないと思った。それで、脅したりすかしたりとあの手この手を考えてたんだ。そうしたら……」

また一口、酒を飲む。「あなたはいつでも帰れる。だが、その前にもう少し話を聞かせてもらいたい、ときた」

「ほう……。それで……？」

尼城は早くも頬を赤くしている。目尻《めじり》が下がり、捜査本部にいるときとは別人のように穏やかな風貌《ふうぼう》になっている。

「俺は、はっきり言ってあきれたね。こんなんで取り調べができれば誰も苦労はしない。そう思ったんだ。だが、そのとき、奇妙なことが起こった。相手が、べらべらとしゃべりはじめたんだよ。魔法を使ったとしか思えない……」

樋口は、植村が皮肉を言っているのかと思った。彼は、ビールを少し口に含みそれを飲み込むと言った。

「ついてたんですよ」

「ついてた……。それもあるかもしれない。だがね、俺は、そのとき本当に不思議なことが起こったという気がしたんだ。いやはや、驚いたね……。あれが、あんたのやり方というやつなのか？　いったいどういうことなんだろうな？」

「植村さんは相手にしゃべらせようとした。私は相手の話を聞こうとした。その違いじゃないですか？」

思っているとおりのことを言った。別に特別なことを言っているという意識はなかった。

植村と尼城は、同時に手を止めて樋口を見た。それは一瞬のことだったが、樋口はふたりの反応に驚いてしまった。

「私は何か変なことを言いましたか？」

「いや……」

植村が言った。「何か、こう……。どういったらいいか……」

尼城課長が言った。

「私は今、小さいころに聞いたおとぎ話を思い出してな……。『北風と太陽』というやつだ。さしずめ、私らは北風で樋口くんは太陽ってところかな……」

樋口は、どうこたえていいかわからなかった。本庁から来た、自分たちより若い係長。それが気に入らず、ちくちくといじめにかかっているのかとさえ思った。

「あんたが自分のやり方があるって最初に言ったとき、腹の中でこの野郎と思ったよ。外勤の警官が茶を淹《い》れたときのことだ。だが、今は認めるよ。あんたのやり方ってやつも役に立つことがある」

植村は、どこかうれしそうだった。

樋口は次第に理解しはじめた。彼らは、皮肉を言っているわけではない。

捜査本部開設当初、彼らはちょっと毛色の違う樋口に不安を感じたのではないだろうか。仕事ができるかどうかという心配だ。

特に、植村は気になっていたはずだ。彼は樋口とふたりで予備班を組まなければならない。たった二日しか経《た》っていないが、植村は樋口を認める気になったということなのだろう。

このささやかな酒宴は、ふたりが樋口を捜査本部の中枢《ちゅうすう》として組むに値する刑事だと認めた祝いの席なのかもしれない。

（私のことを買いかぶらんでくれるといいがな……）

またしても樋口はそんなことを思った。

植村と尼城は、早いピッチでコップの酒を空けた。短時間のうちに酔って早めに腰を上げようという腹なのだろう。

樋口は自分のペースでビールを飲もうとした。だが、植村が注ごうとすると、つい気を遣ってコップの中の残りを飲み干してしまう。

何のはずみか、年齢の話になった。

植村は四十七歳、尼城課長は四十八歳だった。植村は警部補で尼城課長は警部だ。

ふたりとも捜査員としてはベテランの域に入っている。樋口は、まだまだ彼らには及ばないという気持ちがあった。

別に謙虚になろうとしているわけではない。経験が違うのだ。それに、自分が有能な捜査員だと思いつづけるよりも、人並みだと考えていたほうが楽に生きられることを知っていた。

「樋口さんは、いくつだい？」

植村が尋ねた。次第に打ち解けた調子になってきている。

「ちょうど四十歳です」

「……てえと、生まれは……」

「一九五五年。昭和三十年です」

「三十年生まれか……。どうりで私らとは少々違うわけだ」

「違いますか？」

「違うな……」

「どういうふうに？」

「俺たちは戦後生まれだよ。だが、あんたは、戦後は終わったといわれてから生まれたんだ。昭和三十年代は、終戦直後に比べれば夢のような時代さ」

「私が小さかったころも、人々はまだ貧しかったですよ。生活はささやかだった気がします」

「そう。昭和三十年代のはじめまでは、まだ二十年代の名残を引きずってたな……。だが、二十年代とは違う」

尼城課長が懐《なつ》かしむような表情で言った。当時のことを思い出しているのだろう。

植村が言った。

「そうだよな。家にはテレビなんてものもなかった。ラジオドラマの『まぼろし探偵』なんてのを聞いていた……」

「私が生まれたころもテレビはありませんでしたよ」

樋口が言った。「私も『まぼろし探偵』をラジオで聞いた覚えがあります。『赤胴鈴之助』なんてラジオドラマも……」

「『赤胴鈴之助』か……。あったな、そういうの……」

尼城課長が言う。「そうか。あんたが生まれたころもテレビはなかったか……」

「電器屋と銭湯……。高嶺《たかね》の花でした。一般の家庭にはありませんでした。うちにテレビが入ったのは、私が三歳か四歳くらいのときでした。近所の子供たちがテレビを見にやってきたのを覚えてますよ。台所にプロパンガスのガステーブルが入ったのもちょうどそのころですね……。それまでは七輪なんかを使っていたんでしょうね」

「昭和三十年というとそうかな……」

「世の中が豊かになっていったのは、その後ですよ。所得倍増、東京オリンピック……。世間が急速に変化していきました」

「六〇年安保が五歳、七〇年安保が十五歳か……」

植村が言った。

「そうです。六〇年安保の記憶はほとんどありません。七〇年に関しては、完全な傍観者でしたね。六八年の新宿騒乱事件や六九年の安田講堂陥落のころ、私は中学生でした。テレビで見ていましたよ」

「そこんとこなんだよな……」

植村が言った。「あんたと俺たちの違いは……」

「なるほど……」

樋口は言った。「植村さんは全共闘世代ですね……」

植村は鼻で笑った。嘲笑《ちょうしょう》するような感じだった。

「そう。そういう世代だ。立場は違うがね……」

「立場……？」

「俺は、機動隊にいたんだ。当時、生きのいいのはたいてい機動隊に回された。華々しい活躍の時期だったよ」

「なるほど……」

「俺は第四機動隊にいた。鬼の四機だ。毎日が戦争だったよ。学生の投石や火炎瓶をかわしながら楯《たて》でじりじりとデモ隊を追い込む。そのうち、突入という隊長の叫び声が聞こえる。俺たちは、雄叫《おたけ》びを上げて突っ込むんだ。殴り放題だったよ。あんなに血が熱くなったのは、後にも先にもあの時代だけだな……」

「私も一時期、機動隊に駆り出されたよ」

尼城課長が言った。「あの催涙ガスの臭《にお》いは今でも忘れられないね。それに、放水……」

「そうそう。八機のやつら、俺たちが制圧行動しているのに、かまわず水をぶちまけやがった」

植村はすこぶる上機嫌になっていた。「八機の、あの蜂《はち》のマーク。学生たちは震え上がったもんだ。八機は、機動隊の機甲部隊だからな……」

「無茶もやったね……」

「催涙弾の水平撃ち……」

植村は、くっくっと笑った。「ずいぶん、学生をノックアウトしたっけな……。催涙弾も使いようによっちゃ立派な武器だって証明したんだ。あれで植物人間になったやつがいたって聞いたな……」

「それに、ほら、女子学生……」

「ああ。検挙するために、三人くらいで女子学生を取り囲む。やりたい放題だったな。ずいぶんおっぱいもんだっけな」

尼城と植村は、当時を思い出して高揚した気分になっているようだ。

（この年代の連中は、どんな立場でもいっしょだ）

樋口は、ふたりの話を聞きながらそう思った。

二十歳《はたち》くらいのときに、血沸き肉躍る時代を経験した。そのことが忘れられないのだ。日本中がざわざわと騒がしかった時代だ。奇妙なエネルギーに満ちていた。

「新宿騒乱事件はすごかったな……」

尼城が懐かしむように眼を細めて言った。「一万人以上のデモ隊が新宿駅を占拠した。やつらは暴徒だった。電車のシートを積み上げて火をつけたりしていたんだ。新宿駅構内は、戦場だった。実際、あれは市街戦だったよなあ……」

「俺も警棒でいやというほど殴りまくったよ。いや、実際、俺は恐ろしかったのかもしれねえな……。デモ隊の連中に取り囲まれたときは、殺されると思ったよ。俺たち機動隊も必死だった」

「あの時代は、毎日が戦争だったよな」

「そうだな……。もう二度とああいう気分は味わえないだろうな……。安田講堂に最初に突っ込んだのは俺たち四機だった。バリケードによじ登ろうとすると、学生たちが投石をしてきやがる。あちこちで火炎瓶が燃え上がる……。樋口さんも、もうあと五年早く生まれていたらな……」

「私は、バリケードの内側に立てこもる側だったかもしれません」

「あ、大学出か……」

植村が言った。

「はい」

「デモとか出たことはあるのかい？」

「そういう時代じゃありませんよ」

「そうだったかな……」

「私が大学に入ったのは七四年です。すでに全共闘運動など終わったあとです。内ゲバが何回かあっただけですが、一般の学生にはまったく関係ありませんでした」

「七四年……。そうか……」

「祭りのあとですね……。キャンパスの中は、妙に空虚な感じでした」

「シラケてたってわけかい」

「私たちは、全共闘世代の後始末ばかりやってきたんですよ」

「後始末……？」

「高校に入ったとき、闘争のせいで生徒会がつぶされていました。私たちの学年が生徒会を再建したのです。……で、大学に入ってみると、学生会がありませんでした。私たちの年代が、闘争後初めての学生会選挙をやりました」

「ほう、そうかい……」

「学園闘争の反動で、大学の管理が以前より強くなっていました。その息苦しい環境の中で、私たちはひっそりと高校や大学時代を過ごしていたような気がします」

「貧乏くじを引いたってわけだな」

「セクトのオルグを追い出し、学園の正常化に精を出しました。大学は、みるみる機能を回復していきました。でも、まだ完全に闘争時代のことをぬぐい去ったわけではありません。私たちは、管理する側からは常に疑いの眼を向けられていたのです。誰かがまた騒動を起こすのではないか、と……。当時誰もが疑心暗鬼でしたよ。上級生も問題でしたね。高校時代、生徒会を作ろうとしていると、闘争を知っている上級生から邪魔をされました。大学でも、同じようなことがありました」

「だが、その分、あんたらは大学で思う存分遊べた。そうじゃないのか？　夏は海に行き冬はスキーだ。女の子とデートするのに一所懸命だったんだろう？」

「そういう連中もたしかにいましたね。でも、私たちの年代は、まだそういう浮かれた気分にはなれませんでした。キャンパスがおしゃれと遊びに席巻《せっけん》されるのはもっと下の学年になってからですね。私たちが大学に入ったとき、まだ、雑誌の『ポパイ』も創刊されていませんでした」

「『ポパイ』……？　それがどうしたってんだ？」

「若者たちの遊びが認知されるのは、『ポパイ』が創刊されるころからだったような気がします。私たちは、なんだか、戦後の瓦礫《がれき》の中をうろつき回っていただけのような印象があります」

「全共闘には乗り遅れ、遊びの世代にもなれなかったというわけだな」

「そう。私たちは、常に全共闘世代の残飯を食わされてきたんです。ビートルズにも乗り遅れた世代でした。たしかに六〇年代の終わりには学園闘争だけではなく、若者文化という点でもいろいろなことが起きました。音楽、ドラッグ、ファッション、生活様式……。私たちは、そういう文化をリードしていた若者とおとなたちの対立を子供の眼で見つづけてきたのです。若者に対する親の批判を聞いて育ったのです」

「ほう、なかなか興味深いね……」

尼城課長が言った。

「テレビで髪の長いひどく奇抜な恰好《かっこう》をした若者を見ると、両親は不快な表情でそれをあからさまに批判しました。『同棲《どうせい》時代』という劇画が流行《はや》り、若い男女の関係がフランクなものになっていました。両親はそういうものをふしだらだと批判するのです。私たちは、そういう批判を聞いて育ったのです。それが、価値観に反映しているような気もします」

「つまり、あんたらは、実に保守的だというわけだ」

植村が言った。

「そうかもしれません。日常が破壊された混乱を傍観していたので、日常の大切さが身にしみているのかもしれませんね」

「けっこうなことだ。警察官としては、もってこいの世代というわけだな」

植村のこの言葉で、ささやかな宴会はお開きとなった。

樋口は、店を出るとき、余計なことをしゃべってしまったという後悔を感じていた。

（祭りの当事者には、どう言ってもわかりはしないのにな……）

彼はそんなことを考えていた。

9

五月十日金曜日の夕刻に、鑑識からの追加報告が届いた。犯行現場となったマンションの部屋から採取した毛髪、煙草《たばこ》の吸殻その他の分析結果だった。頭髪から判明した血液型はＯ型とＡＢ型の二種類。煙草の吸殻に付着した唾液がＯ型であるのは、最初の報告と同じだった。

被害者の安藤典弘はＯ型だったので、少女の血液型がＡＢ型であることが推定された。

それきり、目ざましい進展はなかった。池田理事官も、朝の会議に出席したあとに警視庁に戻るようになっていた。

捜査員たちは、地道に聞き込みに回っている。だが、少女の身元や行方はわからなかった。

荻窪署の生活安全課から四名の捜査員が補充された。彼らが中心となり、少女が立ち寄りそうな遊興施設の聞き込み班が作られた。

地取り班、鑑取り班の人数を減らすことはできない。生活安全課の班に予備班の樋口と植村が入ることになり、六名の班となった。

生活安全課から来た四人のうち、三十八歳の巡査部長が一番年上だった。彼の名前は、氏家譲《うじいえゆずる》といった。

便宜上、この班を生安班と呼ぶことになった。生安班の班長は植村に決まった。

少女Aの写真を一目見るなり、生活安全課の氏家は言った。

「別嬪《べっぴん》だな……。いつも思うんだが、不良には美人が多い。こいつも見かけは綺麗《きれい》だが、とんでもないあばずれに違いない」

「関係ねえさ、あばずれだろうが何だろうが……」

植村が言った。「俺たちゃ、こいつが何者でどこにいるかを見つけなきゃならない」

「不良どもが出入りしているようなところを案内すればいいんですね？」

「そういうことだ」

「三組に別れましょう。そのほうが効率がいい」

「そうだな」

ふたりずつの組を三つ作った。樋口は、氏家といっしょに回ることになった。

日が暮れてから彼らは、街へと出かけていった。

ふたりきりになると氏家が言った。

「これくらいの美人だと、不良どもの間ではけっこう人気があるかもしれない。案外、あっさりと見つかるかもしれませんよ」

樋口がこたえた。

「だといいですけどね……」

「不良どもの世間は狭い。縄張り意識が強いんですね。犬と同じですよ。てめえのションベンの臭《にお》いがしない場所じゃ落ち着かないんです」

「少年たちに反感を持っているように聞こえますが」

「大嫌いですね。私は、連中の眼が嫌いです。猜疑心《さいぎしん》の強い反抗的な眼。どいつも同じ眼をしてやがる。そういう眼を見るたびに、ぶん殴りたくなりますよ」

「誰でも一番身近で問題を起こすやつが気に入らないのですよ」

「あんただって、不良どもに会えばわかりますよ」

「まず、どこへ行けばいいのだろう?」

「吉祥寺のクラブへでも行ってみますか……?」

「クラブ……?」

氏家巡査部長は、クラブのブの部分にアクセントを置いた奇妙な発音の仕方をした。

「クラブじゃありません。クラブですよ。まだ時間が早いから本格的に混みはじめてはいませんが、何人かつかまえて話を聞けるでしょう」

氏家が案内したクラブというのは、ビルのワンフロアのきわめて狭い店だった。殺風景な店だと樋口は感じた。

壁は黒く塗られている。カウンターがあり、テーブルがあるが、どれも粗末なものだ。テーブルは壁際《かべぎわ》に寄せられている。

店の中央部分は踊るためのホールとなっている。一方の壁際がステージのように高くなっており、そこにターンテーブルがふたつとミキシング装置が置かれていた。

天井も黒く塗られている。コンクリートにペンキを塗りつけただけのようだ。その天井には、ライトを吊《つ》るすバーが剝《む》き出しになっている。

劇場用の照明装置が、これも剝き出しのままぶら下がっている。ライトには、カラーゼラチンが乱雑に切ったまま取り付けられていた。

樋口は、大学生のころ通ったジャズのライブスポットを思い出した。当時、新宿や西荻窪には、このような雰囲気のライブスポットがたくさんあった。

それは、彼らの前の世代の置き土産だったのかもしれない。樋口が大学に通っているころに、そうしたライブスポットやジャズ喫茶は次々と姿を消していった。残ったライブハウスもどんどん小綺麗になっていった。

前衛的なモダンジャズやフリージャズを演奏するジャズマンが減っていき、いつしかクロスオーバーとかフュージョンとかいうジャズが幅をきかせるようになっていた。

樋口は当時、その点についても別に何の感慨も覚えなかった。あるものがすたれ、新しいものが人気を得る。

それをごく自然のこととして受け止めていたのだ。フュージョンもそれなりに楽しく聴いた。だが、その人気を支えたのは、やはり彼らより下の世代だった。

樋口たちは、やはり半分モダンジャズに関わり、フュージョンを受け入れつつもその人気に戸惑いを感じるという中途半端な時代を生きてきたのだ。

今、モダンジャズのライブハウスや、前衛的な音楽、演劇をありがたがっていた世代の息子や娘たちが、やはり同じような雰囲気を感じさせる場所に集まっている。

樋口は、何だか、またしても自分たちがのけものにされたような奇妙な感じを覚えた。

客の大半が十代のように思えた。女性客は、皆刺激的な恰好をしている。ミニスカートやショートパンツが多い。レザーのショートパンツや豹《ひょう》柄のミニスカート……。髪を茶色く脱色したり染めたりしている。

男たちは、妙にだぶだぶとした服を着ている。靴はスポーツシューズだ。スポーツウエアを着ている男もいる。どれも似合っていないと樋口は感じた。

髪の長い男たちも眼についた。これも、全共闘世代の特徴のひとつだった……。樋口は思った。

店内には、神経に障《さわ》る音楽が流れている。樋口からすれば、それは音楽とは言いがたかった。

音楽と音楽を奇妙な雑音でつなぐ。そのリズムに合わせて、早口の英語が聞こえてくる。

その繰り返しだ。

少女たちは、楽しげというよりも、どこか誇らしげな表情で体を揺らしている。それを壁際から少年たちが眺めている。

樋口と氏家は明らかに闖入者《ちんにゅうしゃ》だった。背広を着た中年の男たち。

だが、若者たちは樋口と氏家を無視しているようだ。男性のグループが反抗的な視線を一度投げかけてきたが、それだけだった。おそらく、彼らはこちらの素性に気づいている。

氏家は、黒っぽいシャツを着た男に近づいた。店の従業員のようだった。三十歳になるかならないかの小太りの男だった。

店の従業員は氏家の顔を知っているようだった。無表情に氏家を見つめている。

氏家は、店内に満ちている音楽――騒音に負けないように大声で言った。

「訊《き》きたいことがある」

相手は何も言わない。彼は、氏家より周囲の客の反応を気にしているようだった。立場上、警察に怯《おび》えている態度は見せられないらしい。客の若者たちに軽蔑《けいべつ》されるのが恐ろしいのだ。

それが樋口には手に取るようにわかった。氏家が言った。

「こっちは、俺ら生活安全課とは違うぜ。本庁捜査一課の樋口さんだ。嘘《うそ》をついたり隠し事をするとあとが怖いぞ」

それでも相手は無言だった。どこかぼんやりとした眼で樋口を見た。

その眼に不気味な印象があった。クスリを常用しているな……。樋口はそう思った。

氏家は樋口に言った。

「店長の甲田だ」

彼は甲田のほうに向き直ると、少女Aの写真を見せた。「この女の子に見覚えはないか？」

甲田は、ぼんやりとした眼を写真に向ける。しばらく眺めていた。

やがて、彼はゆっくりと首を横に振った。氏家は苛立《いらだ》たしげに言った。

「知ってるのか知らないのか。はっきり口に出して言うんだ」

「知らない」

甲田は、言った。少年か女のような奇妙に高い声だった。

「見たことはないんだな？」

「ない」

「じゃあ、店の客を適当にとっつかまえて尋ねるぞ」

「冗談じゃない」

口調に抑揚がない。「そいつは営業妨害だ」

「じゃあ、気を入れて写真を見るんだ」

「ちゃんと見たよ」

「本当に知らないんだな？」

「知らない」

氏家は樋口のほうを見た。樋口は、うなずいてみせた。

「おい、店長」

氏家が言った。「ここに出入りする女の子に一番詳しいのは誰だ？」

「従業員は誰でも似たりよったりだよ」

「ここのスターは誰だ？」

「DJのことかい？　普段は店の従業員がやってる。けど、水曜日と金曜日の夜は、ハルがやってる」

「そいつは人気者かい？」

「うちの店だけじゃなく、渋谷のクラブでもDJをやってるよ。今、引っ張りだこだ。弟子がふたりほどいるよ」

「当然、女の子の追っ掛けもいるというわけだな？」

「いるよ」

「そいつ、女好きか？」

「女が嫌いならDJなんてやらないよ」

「そりゃそうだ……。その、ハルってやつは、今夜も来るのか？」

「ああ……。もうじき来るはずだ」

「何時に来る予定だ？」

「さあ……。ハルの気分次第だな……。だいたい九時過ぎに来るよ」

樋口は時計を見た。すでに九時を過ぎている。

氏家が言った。

「待ってみよう」

「好きにしてくれ」

甲田が言って、樋口たちふたりから離れた。

氏家はカウンターの近くに陣取った。樋口はその隣りに立った。ふたり連れの女の子が樋口を見て不愉快そうに離れていった。

それに気づいて氏家がふんと鼻を鳴らした。

「ＤＪがどうのってのは、どういうことなんだ？」

樋口は氏家に尋ねた。

「こういうクラブでは、ＤＪがスターなんだ」

「ＤＪってのはディスクジョッキーのことだな……」

「そうだ。あそこのブースでレコードをかける」

氏家は、顎《あご》で壁際のステージを示した。

樋口はディスクジョッキーと聞いて、ラジオの深夜番組のパーソナリティーを連想した。それで、思わず尋ねてしまった。

「あそこからおしゃべりするわけか？」

「おしゃべり……？」

氏家は、樋口の顔を見た。そして思わず苦笑した。「あまりおしゃべりはしない。中には客を煽《あお》るために声を上げるＤＪもいるみたいだけどね。いや、ふたり組でお笑いみたいなことをやるＤＪもいるらしいから、まあ、それもありか……」

「じゃあ、レコードをかけるだけか？」

「レコードを使ってパフォーマンスをするんだ。片方のターンテーブルでレコードをかけ、それが終わるともうひとつのターンテーブルにかけ換えるんだけれど、その間にロスタイムを作らない。レコードを小刻みに動かし、溝《みぞ》で針を擦《こす》って摩擦音を出したりする。スクラッチとかいうんだけどね……。それを絶え間ないリズムの中でやる。それが恰好《かっこう》いいんだ」

「今流れているのがそれか？」

「ハウスミュージックとかいうらしい。ＤＪのパフォーマンスをレコードにしたものといっていいだろう。ＤＪの腕の見せどころはやはりそうしたパフォーマンスだが、やはり選曲が人気を左右するらしい」

「詳しいな……」

「生活安全課っていうのは、若い連中としょっちゅう付き合わなければならないからな……」

「あんた、子供は？」

「俺？　独身だよ」

「なるほどな……」

「なんだい」

「独身なら若い子と付き合ったって不思議はない。あんたが若者の文化に詳しいのは仕事のせいだけじゃなさそうだ」

「まあね……。最近の若い子はさばけてる。女子高生でも平気で俺たちの年代と付き合ってくれるよ」

「信じがたいな……。私には高校生の娘がいる」

氏家は驚いた顔で樋口を見た。

「本当か？　若く見えるね……」

「四十歳になった」

「へえ……」

会った当初は、丁寧な話し方をしていたふたりだが、いつしかくだけた口調で会話をしていた。

樋口は、氏家に親近感を抱いていた。年齢が近いこともあったかもしれない。氏家は、間違いなく樋口と共通する独特の何かを持っている。それが何か樋口にもわからない。

店の中が、一瞬ざわついた。

客たちが一か所を見つめている。

「あいつだな……」

氏家が言った。

ＤＪのハルが現れたのだ。

氏家は、カウンターを離れ、ハルと呼ばれる男に近づいていった。樋口は、客の眼を気にした。店中の人間を敵に回しているような気がした。

実際そうだったかもしれない。皆、樋口たちに反感を覚えているはずだ。

だが、氏家は気にしていないようだった。まったく無造作にハルに歩み寄っていく。

ハルは、ミラーのサングラスを掛けていた。スキーのゴーグルのような形をしたサングラスだ。

長い髪を細く巻いてパーマをかけている。かつてレゲエのミュージシャンたちがよくやっていたようなドレッドヘアと呼ばれるスタイルだ。神経質なくらいに細く巻いた髪が、無数にぶら下がっている。

肌が浅黒かった。日焼けサロンで念入りに焼いているのかもしれないと樋口は思った。黒い光沢のある生地でできたスポーツウエアの上下を着ている。

足元は、くるぶしの上まであるジョギングシューズだった。靴の色も黒だ。

ハルは、立ち止まって氏家と樋口を見つめていた。大きなミラーグラスのせいで、表情がわからなかった。

氏家が、スピーカーから吐き出される大きな音に負けないように顔を近づけて大声で言った。

「訊きたいことがある」

「何だ、あんた……」

ハルは尋ねたが、もう氏家の素性に気づいているようだった。

氏家は、手帳を取り出して見せた。

「俺は逮捕されるのか？」

ハルが言った。片方の頬を歪《ゆが》めている。笑っているようだ。

氏家がこたえた。

「心当たりがあるのか？」

「さあてね……」

笑いは消えない。

「この女の子を知っているか？」

氏家は少女Aの写真を取り出した。ハルはそれを手にとって、ライトのほうに向けて見た。

「へえ、リオじゃねえか」

ハルは言った。「こいつがどうかしたかい？」

写真を氏家のほうに突き出した。

「知っている女か？」

「知らない」

「リオと言わなかったか？」

「知っているのは名前だけだ」

「よくここへ来ていたのか？」

「ここへは来ない」

「どこで会った？」

「渋谷のクラブ。『ナックル』という店だ。俺は、そこで木曜日と土曜日に出ている。

その店に来ていたよ」

樋口は、表情を変えずにふたりのやりとりを聞いていたが、本当は興奮していた。これほどあっさりと少女の手がかりが得られるとは思っていなかったのだ。

運がいい、と樋口は思った。だが、氏家はそうは思っていないようだった。期待薄の顔つきで話を聞いている。

「何をやっている子だ？　高校生か？」

「知っているのは名前だけだと言っただろう？」

「あんた、この子と何か関係は？」

「ないよ」

「信じられないな……」

「なぜだ？」

「見ろよ。かわいい子だ。俺があんたなら放ってはおかないな。あんた、それができる立場にある。人気者なんだろう？」

「そう言ってもらうのはうれしいがね……。俺だって落とせない女の子はいるさ」

「余裕の発言に聞こえるな……。落とそうとしたことがあるのか？」

「ない」

「まだ、あんたの本名を聞いていなかったな」

「吉田春彦。春彦の春はスプリングだ」

「本名は地味なんだな」

「本名は関係ねえよ。今じゃ、俺はどこでもハルだ」

「そうだろうな……」

「ショウタイムだ。行っていいかい？」

「ああ……」

ハル――吉田春彦は、くるりと背を向けてＤＪブースに上がった。親指を下に向けて突き出した。歓声が聞こえた。

10

「ずいぶんとあっさり引き下がるんだな……」

　クラブを出ると、樋口が氏家に言った。

「何のことだ？」

「あのDJだよ。少女Aのことをもっとよく知っていたかもしれないじゃないか」

「いや、たぶん、あいつの言ったとおりだろう。やつは、少女Aのリオという呼び名しか知らない。リオというのが本名かどうかも知らないに違いない」

「どうしてわかる」

「連中はそういう付き合い方をかっこいいと思っているんだよ。しかも、ハルは、警察の機嫌をそこねちゃたいへんだと考えて、協力的だった」

「協力的だった？　あれでか？」

「そう。あの手の連中にしちゃ上出来だよ。ああいう連中は、ストリートギャングどもに憧《あこが》れているんだ。ヒップホップっていうんだがな、ラップなんかの音楽だのあの服装だのひっくるめて、ニューヨークやロスあたりの不良どものスタイルなんだ。ワルぶるのがかっこいいんだ」

「まあ、アウトローが若者に受けるのは今に始まったことじゃない……」

「ハルは、精一杯協力したと俺は思っている」

「なぜ警察の機嫌をそこねちゃいけないと考えたんだろうな？」

「あいつら、どうせ、クスリやってる。覚醒剤《シャブ》にも手を出しているかもしれない。大麻《ハッパ》は日常だ。そこんところが影響したんだろうよ」

「だが、嘘《うそ》を言っている可能性もある」

「そんときは、また会いに行くさ。俺だってあそこまでが限界だったよ」

「限界……？」

「精一杯ツッパってたんだよ。全員を敵に回してたんだ。冷や汗が出たぜ」

「あんたも同じことを感じていたとはな……」

「誰だってそう思うさ」

「渋谷まで行ってみるかい？」

「縄張りの外だな……」

「そのための捜査本部だ」

「そうだったな。行くしかないようだな……」

『ナックル』は、渋谷と原宿の中間あたりにあった。明治通り沿いに立つビルの地下だ。

店内はまだ空いていた。

「さっきの店のほうが混んでたな……」

樋口が氏家に言った。

「あの店は、学校帰りのガキどもが立ち寄る。それこそクラブ活動みたいなもんさ。十時を過ぎると本格的なクラバーたちが集まりはじめる……」

「学校帰りの子供たちね……」

樋口はつぶやいた。そのつぶやきは氏家には聞こえないはずだった。店内の音響が大きい。

樋口はそのとき、娘の照美のことを思い出していた。

（照美もクラブに興味があるのだろうか？　それとも、すでに出入りしているのかもしれない）

どうもぴんとこなかった。

出入口の脇《わき》にレジカウンターがあり、その窓口から従業員が声をかけた。

「おふたりですか？」

ラフな恰好《かっこう》をしているので、レジカウンターにいなければ従業員とは気づかないところだった。

オーバーサイズのズボンにこれもだぶだぶのTシャツ。バスケットシューズをはいている。

言葉とは裏腹に、その従業員は胡散《うさん》臭げな表情でふたりを見ている。

（このスーツのせいか……。どこへ行っても嫌われ者だな……）

樋口は、そう思いながら警察手帳を出した。

「警視庁の者です。お話をうかがいたいのですが……」

氏家は、地元でないという意識があるのか一歩引いた態度でいる。樋口が主導権を握らなければならなかった。

「何です……？」

従業員は、不安半分、反感半分といった表情で手帳と樋口の顔を交互に見た。

樋口は、少女A——ハルがリオと呼んだ少女の写真を取り出して従業員に見せた。

「この人に心当たりはありませんか？」

従業員は、じっと写真を見ていたが、やがて、言った。

「さあ……。知りませんね……」

「あなた、ここで働いてどれくらいになります？」

「去年の夏から働いてますよ」

「この人を店で見かけたことはありませんか？」

「あのね、刑事さん……」

従業員はうんざりしたような表情を見せた。「毎日、どれくらいの客が来ると思ってるんですか。土日の夜は、それこそ満員電車みたいなもんですよ。いちいち客の顔なんて覚えてませんよ」

口元を歪めている。明らかに演技しているようだ。しかし、それが何のための演技かわからない。最近の若者の中には、感情を大げさに表現するためだけに演技する者がいることを樋口は知っている。

テレビドラマの影響なのかもしれないと彼は思っていた。

学校にも家庭にも今の若者の手本になるような存在がいない。若者たちはテレビでさまざまなことを学ぶようだった。

「常連なら覚えているだろう」

「常連ったってごまんといますよ。すべてを覚えているわけじゃない……」

「俺たちは、別の従業員にも話を聞く」

氏家がたまりかねたような調子で言った。「そのときに、言ってることが食い違うと、あんた、面倒なことになるよ」

従業員の顔にたちまち不安の色が広がった。刑事にプレッシャーをかけられた経験があまりないらしい。

「本当ですよ。俺は知らない。いいですよ。誰か別の人に聞いてください」

従業員はふてくされたような顔をした。

「ハルって、知ってますか？」

樋口が言った。

「ハル……？　DJの？　ええ、知ってますよ。木曜日と土曜日にここでプレイしてます」

「ハルは、ここでこの子に会ったと言ってるんですがね……」

従業員は、肩をすくめた。

「なら、ここで会ったんでしょう。でも、俺は知らない」

樋口は氏家の顔を見た。氏家は、かすかにうなずいてみせた。

「わかりました。ここの責任者の方にお会いしたいのですが……」

樋口が言うと、従業員は、もう一度肩をすくめ、店の奥に行った。彼は、口髭《くちひげ》を生やした痩《や》せた男を連れてきた。長い髪を後ろで束ねている。絹のような光沢のある黒いシャツを着ていた。

「警察だって……？」

その痩せた口髭の男が言った。「何の用です？」

樋口は、手帳を見せた。

「あなたがここの責任者ですか？」

「店長ですが……」

「この写真を見ていただきたいのですが……」

「何です、これ……」

「この人に見覚えはありませんか？」

「さあ……」

「美人だろう？」

氏家が言った。

店長は、氏家の顔を見た。どういう返事をしていいかわからないような様子だった。

「これほどの女なら、一目見たら忘れないよなあ……」

「そうですね……」

店長は曖昧《あいまい》にうなずいた。表情を変えない。「見たことがあるような気がしますね」

「名前はご存じですか？」

樋口が尋ねた。

「見たことがあるような気がすると言ったのですよ」

店長が樋口に言った。相変わらず無表情だった。「名前も何も知りません」

「彼女と親しかった人物に心当たりはありませんか？」

「そういうことはわかりませんよ。ここはお客さんが遊びに来るところです。私たちはその場を提供するだけです。客の名前を控えているわけでもなければ、客同士の関係に眼を光らせているわけでもありません。気になるのは店の混み具合と売上げだけです」

淡々とした語り方だった。

この男は、わざと感情を隠しているのだろうかと樋口は疑ってみた。疑うことが刑事の仕事だ。

「これくらいの美女だと、人気もあったろう。男たちが放っておかなかったんじゃないのか？」

氏家が言った。

「そうかもしれませんね。だが、私たちには関係ない……」

「店の従業員の方は、けっこう女性客といい思いをすることもあるんじゃないんですか？」

樋口が尋ねると、店長は意外そうな表情をした。

「ディスコの黒服といっしょにしないでくださいよ。そういうのがうっとうしくてディスコ通いをやめて、クラブに来る客もいるのです。店の従業員の関心は、どうやったら店が流行《はや》るかなんです。つまり、客が楽しめる空間を提供することが大切だと考えているんですよ」

「なるほど……」

樋口はうなずいたが、氏家は納得しないようだった。

「客が楽しむためなら、クスリの類《たぐい》も提供するわけだろう？」

「店の者は、そんなことはやっていませんよ」

相変わらず無表情。

やがて、樋口には、その態度が落ち着きに思えてきた。自信に裏打ちされた落ち着きだ。

「店の者はな……」

氏家が言った。店長は何も言わなかった。樋口が尋ねた。

「ハルというＤＪをご存じですね」

「ええ。知ってます」

「あなたは、ハルと親しいのですか？」

「ええ。長い付き合いです」

「長いというと、どれくらい？」

「四、五年になりますか……」

「この店を始める前から？」

「はい。私は、しばらくニューヨークにいたことがあります。日本の音楽業界の連中相手にガイドのようなことをしていました。そのときにハルと知り合ったんです」

「ガイド……？」

「ええ。向こうの録音スタジオを押さえたり、ミュージシャンを集めたりといった仕事までやりました。業界の言葉でインペク屋というんですがね……」

「ハルとはどういうふうに？」

「あいつはどうしようもないやつですよ」

店長は、かすかに嫌悪《けんお》の表情を見せた。

彼が何かの感情を表に出したのは、これが初めてだった。樋口は、興味を覚えた。

「ニューヨークであいつは、ぶらぶらしているようだった。仕事がないくせに、一人前の恰好をしたがるやつでした。ドラッグをやったり、新しい音楽がかかるクラブに出入りしたりしていました。私も仕事の上で流行《はや》りの店は押さえておかなければならない。そうした場所で知り合ったんですよ」

「当時、ハルは何をして食っていたんですか？」

「知りません。日本から持っていった金で細々と食いつないでいたのかもしれません。皿洗いなんかのバイトもやっていたかもしれない。ポン引きや、ドラッグの売人なんかにも手を染めていたかもしれません。だが、本当のところは私にもわからない。彼は、私が金づるだと思って近づいてきたのです。でも、私は、自分ひとり食うのが精一杯だった」

「あなたは、どういう目的であちらへ……？」

「私は、ミュージシャンになりたかった。だが、その夢は実現しませんでした。自分の才能の無さに見切りをつけられず、ずるずるとニューヨークに残り、人脈を頼りに仕事を始めたのです。音楽業界の片隅に身を置いていることで自分を慰めていたのかもしれませんね」

樋口は、この店長に好感を抱きはじめていた。

クラブなど若者を堕落させるものだと、心のどこかで思っていた。だから、そこの店長ということで、相手に最初からきつい評価を与えていた。

彼は、物事を真面目《まじめ》に考えるタイプのようだった。クラブの経営にも真剣に取り組んでいるのかもしれない。

「それで、ハルとは……？」

「ああ……。ハルは、共同でガイドの仕事をやろうと言いました。彼は、私の知らないヒップホップのアーチストも知っていると言いました。ふたりでやれば儲《もう》けも増えるだろうと……」

「いい話に聞こえますがね……」

「彼が信用できる男ならばね……」

「どういう点が信用できないのです？」

店長は、肩をすくめた。

「何もかもですよ。あいつは、口から先に生まれたような男だ。生きざまは、はったりばかりです。でも、最近はそれがいいほうに転んだようです。はったりが功を奏して、DJとして成功した。やつのスタイルは、すべてニューヨークの売れっ子たちの真似《まね》でしかない。でも、日本ではそれで充分なのです。私は、経営者として、彼にプレイを依頼しなければならなかった。彼は、恩きせがましく、昔のよしみだから木曜と土曜の二晩だけプレイすると言いました。今でも、ことあるごとに、ニューヨークで私が冷たくしたと文句を言いますよ。私が当時のことを悔やみ、へつらう姿を見るのが楽しいのです」

「へつらうのですか？」

「ええ。店のためですからね。それくらいの演技はします。それに、たしかに彼にはDJとしての才能があります。本場のニューヨークではものにならなくても、日本では人気者になる程度の才能がね……」

「女性関係はどうです？」

「詳しくは知りません。知ろうとも思いませんよ。ただ、あまりいい噂《うわさ》は聞きませんね……」

「ほう……」

「ハルは、若い娘が好きなんです」

「若いというと、どれくらいの……？」

「若ければ若いほどいいらしい。女子高生、女子中学生……。小学生でも……。ニューヨークでは、若い子相手のレイプ事件が頻繁に起きます。ハルも、それを経験したという噂です。それ以来やみつきになったと……」

「つまり……」

氏家が言った。「ロリコンというやつか……？」

「ロリコンといっていいかどうか……」

店長は、生真面目にこたえた。「ロリコンというのは、厳密には幼女でなければだめってことでしょ？　そういうのとはちょっと違う。高校生になると、ロリータとは言いがたいですからね。今では、中学生だっていっぱしの女気取りです」

「だが、子供は子供だ」

氏家が言った。

「肉体的にはそうじゃありません。そして、ハルのような男は、肉体にしか興味がないんです。肉体と言って言いすぎなら、外見といいましょうか……。ハルはいつも、女は十九が限界だと言っています。化粧で誤魔化さなければならないのは本当の美しさじゃないというのが彼の言い分です」

樋口は、リオと呼ばれた少女の写真をあらためて見た。

「この少女は、そういう意味ではハルの好みに合っているのではないですか？」

「そう思いますね」

「ハルは、この店でこの少女と知り合ったと言っています」

「知り合ったというのは控え目な言い方だな……。こんな子がいたら、ハルは見逃さないでしょう。いつも、若い女の子に眼を光らせていますからね。そして、自信たっぷりにアタックをします。一〇〇パーセント落ちるという自信が彼にはある。なんせ、こういう店ではスターですからね……」

「いいですか。私が言ったことをよく理解されていないようですから、もう一度言います。ハルは、この店でこの子と知り合ったと言っているのです。あなたは、ハルと親しいと言われた。ハルとこの子の関係についてもご存じなんじゃないですか？」

「残念ながら、刑事さん……。お力にはなれないようですね。さきほども言いました。見覚えがあるような気がします。私は、ハルがここで会ったというのなら、そうなのでしょう。だが、それだけのことです。その写真の少女については何も知らない」

「どなたか、この少女について知っていそうな従業員の方はいらっしゃいませんか？」

「私にはわかりません。全員に尋ねてみてはいかがですか？」

「もちろん、そうさせてもらうよ」

氏家が言った。店長は、文句を言わなかった。「それだけじゃない。客を片っ端からつかまえて尋ねてみる」

それでも店長は、顔色を変えなかった。

「それが必要だというのなら、しかたがありませんね……」

「まだお名前をうかがってませんでした」

樋口が言うと、店長はこたえた。

「山本啓一」

「年齢は？」

「三十一歳です」

歳《とし》より落ち着いて見えると樋口は思った。樋口は、メモを取り終えると言った。

「ご迷惑とは思いますが、これも捜査のためです。なるべく早く切り上げるようにします。ご理解ください」

「何の捜査かお聞かせ願えればありがたいのですがね……」

「西荻窪のマンションで殺人事件がありました。その捜査です」

店長は興味なさそうにうなずいた。それ以上何も言わなかった。

「ご協力を感謝しますよ」

「諦《あきら》めているだけです。ニューヨークの警察はもっと強硬でしたからね」

樋口と氏家は本当に言ったとおりのことをした。すべての従業員とその場にいた客を片っ端からつかまえ、話を聞いた。

しかし、結局、リオという呼び名の少女については何もわからなかった。

11

「膨らんだ風船がぱちんと弾《はじ》けたような気分だな……」

『ナックル』を出ると樋口が氏家に言った。氏家は、思わず樋口の横顔を見ていた。

「何のことだ?」

「期待外れはこたえるってことさ」

「あっさりと、リオの素性がわかるとでも思っていたのか?」

「ああ。実を言うとな……。とんとん拍子に運んで、私は気分がよかった。高揚していたんだ。それが、一気にしぼんでしまった。こういうときは、つくづく疲れたと感じる。少なくとも、もっと手掛かりがあると踏んでいた」

「こんなもんだよ。ハルってやつのことを聞けただけでもよしとしようじゃないの」

「吉祥寺のクラブへ、もう一度行ってみる必要があるんじゃないか? 『ナックル』でやったように徹底的に聞き込みをやったほうがいい」

氏家はうなずいた。

「それは、別の組にやってもらおう。望み薄だけどね……。植村のオヤジが行けば、何か聞き出せるかもしれない。あの人は、新品の絨毯《じゅうたん》でも思い切りひっぱたいて埃《ほこり》を出すタイプだ」

「そうしよう」

樋口は、腕時計を見た。すでに十一時になろうとしている。捜査本部に戻るべきかどうか迷った。

結局、直帰することにした。

幹部ならば、捜査本部に顔を出さなければならないだろうが、樋口は幹部ではない。ただの予備班にすぎない。

あとは、尼城課長がうまくやってくれるだろう。

渋谷駅で別れようとすると、氏家が言った。

「腹が減ったな……。ガソリンが切れかかっている感じだ」

「ガソリン？　それはアルコールの間違いじゃないのか？」

「そうとも言う」

樋口は疲れ果てており、一刻も早く家に帰りたかった。結婚して十七年経《た》つが、いまだに妻の恵子は彼にとって魅力的だった。

若いころのように情熱的な感情が湧《わ》いてくるわけではない。だが、たしかに愛していた。それは、もっと落ち着いた感情だった。親愛の情といったようなものだ。

恵子といると安らぐ。それは大切なことだった。樋口は、娘の照美にも惜しみない愛情を注いでいる。恵子と照美のいる家庭。それは、彼がどこよりも身を置いていたい場所だった。

だが、樋口は同時に、職場の同僚も大切だと感じていた。

どちらも彼の日常に関わる問題だ。樋口は、日常性を大切なものと感じていた。それは、彼にとって退屈なものではなかった。

混乱のあとに、日常を取り戻すのにどれくらいの手間と苦労が必要であるか——彼はそれを知っていた。

「一杯だけやっていくか……」

「そう言うと思ったよ」

ふたりは、ガード脇《わき》にある居酒屋に入った。もうじきラストオーダーだという。かまわないと言って、生ビールを注文した。

カウンターに向かって坐《すわ》り、ビールを喉《のど》に流し込むと、一日の仕事を終えたという実感が湧いた。

氏家は、ボリュームのある料理をどんどん注文している。独身の彼は、どうやら、夕食の代わりにするつもりらしかった。樋口は、軽いつまみだけを頼んだ。

恵子が夕食を用意して待っていることはわかっている。

それに気づいて氏家が言った。

「家に帰って飯を食うのかい？」

「ああ。そのつもりだ」

「不自由なもんだね、所帯持ちは……」

「不自由？　そう感じたことはないな」

「俺はいつでも、好きなときに好きなものを食う。そういう生活が気に入っている」

「別に問題はないさ。私もこの生活が気に入っている」

「まだ若いのに……」

「若い……？　四十歳がか？」

「遊び盛りだよ。なんなら女の子紹介しようか？」

「遠慮しておくよ。私にハルのような趣味はない」

「ティーンエイジャーを紹介するとは言ってないよ。あんた、高校生の娘がいるんだったな」

「そう」

「ずいぶん早くに結婚したんだな……」

「二十三歳で結婚した。次の年に娘が生まれた」

「奥さんもあんたも、もっと遊びたいとは思わなかったのかい？」

「不思議と思わなかったな……」

「どこで知り合ったんだ？」

「大学の同級生だった。妻は、四年のときに留学した。卒業が私より一年あとだった。妻の卒業を待って結婚した」

「……だろうな。学生時代の知り合いでなきゃ、結婚はもっとずっと遅くなっていただろう」

「そうかもしれない」

「学生のときにデキちまわなきゃ、そのままずるずると独身を続けちまうもんだ。気がついたら、俺は、三十八歳になってたってわけだ」

「決まった相手はいないのか？」

「思う相手には思われずってやつでね……。刑事なんぞやってたら、女を口説く暇もありゃしない。遊び相手がせいぜいだよ」

「そいつはかわいそうだ」

「俺に言わせりゃ、あんたのほうがかわいそうだよ。俺は、若い娘《こ》と楽しんでいる。束縛されるのが嫌いなんだ。だが、あんたは、しっかりと首に縄をかけられている」

「そう感じたことはないな」

「結婚などせずに、もっと楽しめばよかったのに……」

「私の上の世代では、自由な恋愛のスタイルが流行《はや》りだった。『同棲《どうせい》時代』って知ってるか？」

オ「知ってるさ。俺が中学生になるかならないかのころの映画だ。劇画があって、それが人気で映画になったんだろう？」

「かぐや姫の『神田川』は？」

「もちろん知ってる。あんたとは、それほど歳は違わないんだぜ」

リ「ふたつも違う。私たちの時代のふたつは大きな違いがあるんだ」

「なぜ？」

「私たちは、全共闘世代が徹底的に荒らしたあとにやってきて、後始末をした。その後にあんたたちがやってきた」

「なるほどね……。だが、同じような空気を吸っていたことは確かだ。新人類と呼ばれた連中とは違う」

「わかっている」

「『同棲時代』や『神田川』がどうしたというんだ？」

「全共闘世代は、ちゃんとした付き合いをブルジョア的とか言って否定した。彼らはあらゆる秩序が気に入らなかった。恋愛、結婚という秩序すらぶっ壊したかった。それで、同棲という形が彼らの間で流行ったわけだ。それまで、同棲などというのはひどくふしだらなことだと考えられていた」

「それまでだって、同棲していた連中はいただろう？」

「もちろん、いた。だが、それ以前の連中は、節度を保っていた。つまり、同棲が反社会的な行為であるという自覚を持っていた。後ろめたさを感じていたのさ。だが、全共闘世代は、そうではなかった。同棲なんかがかっこいいと考えたのだ。それが新しい男女の生き方のように思っていたんだろう。要するに流行りだ」

「まあ、たしかにそうかもしれない。流行りというか都会的な感じがしたんだろうな」

「その連中が、同棲の延長のような夫婦になった。ニューファミリーとか言っていたな……。何のことはない、核家族だよ。その連中は、その後、子供を作らず、ディンクスなどと言いはじめる。要するにまっとうな家庭を作ろうとしなかったわけだ。自由の権利だけを主張し、ある種の責任を放棄したんだ。私はそういう非日常的な家庭のあり方、男女のあり方を見てほとほと嫌気がさしていた。妻との結婚にはまったく抵抗がなかったよ。家庭らしい家庭を作ることが私の望みだった。私は『サザエさん』の磯野家に憧《あこが》れていたんだ」

「『サザエさん』だって……？　だが、その望みはある程度果たされたということだな。気持ちはわかるよ。あんた、今、俺たちの上の世代がある種の責任を放棄したと言った。その点には同感だね。その最も大きな責任は教育だ。今のガキどもを見ろよ。娘はパンツを売ったり、売春をしたりしている。男の子は、教室のなかでカツアゲをし、暴力を振るっている。その親や教師の大半は、あんたが言った全共闘世代や団塊の世代と呼ばれた連中だ。子供は親を見て育つんだよ」

「生活安全課のあんたは、そういう点が特に気になるだろうな……」

「不良の中には、両親の不和が原因となっているケースも多い。結婚を同棲の延長のように考えていた連中は、くっつくのも早いが簡単に別れてしまう。家庭のことを真剣に考えているとは思えない。ニューファミリーなんて言葉に躍らされた連中ほど離婚が多い。家庭や子供のことより、自分の要求のほうが大切なんだ。夫婦は互いに要求だけをぶつけ合う。なんせ、全共闘だからな。相手の言うことなんざ聞きはしない。

離婚した結果、精神的に不安定になる子供もいる。今の少年少女をめぐる社会問題は、その親の世代に問題があったのさ。高校や大学で勉強もせずに戦争ごっこやってたんだ。それも当然だよ」

氏家は、モツ焼きをくわえ、串《くし》をぐいと引いた。

「そうだな……。言ってみれば、おとなになることを拒絶した世代だったのかもしれない。おとなになりきらない連中に子供をちゃんと育てられるはずはない」

「だからさ……。俺は結婚しないんだ」

「え……？」

「おとなだという自信が持てるまで結婚はしない。ガキ作って育てる自信なんてないからな。無責任な世代が無責任な結婚をして無責任な親になる姿を見てきた。だから、俺は嫌なんだ」

「私が早く結婚したのと同じ理由だな」

「そうかもしれない」

「だが、先輩としてひとこと言っておくと……」

「うん」

「親は、子供の成長とともに親になっていくんだ」

「だが、ばかな親はばかなままに思えるな……」

「自分がそうでなければいいのさ」

樋口は、氏家に対する共感の理由が理解できた。やはり混乱のあとの時代に青春を過ごした同世代なのだ。

「だがな……」

氏家は言った。「世代で物事を考えるのは団塊の世代の連中の専売特許だ。俺たちはそういう考え方をしないほうがいいように思う」

「私も、上の連中の影響を受けているということかもしれないな」

「善かれ悪《あ》しかれ、影響は受けているさ。楽しそうだったもんな、あの連中……」

「そう……。どこかでうらやましいと感じているのかもしれない」

「まあ、全共闘世代にだってりっぱな親たちがいる。せめてそれを救いにしなけりゃと思うよ」

「植村さんというのは、どういう人なんだ？」

「やなオヤジだよ」

氏家は苦笑した。「だけど、りっぱな刑事だ」

「その点は認めなければならないな……」

ふたりは、ビールのジョッキを二杯空けて席を立った。

植村たちは、吉祥寺のクラブに行き、徹底的に聞き込みをやった。しかし、やはりリオと呼ばれる少女の身元はわからなかった。

地取り班、鑑取り班、生安班ともに成果が上がらなくなった。捜査には必ず中だるみの状態がある。

手掛かりをあらかたかき集めてしまったために、進展がなくなるのだ。捜査会議で発表することが少なくなり、捜査員たちは苛立《いらだ》ち、無力感を覚える。

だが、実は、その時期に見つかる手掛かりが重要なものの場合が多い。ふるいにかけられたあとの砂金のような情報であることがしばしばある。

尼城課長はそれをよく心得ていた。捜査員がかき集めてくる情報は少なくなったが、それは、金星への予兆と考えているようだった。

樋口は、植村と一日中顔を突き合わせていないで済むことに感謝していた。氏家といっしょに歩き回っているほうが気が休まる。

彼は、午後のゲームセンターやファーストフードの店など、高校生たちが集まる場所に足を運んで聞き込みを続けた。日が暮れるとカラオケやクラブを回った。

髪を茶色にし、肌を焼いた少女たち。

髪を伸ばし、だぶだぶの服を着てイキがる少年たち。

彼らは、まともな口のきき方も知らない。誰も彼らにそういうことを教えなかったのか。それとも、彼らが拒否して生きてきたのか……。

照美も外では、このようなしゃべり方をしているのではないだろうか。樋口は不安になった。

子供は親同士の会話を聞いて育つ。家庭内に充分な会話がないと、子供たちは、別な場所で言葉遣いを覚えてしまう。

両親の会話は、豊かで理性的でなくてはいけない。樋口は、つくづくそう思った。

リオに関する手掛かりがつかめないまま、時間が過ぎていった。

そして、火曜日。また、殺人事件が起きた。


一一〇番通報があったのは、午後の五時五分だった。店の開店準備にやってきた従業員が発見したのだ。現場は新宿歌舞伎町にあるパブ。カウンターをOの字に置き、その周りに客が坐るように配置された店だった。

調度は、黒と金で統一されている。

入口から見て、カウンターの向こう側に男が倒れていた。

おびただしい血に溺《おぼ》れているように見えた。かつては、グレーだったらしい背広を着ている。今では、それは、自らの血で赤黒く染まっていた。

被害者はうつ伏せに倒れていた。右手が何かを求めるように頭上のほうに伸びている。その指が鷲《わし》の爪《つめ》を思わせる形に曲がっていた。

左手は、脇腹《わきばら》のあたりでやはり床に爪を立てるような形になっていた。

右の膝《ひざ》が曲がり、左の膝は伸びている。足元に血の跡が伸びていた。死ぬ前に床を這《は》ったことが見て取れた。

だが、それほど長い距離を移動できたわけではなかった。残った力を振り絞って助けを呼ぼうとしたのかもしれない。だが、すぐに力尽きてしまったのだ。

首を左に曲げていた。

目と口を大きく開いている。その目は、突然やってきた自分の死に驚いているようだった。

助けを求めたのかもしれない。その形のまま口が固定されている。ぽってりとした舌が覗《のぞ》いていた。

所轄《しょかつ》の外勤と機動捜査隊が現場の保存と初動捜査に当たった。

被害者は、所持品から、このパブのオーナーと判明した。安斉史郎、五十一歳。

付近の聞き込みをしていた機動捜査隊の隊員が、現場から慌《あわ》てて走り去る人物を見たという情報を得た。

目撃者は、ゲームセンターの従業員で、出入口の掃除をするために外に出ていたということだった。

ゲームセンターの従業員は、黒っぽい服を着た髪の長い少女がパブのあるビルから走り去っていくのを見たという。

同様の証言が、客引きのためのビラ配りをしていたキャバクラのホステスからも得られた。

キャバクラのホステスによると、おそらくまだ少女で、肌の白さが印象的だったと語った。

新宿署の刑事が駆けつけ、本格的な捜査が始まった。本庁の刑事が現場にやってきたのは、それから十分ほど経《た》ってからだった。

「新宿のパブの殺しね……」

本庁捜査一課の田端課長は、一係長の天童に言った。「これ、荻窪署のヤマと共通点、あるね……」

「ええ……」

天童はうなずいた。「逃げていく少女の姿を複数の人間が目撃しています。しかし、課長。少女はビルから出るところを見られているだけで、現場から出てきたわけじゃありません」

「そう。慎重にならなければならない。しかし、俺は共通点があると思うね」

「犯行は同じ火曜日……。連続殺人の可能性もありますね……」

「新宿署から捜査本部設置の要請が来ているんだが……」

天童は、その哲学者のような理知的な風貌《ふうぼう》を課長に向けた。

「荻窪署との合同捜査本部にすべきだと……？」

「ああ。本庁《ホンブ》に捜査本部を置く。それがいいとは思わんか？」

天童は、考えを巡らせているようだった。やがて、彼は言った。

「判断は早いほうがいいですね。それがいいでしょう。段取りは任せてください」

「……となると、引き続き、捜査主任を池田理事官にやってもらうか……。捜査本部長は刑事部長でいいだろう。私が補佐につく。その他、副本部長に荻窪署、新宿署、両ＰＳの署長をつける。それでいいだろう」

「わかりました」

「なあ、班長よ」

「何です？」

「ヒグっちゃんが戻ってくる。助けてやんなよ」

「彼はもう一人前ですよ」

「それでも、天童班長のさりげない援助があれば、心強いさ」

「わかってます。私はショムタンです。裏方ですからね。援護射撃は惜しみませんよ」

「頼んだよ。明日の朝には、捜査会議を開きたい」

「任せてください」

課長のところから自分の席に戻ると、天童は、てきぱきと会議室を押さえ、捜査本部開設の準備にかかった。

12

犯行の翌日、五月十五日水曜日には、本庁内の会議室のひとつに警視庁、荻窪署、新宿署の合同捜査本部が設けられた。

樋口の三係は、そのまま引き継いだ。四係が新たに加わり、新宿署からも十二名の捜査員が参加した。捜査本部は五十人体制で発足したわけだ。

本庁捜査一課の田端課長が捜査会議の司会を務めていた。威圧するような肩幅と太い首の田端課長は、まるで脅しつけるような眼差しで捜査員たちを見回しながら言った。

「では、事件のあらましを、所轄署である新宿署の担当者から説明してもらいます」

新宿署の刑事課長が立ち、資料を見ながら説明を始めた。

「通報があったのが、午後五時五分。通報者は、犯行現場のパブ『クワトロ』、新宿区歌舞伎町一丁目十一の従業員、孫曜白《そんようはく》、二十五歳。孫曜白は、開店の準備のために店に出勤して被害者を発見しました。犯行現場は、雑居ビルの四階。同フロアにあるのは『クワトロ』一店舗だけです」

樋口は、慣れた本庁に戻ってきたことで幾分気が楽になっていた。植村とふたりきりで予備班を組まされることもなくなるだろうと彼は思った。

「被害者は、安斉史郎、五十一歳。『クワトロ』のオーナーです。所持していた財布の中身から判明しました。なお、安斉史郎は、もと坂東連合富士森組の組員で、富士森組は、一九九三年に解散届を出しています。また、『クワトロ』の店舗は、『新東地所』という不動産会社がかかえる借金の抵当物件となっております」

「それ、どういうことか、詳しく説明してくれないか？」

田端課長が言った。

「住専がらみだと思います。『新東地所』というのは、坂東連合の息のかかった会社でして……。バブルのときに地上げでかなりの利益を上げました。しかし、バブルが弾《はじ》けていくつかの債務をかかえる結果になりまして……。『クワトロ』もそのひとつでした。安斉史郎は、短期賃借権を楯《たて》に居坐《いすわ》り、競売に掛けられるのを防いでいたようです。結果的に不良債権と化し、『新東地所』は借り逃げの状態だそうです」

「占有屋の手口じゃねえか……」

田端課長は凄《すご》むような口調で言った。

「そうです。富士森組の解散は表向きで、こうした地下経済の活動で坂東連合のために働いていたと考えていいでしょう」

「そういえば……」

荻窪署の植村が、考え込むような顔つきで言った。「うちのほうの被害者も不動産屋だったな……」

田端課長が植村を見た。

「何か関係あると思うかい？」

「さあね……。どうだろう。だが、共通点というのは大切だ」

植村は堂々としている。樋口は、その態度に感心した。警察という組織での豊富な経験を感じさせた。

これまで、数え切れないほどの捜査本部に参加したに違いない。樋口もそうだったが、彼は、今でも最初の会議ではどうしても気後れしてしまう。いいおとなが人見知りをしてしまうのだ。性格だと言ってしまえばそれまでだが、樋口は、自分のそういうところも好きではなかった。

新宿署の刑事課長が説明を続けた。

「犯行の推定時刻は、午後四時から五時の間。現場の様子から見て、殺されて間もなく発見されたと推定されます。なお、この推定時刻のころ、犯行現場のあるビルから逃走する女性が目撃されています」

そのことは、配付された資料にも明記してあったが、口頭で説明されると新たな実感が湧《わ》いた。樋口は思わず新宿署の課長の顔を見ていた。

そのとき、新宿署の課長と眼が合った。思わず樋口は、眼を伏せていた。

何だか、教室で指名されることを恐れている生徒のような気分になった。

(あの課長は何という名前だったろう……)

ふたつの署からやってきている。片方の署の課長の名前を覚えていて、片方を忘れるというのは、望ましいことではない。

樋口は考えていた。(たしか、小寺《こでら》といったな……。小寺実だったっけ……)

小寺課長は、現場のたたき上げの雰囲気があった。捜査一課の田端課長に似た猛者《もさ》タイプだった。

会議の内容には関係ないことだ。だが、樋口は、気になってしまう。彼は人間関係に敏感なのだ。何かのときに、名前を忘れていると摩擦を生ずる恐れがある。

「目撃者はふたり。ひとりは、ゲームセンターの従業員。ひとりは、キャバクラのホステスです。ゲームセンターの従業員は、掃除のため外に出ていて見かけたということです。キャバクラのホステスは、客引きのためのビラ配りをしていました。ふたりが目撃した時刻は、五時ちょっと前……。ふたりとも、時刻を正確に覚えてはいませんでしたが、五時にはなっていなかったと証言しています。ホステスは五時にビラ配りを交代しており、その交代要員が来る直前の出来事だったそうです。そのホステスによると、逃走した女性は黒のジャケットを着ており、長い髪で、まだ、少女のようだったと言っております。あの……、すきとおるような白い肌をした、ものすごい美人だったと……」

緊張した会議室にかすかなざわめきが流れた。捜査員たちが、かすかに失笑したり声を洩《も》らしたりしたのだ。男たちは美人という言葉に弱い。

「凶器は、包丁。従業員によると、店のカウンターの中に置いてあったものだということです。被害者は、腹部および首数か所を刺されており、死因は心臓に達する刺し傷と考えられます。凶器から指紋は検出されていません。詳しくは手元にある鑑識の所見を……」

「その他に、犯人とおぼしき人物は目撃されていないのかね？」

司会をやっていた田端課長が尋ねた。

「今のところ、特にそういった情報はありません」

田端課長は、うなずいて捜査員一同に言った。

「質問は？」

「合同捜査本部ができた理由は、その少女なわけかな……」

植村が言った。

「その点については、俺が説明しよう」

田端課長が言った。「相次いで起こったこのふたつの殺人には、共通点があるように思う。第一に現場付近で少女が目撃されていること。同一の少女かどうかはまだはっきりしない。だが、俺は同じ娘《こ》じゃないかと思っている。そして、犯行が両方とも火曜日だ。これには何か意味があるかもしれない」

「だが、手口が違う……」

「ああ……。たしかに、荻窪署のヤマでは、灰皿で殴打《おうだ》して殺した。新宿署のヤマでは、刺し殺している……」

樋口は思わず言った。

「いや、手口にも共通している部分があると思いますね」

田端課長と植村が同時に樋口を見た。

樋口は、緊張したが、それを顔に出すまいとしながら言った。

「灰皿も包丁も、もとから現場にあったものです。犯人は、凶器を持参せず、現場にあったもので殺しているんです」

田端は満足げにうなずいた。

「そういうことだ。つまり、ふたつのヤマは、連続殺人である可能性が強い。それで、われわれは、合同で捜査本部を設けることにしたわけだ」

植村は言った。

「わかりました」

樋口は、また図らずも田端課長に対して点数を稼いだ形になった。

「では、荻窪署のほうから、これまでわかっていることを説明してもらう」

田端課長が言った。

荻窪署の尼城課長が新宿署の小寺課長に代わって立ち上がり、説明を始めた。

リオという少女が犯人である公算は強まった。

ふたつの殺人現場のすぐそばで目撃されたのだ。

樋口は、資料の中にあったリオの写真をまた眺めていた。顎《あご》が細く、大きな眼が印象的な美少女。少しばかり気取ったような、自信を感じさせる笑みを浮かべている。

（こんな少女が、男をふたりも殺害……）

樋口は、信じられない気分だった。しかも、被害者の片方はもと暴力団員だ。

（だが、考えようによっては、美しい少女だからこそ殺せたのかもしれない。下心のある男なら美少女に気を許すかもしれない）

リオがふたりを殺した可能性を思うにつけ、なぜか樋口は、やるせない気持ちになった。

樋口と植村に加え、本庁の四係長と新宿署の強行犯担当係長が予備班となった。

荻窪署での成果をふまえ、新宿署の生活安全課、本庁の生活安全部少年一課からそれぞれ若干名を補充して、生安班が組まれた。

会議を終えて鑑取り、地取り、生安それぞれの班が出かけていった。

樋口は、氏家の後ろ姿を見た。氏家は、淡々とした態度だった。やる気を前面に出しているわけでもなく、また白けているわけでもない。自分のペースというものを心得ているようだった。

氏家といっしょに外に行きたいと思った。居残り組は、気が重い。

「捜査方針を確認しよう」

本部長補佐の田端捜査一課長が言った。

捜査本部の幹部――捜査本部長である警視庁刑事部長、副本部長の荻窪署署長に新宿署署長、捜査主任の池田理事官、副主任の尼城課長、小寺課長といった面々が並んだテーブルの最前列に集まった。

田端課長は、四人の予備班のメンバーにも声をかけた。

「あんたらも参加してくれ」

「船頭が多いと、船が山に登りますよ」

植村が皮肉な感じのする笑みを浮かべて言った。

田端課長は、さらに凄味のある笑みを返した。

「俺が舵《かじ》を取れば太平洋でも渡れるぜ」

四人の予備班も、幹部たちのいる席に近づいた。

植村と田端のちょっとしたやりとりには、刑事同士の連帯感があった。樋口には、あのような芸当はできない。

上司に対してはよき部下であろうとする。部下に対してはよき上司であろうとする。つまり、周囲の人間に嫌われたくないだけなのかもしれないと樋口は思う。

植村のような態度こそが日々の業務を円滑にするのかもしれない。

特に刑事の仕事は、階級や役職など問題ではない。だが、どうしても樋口は、組織の秩序というものを考えてしまう。

序列を気にしすぎるのかもしれない。

それが自分の弱さであることも自覚していた。上の世代は既存の組織を信用しようとしなかった。彼らは、しゃにむに、個人主義を押し出していた。

少年時代の樋口は、その剝《む》き出しの個人主義をひどく醜いもののように感じていたのだった。

結局、秩序というものに様式的な美しさを感じるようになったのは、そのせいかもしれない。彼の美意識もまた、上の世代の影響を受けているのかもしれなかった。

「さて……、新宿の事件の容疑者については、今のところまったく手掛かりがない」

田端課長が切り出した。「だが、荻窪署との関連で考えれば、やはり現場付近で目撃されている少女が怪しいということになるだろうな……」

「どうだろうね……」

刑事部長が言った。「予断は禁物だ。その少女が同一人物と確認されたわけじゃないだろう。今、捜査員が写真を持って確認を取りに行っている。そういう結論を出すのは、その結果を待ってからでも遅くはないのじゃないかね？」

「結論じゃありません。筋ですよ。捜査は筋を読まなければならないのです」

田端課長は、苛立《いらだ》ちを抑えているような口調で言った。

「わかっている。捜査の指揮を執るのは捜査本部長である私でなければならない。だから慎重になっているのだ」

「慎重になるのはわかります。だが、それだけじゃだめなんです。読みが刑事の腕の見せどころなんです」

たたき上げの田端に対し、刑事部長は有資格者、つまりいわゆるキャリアだ。田端は管理職になった今でも現場を重視する。

刑事というのは、警察の中でも特殊な人種なのだ。

「いいだろう。では、君は、その少女を容疑者と考えているということだね？」

「今のところはそうです」

「では、私の若干の疑問にこたえてくれるかね？」

「かまいませんよ」

「少女の動機は何だと思うね？　ふたりの男を殺害するに至った動機は？」

「荻窪署からの報告を読むかぎり、男女間のいさかいが原因のような気がしますね」

「五十近い男と二十歳《はたち》にもならない女が男女関係でいさかいを起こすと……」

「考えられないことではありません。男と女の間にはどんなことだって起こりえます。母親ほどの女性との交際を巡って事件を起こした例だって、俺は知ってますよ」

「新宿署の事件のほうはどうなんだ？」

「判断材料が少ないので、はっきりしたことは言えませんがね……。同じような理由が考えられますよ。荻窪署の事件の被害者は、不動産屋。新宿署のほうはパブのオーナー……。金が絡《から》んでいるかもしれません。援助交際というやつですよ」

「援助交際？」

「女子高校生や女子大生の言い方ですよ。要するに愛人です。愛人というと何か情緒的ですがね……。最近の若い娘は、割り切って金でセックスを売る。週に一回いくらってな具合ですよ」

「ほう……」

「今のところ、私はそれが一番有力な推理だと思いますがね……」

「だがね……」

部長は、さらに食い下がった。彼は、石橋を叩《たた》いても渡らないタイプのように見えた。管理職としては必要なことなのだろうと、樋口はふたりのやりとりを聞いて思った。

上司ふたりの意見が対立すると、彼はついはらはらしてしまう。争い事がもともと嫌いなのだ。

その上、こうした場合、政治的判断を必要とする。どちらにつくべきかと、つい余計なことを考えてしまうのだ。

部長が資料を見ながら言った。

「荻窪署の事件では、犯人は被害者を殴り殺したとある。クリスタルの灰皿で、だ。か弱い少女にそんな真似《まね》ができるかね？　新宿署の事件では、包丁で刺し殺している。相手はもとヤクザだ。どうも少女の犯行とは思えないのだが……」

田端は苦笑した。

池田理事官とふたりの所轄署の課長も、田端に同調するように笑顔を見せた。植村もかすかに鼻で笑ったように見えた。

部長は、その反応に驚いたようだった。

「私は何か変なことを言ったかね？」

「女の力を甘く見ちゃいけません。女の殺人犯が過去にどれくらいいると思っているんです。凶器を持てば女だって大の男を殺せる。それは、明白な事実です」

「しかし、やり口が……」

「部長は、女性に対して一種の幻想をお持ちのようだ。現場の人間は、その幻想を何度も打ち砕かれる。いざというときは、しばしば女のほうが残忍になるのです。感情の歯止めがきかなくなるんですな……。火事場のばか力という言葉をご存じでしょう。

興奮すると女だって驚くほどの腕力を発揮するもんです」

「少女が大の男を殺せて不思議はないということかね？」

「まったく不思議はありません」

「それにですね……」

尼城課長が発言した。彼は、植村のほうを見た。「ほら、例の鍵《かぎ》の件があったろう……」

「何だね、その鍵というのは？」

植村が部長の問いにこたえた。

「通報者によると、最初に現場に駆けつけたとき、ドアに鍵がかかっていたというのです」

「鍵が……」

「その直後に少女が部屋から飛び出してきた……。つまり、鍵がかかった状態で、部屋に被害者と少女がふたりきりだったということなんです」

「それは確かなのかね……？」

「その証言は記録に残ってますよ」

部長は考え込んだ。

やがて、彼は言った。

「返り血はどうなのだろう?」

「返り血……?」

田端課長が訊《き》き返した。

「そうだ。灰皿で殴られた被害者は、頭が変形するほどの外傷があった。返り血を浴びても不思議はない。新宿の事件のほうは包丁で刺したんだ。おびただしい返り血を浴びる可能性がある。にもかかわらず、返り血に関する報告を聞いたおぼえがない」

田端課長はしばし考え込んだ。

新宿署の小寺課長が言った。

「その点については、少女が黒い服を着ていたということが関係していると思います」

「そうだ……」

田端課長は、凄味《すごみ》のある笑みを浮かべた。「荻窪、新宿、どちらの場合も少女は黒い服を着ていたと目撃者が言っている。黒い服なら返り血はまったく目立たない。しかも、目撃者が少女を見たのは、いずれもほんの短い時間だ。気がつかなかったのかもしれません」

「なるほど……」

部長は、資料に眼を落としてうなずいた。樋口は、何かひっかかるものを感じた。

最初に荻窪署でドアの鍵の話を聞いたときにも同じことを感じた。

何が問題なのかわからない。だが、どうにも尻《しり》の坐《すわ》りが悪いような気がした。娘と同じ年代の少女が容疑者となりそうなことに、無意識のうちに反発を感じているのだろうか？　彼は、そう思った。

「まったく、最近のガキは、どうしようもないですからね……」

田端課長が言った。「まずは、その少女の特定と発見が最優先だろうな……」

他の面々にも異存はなさそうだった。

打ち合わせは終わったが、樋口は、どうも気分がすっきりとしないままだった。

13

捜査員たちの聞き込みの結果、新宿で目撃された少女もリオであることが確認された。そして、鑑取り班が金星を上げた。リオの身元を洗い出したのだ。

鑑取り班は、被害者の自宅を訪ね、持ち物を捜索していた。彼らは、被害者、安斉史郎のシステム手帳からリオの写真を発見したのだ。写真を撮ったのはどこかのカラオケ屋らしかった。その写真の裏に電話番号が書いてあった。

携帯電話の番号だった。その回線はすでに料金未払いのために止められていたが、NTTで名義を確認できた。

飯島里央《りお》。住所は、東京都武蔵野市境南町三丁目。

ただちに捜査員がその住所に向かった。

その報告を受けた田端課長は興奮を露《あら》わにした。そばで聞いていた両所轄《しょかつ》の課長や予備班のメンバーも、報告する捜査員に注目した。しかし、その期待はすぐに裏切られた。

捜査員は言った。

「どうやら、家を出てずいぶん経《た》つようです」

「家出なのか？」

田端課長が訊いた。「届けは出ていないのか？」

「家出というか……。家庭が複雑でしてね……」

「複雑……？」

「飯島里央が小学一年生のときに、両親が離婚していましてね……。父親は、その二年後に再婚しました。どうやら、継母との折り合いが悪かったようです。飯島里央が中学一年のときに新しい妹が生まれ、その妹が成長するに従い、継母との仲は決定的に悪くなっていったということです。継母にしてみれば、自分の腹を痛めた娘のほうがかわいいに決まってますからね」

「なるほど……。なさぬ仲か……」

「高校に入ってから、家に居つかなくなり、ふらっと出ていっては、一週間帰らなかったりという生活をしていたようです。このごろでは、家にいることのほうが珍しいという状態だったそうです」

「高校のほうはどうなんだ？」

「武蔵境にある都立高校に通っています。今、別の組が向かっていますが、この時間ですから……」

時計は午後七時を回っていた。

「当直がいたとしても、詳しい話は聞けないかもしれないな……」

「最近は、当直をやらない学校が多いらしいですよ。組合がうるさいらしくて……」

「なるほど……。雇われ警備員じゃ、生徒のことを尋ねても何もわからんか……」

「都立高ですか……」

尼城課長が、捜査員の後ろから声をかけた。捜査員は振り返った。

「ええ。都立武蔵野東高です」

「へえ……。優秀なんだな……」

尼城が植村の顔を見た。植村がうなずいた。

「そうなのか？」

田端課長が尋ねた。尼城課長はうなずいた。

「ええ。けっこう偏差値、高かったと思いますよ。入るのになかなかたいへんな学校だったはずです」

「ほう……。頭《ペテン》が切れるってことか……。なるほどな……」

樋口は、田端が何を考えているかわかるような気がした。

頭の切れる生意気な女子高生。それが、おとなを右往左往させている――そんな絵柄を思い描いたのだろう。

「都立に受かるということは、真面目《まじめ》だということを意味しているのですよ。頭が切れるというのとは別問題でしょう」

樋口は思わず、そう言っていた。田端課長は、樋口のほうを見た。

「どういうことだ？」

「中学校の内申書ですよ。それに受験勉強というのはほとんど暗記が勝負です。知能テストではないのです。だから、中学校時代に真面目に勉強していたということなんだと思いますよ」

「真面目な生徒が、家に寄りつかず、殺人現場のそばをうろうろしているわけか？」

「だから……」

樋口は、しどろもどろになった。自分の説の弱点を衝《つ》かれたからではない。上司から反問されたという事実に緊張しているのだ。「その……。何が彼女にあったのかをよく調べないと……」

「高校デビューなんだろうよ」

植村が言った。「中学校時代は真面目だったが、高校でいきなりグレるやつがいる。

そういうのを高校デビューってんだ。腹違いの妹が生意気になってきて、継母とつるんでいじめる……。それがおもしろくなかった……。そういうことじゃないのかね？」

「簡単に言いますが……」

樋口は言った。「本人にとっては、たいへんに辛《つら》いことだったはずです」

「辛かっただろうよ」

植村はあっさりと言った。「だがな、刑事なんて稼業《かぎょう》をやってると、もっと不幸な人間をいくらでも知ってるはずだ。そうだろう？　俺は驚かないよ。犯罪者に同情するのはいいが、それが捜査に影響するようなことがあるとまずいな……」

「捜査に影響するようなことはありません。ただ……」

「ただ、よく調べてみたい、と……」

いつの間にか樋口の後ろに来ていた氏家が言った。「この人は、そう言っているんだよ」

樋口は思わず振り返っていた。

「もっともだ」

田端課長が言った。「そのためにも、飯島里央の身柄《ガラ》を押さえる必要がある」

田端課長の周囲に集まって話を聞いていた者は、それぞれのやり方で了解したことを示したのちに、散っていった。

氏家が樋口に声をかけた。

「ハルのことだがな……」

「ハル……？　どうした……？」

「あいつはけっこう照れ屋なのかもしれない。ずいぶん控えめな言い方をしていたからな……」

「どういう意味だ？」

「覚えてるか？　俺は、あいつにこう訊いた。落とそうとしたことはあるのか？　リオのことだ」

「覚えている」

「そのとき、ハルは、ないとこたえた」

「そうだったな」

「知っているのは名前だけだと言った」

「それがどうかしたのか？」

「ハルは、リオにかなり参っていたらしい。会うごとに口説いていたと、周囲の者が言っている」

「周囲の者？　リオを知っている人間がハルの周囲にいたということか？」

「そう。何人か覚えている者がいた」

「どんな連中だ？」

「まず、ハルの取り巻き。ファンの女の子だとか、弟子と称する怪しげなガキどもだ」

「その連中は飯島里央の素性を知っていたのか？」

「いや。その点に関しては、ハルもクラブの従業員たちも嘘《うそ》は言っていない。リオは、必ずひとりで遊びにやってきた。誰とも話をしない。声をかけられても、その場限りの受けこたえをするだけだったらしい」

「それで？」

「ハルは、一目でリオが気に入ったらしい。ほら、『ナックル』の店長も言っていただろう。ハルは若い子が好きなんだ。ずばり好みだったんだろうな。ハルの言ったとおり、初めて会ったのは『ナックル』だったらしい。だが、その後も、自分のスケジュールを教えて、出演している店に招いたりしていたようだ。必ず来るとは限らなかったようだがね……」

「ならば、吉祥寺の店にも現れたかもしれない。どうして店の連中はしらばっくれたんだ？」

「本当に覚えてなかったのかもしれない。ああいう店では、常にＤＪの周りに何人かの女の子が群がっている。あるいは、ハルのご機嫌をそこねないように、気を遣ったのかもしれないな。スターを失いたくはないだろうから……」

「余計なことはしゃべらないのが仁義というわけか……」

「えらくご執心で、しつこく電話番号なんかを聞き出そうとしていたらしい。だが、リオはそれすらも教えなかったということだ」

「ハルが飯島里央に無関心な態度を取った理由がわかるような気がするな」

「ああ。第一に、俺たちが警察官だから警戒した。第二に、プライドがそうさせた」

「そういえば、あのとき、俺にだって落とせない女はいるさ、とか何とか、彼が言っていたのを思い出した」

「意外と正直なやつかもしれない」

氏家は皮肉な口調で言った。

「だが、電話番号も知らないというのは本当だろうか……。第二の被害者、安斉史郎は飯島里央の携帯電話の番号を知っていた。持っていた飯島里央の写真の裏に書いてあったんだ。飯島里央が教えたとしか思えない」

「趣味の問題じゃないかねえ……」

「趣味……？」

「リオは、オヤジ趣味だったのかもしれない。若い子の中にはけっこういるんだよ。中年趣味のやつが……。自分の父親くらいの年齢じゃないと興味が持てないという連中だ」

「信じられないな……」

「希望が湧《わ》いてくるだろう？」

「希望が湧いてくる？」

「俺たちにもチャンスがあるってことだ。あんただって女子高生と付き合えるぜ」

「冗談じゃない」

樋口は苦笑した。「知ってるだろう。私には高校生の娘がいる」

「自分の子供より若い子と付き合っている男は、この世にごまんといるさ」

「私は古いのかもしれないが、そういう関係をふしだらなものに感じる」

「古い新しいの問題じゃない。いい歳《とし》をしたおっさんが若い女を囲うのは昔からあったことだ」

「だが、それは商売女の話だろう？」

「そう。昔は、そうだった。だが、今では、女子大生や女子高生がサラリーマンからお小遣いをもらって付き合うわけだ」

「私はとてもそういう気になれない。まっとうな結婚生活をしている男のほうが多いはずだ」

「俺に言わせりゃ、それは、実に微妙なバランスの上に成り立っているとしか思えないね。男というのは、しょうがない生き物だ。常に新しいものが欲しくなる」

「それは、敗北宣言だという気がする」

「敗北宣言？」

「おとなになりきれない男の言い分だ。つまり、自分の欲望だけに耳を貸しているわけだ。理性を鍛えることをしない男の考え方だと思う」

「そうかもしれない。だが、俺にとっては、ただひとりの女と付き合わなければならないというのは、ひとつの諦《あきら》めなんだ。あんたの言うとおり、人間には理性が必要だ。だが、同じように感情も大切なものだと、俺は思う」

「自分に与えられたものでなく、常に手に入らないものを求めつづけるのは、人間というより餓鬼の生き方だよ。飢えるだけで決して満足することがない」

　

「餓鬼……」

「そう。仏教には六道というのがあってな。地獄道、餓鬼道、畜生道、修羅道、人間道、天上道の六つだ。せっかく人間に生まれたのに、餓鬼の生き方をすることはない」

氏家は大笑いを始めた。

「ついに、説教を始めたか。最初に会ったときから思ってたよ。あんた、刑事より坊《ぼう》主《ず》のほうが似合っているかもしれない」

「自分ではそうは思わんよ」

「冗談だよ。仏教の話なんかするからだよ。だが、あんたの言っていることはわかるような気がする。何を手に入れても満足しない。自分の持っているもののことは忘れて、すぐに他に眼がいってしまう。常に後悔し、飢えている。それが餓鬼だとしたら、まさにおとなになりきれない人間が餓鬼だ。だから子供たちのことをガキというのかもしれないな……」

「社会というのはおとなが営むものだ。だから、おとなが子供を教育しなければならないんだ。だが……」

「今、子供を育てている大多数の親たちもおとなになりきれていない……。そう言いたいんだな？」

「おとなになることを拒否した世代が親や教師になっているのだからな……」

「俺だっておとなにはなりきれていない」

「あんたは、それを自覚している。だから、自分にペナルティーを科している」

「ペナルティー？」

「あんたは、結婚していない」

「そのほうが楽だからだよ。買いかぶらないでくれ」

「趣味の問題だけじゃなく、金が絡《から》んでいたかもしれないな……」

「あ……？　何の話だ？」

「飯島里央だ。バブルが弾《はじ》けたとはいえ、被害者のふたりは、比較的自由になる金があったのかもしれない。飯島里央に小遣いをやる程度のな……」

「ああ、その話だったな……。そうだな……。安藤典弘は、自分の持ち物の部屋を与えようとしていたようだしな……。新宿の被害者、何てったっけ？」

「安斉史郎」

「そいつも、小遣いは渡していたかもしれない。家を出て生活するためには金が必要だったろうからな……」

「自活するためには、半端な額じゃ済まない」

「なるほど……。ハルには電話番号を教えなかったが、安斉史郎には教えた。理由はその辺にあるのかもしれない」

「捜査本部は、飯島里央を容疑者とする方向で動いている」

「ま、そういう筋を読むのが妥当だろうな……。今のところ、他に容疑者はいない。そして、ふたつの殺人現場のそばでリオが目撃されている。第一の事件では、鍵《かぎ》のかかった部屋で被害者とふたりきりだった」

「だが、動機がまるではっきりしない」

「痴情のもつれ。男女間の愛憎……。そういったことで説明がつくかもしれない。あるいは、今あんたが言った利害関係だ。リオは、ふたりから金銭的援助を受けていた可能性があるからな……」

「殺人の動機になるか？」

氏家は肩をすぼめただけで、何も言わなかった。

「正直なところ、あんたはどう思っているんだ？」

樋口は、曖昧《あいまい》な態度を取りつづける氏家に尋ねた。

「どうって……。捜査本部の方針に従うだけだよ。あんたは、本部の方針に反対なのか？」

「いや……。反対じゃない。理屈から考えれば、容疑者は飯島里央しかいない」

「なら、問題はないじゃないか」

「だがな……。なんだか、ざらざらした感じがするんだ」

「それ、勘というやつかい？」

「勘と言っていいかどうか……。どこかで、論理がうまくつながっていない。つながりがごまかされているような感じなんだ」

氏家がにやりと笑った。樋口は、その笑いの意味がわからなかった。

「あんた、欲望や感情を心の奥底に押し込めているからそんな気がするんだよ」

「どういう意味だ？」

「もっと自分の感情に素直に耳を傾ければ、なぜそんな気がするのかわかってくるはずだ」

「何を言ってるんだ？」

「あんた、リオのことが好きになったのさ。けっこう好みなのかもしれない」

樋口はあっけにとられた。

「どこをどうひっかき回せば、そんな理屈が出てくるんだ？」

「自分で気づいていないだけかもしれないよ。あんたは、理性を重視して生きている。理性というのは、意識の問題だ。だが、感情は理性よりさらに激しく大きい。潜在意識というやつは、普通の意識の何十倍、何百倍のフィールドを持っているといわれている」

「心理学でもかじったのか？」

「大学で専攻していた」

「だが、あんたの理屈は間違っている。私は、飯島里央に関してまったく個人的な感情を抱いていない。関心は、彼女が容疑者かどうかということだけだ」

「そうむきになるなよ」

「むきになっているわけじゃないさ。痛くもない腹を探られるのは真っ平《ぴら》だと言ってるんだ」

「わかったよ。聞き流せばいいさ。だが、実を言うと、俺もひっかかってることがある」

「何だ？」

「ハルがリオにぞっこんだったという話だ。ハルは袖《そで》にされて黙っているような男じゃない。やつは、欲望を抑えきれないタイプのような気がする」

「それが、ふたつの殺人とどういう関係があるんだ？」

「それはわからない。あるいは、俺の考えすぎかもしれない。あんたの影響を受けちまったかな……。容疑者はリオ。俺はその方針でかまわないんだがな……」

「私だって、捜査方針に楯《たて》突くわけじゃない。反論する材料もない」

「だが、やはり気になると言えば気になる……。ふたつの殺人は、火曜日に起きているな……」

「ああ。それが、連続殺人だと考える根拠にもなっている」

「ハルは、水曜日と金曜日に吉祥寺のクラブに出ている。木曜と土曜が渋谷の『ナックル』だ。月曜には、やはり渋谷の『ノイズ』という店で仕事をしている。日曜日は、イベントに引っ張りだされることが多い」

　樋口は、かすかに眉《まゆ》をひそめた。そんな反応を楽しむように氏家が言った。

「そう。つまり、ハルのオフは火曜日だけなんだよ」

14

刑事部は警視庁の四階から六階を占めているが、捜査一課は四課とともに六階にある。六階には部長室もある。捜査本部はその六階の会議室に置かれていた。

樋口は、会議室を出て捜査一課の刑事部屋《デカべや》に向かった。自分のデスクを見ておきたかった。一週間ぶりだ。

一係の天童係長が樋口を見つけて声をかけた。

「どうだい、捜査本部のほうは？」

「何とか、容疑者を絞れそうです」

「ほう……。すると、現場近くで目撃されたという少女が……？」

「そういうことだと思います」

捜査一課のある六階は、一般の所轄署《しょかつ》に比べれば清潔な感じがした。だが、やはり独特の臭《にお》いがする。

外に出れば、自分も同じような臭いを発散させているのではないだろうか？　たまに、樋口は不安になることがある。

ぬぐってもぬぐってもへばりついてくる澱《おり》のようなものが壁にこびりついている気がする。それが刑事《デカ》部屋《べや》独特の疲れ果てた暗さのような雰囲気を作り出していた。刑事は人間の本性に向かい合わなければならない。剝《む》き出しの本性は刑事たちの気分を常に滅入らせる。

そうした重い気分が長年の間に部屋の中に溜《た》まっていったのかもしれないと樋口は思う。

重く暗い雰囲気の中で、天童はすがすがしさを感じさせる。哲学者然とした風貌《ふうぼう》とたたずまいのせいだった。天童は、高校を卒業して警察官になった。派出所勤務を経てすぐに刑事になり、以来、捜査畑一筋だった。そういう警察官がこうした風情《ふぜい》でいられるのは、生来備えている品格のせいに違いなかった。

「やれやれ、少年がらみの事件か……。いやだね……」

刑法上は、性別が女性でも少年という言い方をする。

「まったくです」

「課長がね……」

天童は穏やかな表情で言った。「おまえさんのことを頼りにしていると言っていた」

「はあ……」

樋口は、曖昧な笑顔を見せた。

「被疑者が特定できたのなら、検挙も近いだろう。がんばってくれ」

「はい」

樋口は、会釈《えしやく》をして天童のもとを離れた。天童は、そんな樋口の背中に声をかけた。

「おい」

樋口は、振り返った。

「何です？」

天童は溜め息をついた。

「何かおもしろくないことがありそうだな？」

「え……」

「ヒグっちゃんはいつもそうだ。何かあると表情を閉ざしてしまう。無表情になっちまうんだよ」

「そうですか？」

「私は、おまえさんのことをよくわかっているつもりでいるのだがね……。おまえさんは、いつまで経《た》っても本音でぶつかってくれなかったが……」

「そんな……」

「捜査本部で何があった？」

「何もありませんよ。ただ……」

「何だ？」

「どういったらいいか……。妙にざらざらした感じがするんです。論理が滑らかに進んでいないというか……」

「ほう……。具体的にどういうことだ？」

「殺人現場近くで目撃された少女は飯島里央と言いますが……現状ではどう考えても彼女が容疑者です。捜査本部でも彼女を容疑者とする方針を立てました」

「それが気に入らんのか？」

「気に入らないんじゃありません。理屈では納得しているんです。でも、何だかすっきりしないんです。ジグソーパズルの絵は一応できあがってます。でも、合わないピースを無理やりはめ込んだような気がするのです」

「なるほど……」

「感覚的な問題であることはわかっているんです。私には、高校生の娘がいますよね。そのせいで無意識に、高校生が容疑者でなければいいのにと願っているのかもしれません」

「そうかもしれんな……」

「それにね……」

樋口は苦笑した。「荻窪署の氏家という部長刑事に言われましたよ。飯島里央のことを気に入っているせいじゃないかって……」

「写真は見た。えらい別嬪《べっぴん》だからな……」

「天童さんまで……。よしてください。飯島里央は、娘と同年代ですよ」

「そうだな……」

「まあ、捜査に私情をはさんでいるということになるんですかね……」

「それで、浮かん顔をしていたのか」

「別に浮かない顔をしているつもりはありませんが、天童さんがそう言うのなら、思い当たる理由はそれくらいですね」

「なるほどな……」

「まあ、どうということはありません。捜査は組織でやるものです。私も方針に逆らうつもりはありませんよ」

「だがな、ひっかかるのなら、こだわってみるのもいい」

「そうですか？」

「刑事の仕事というのはそういうものだ。視点を変えてみて初めて見えてくる事実というものもある」

「でも、捜査本部の幹部たちは、私なんかよりずっと経験の豊富な刑事たちでしょう。おかしな点があったら見逃すはずはない。そうでしょう？」

「経験がすべてじゃないよ。刑事には、感じることも大切なんだ。その点、おまえさんはいい線いってるんだがな……。どうして自信を持てないのかな……。私には、周りの顔色を気にしすぎるような気がするんだがな……」

「昔、何度か同じことを言われました」

「そうだったかな……。まあ、それがいいほうに出ることもある……。少なくとも、上の連中はおまえさんのことを謙虚な部下だと思っている。一人前になったおまえさんに、今さら私が言うことじゃないな……」

「いや、そんな……」

「忙しいんだろう。引き止めてすまなかったな」

「とんでもありません……。じゃ、失礼します」

樋口は、背を向けて歩きだしたが、背中に天童の視線を感じていた。

（自信を持てだって……？）

樋口は思った。(自信なんて持てっこない)

彼の日常生活は、常に細いロープの上を渡るような微妙なバランスで成り立っている。そのバランスが大切なのだと樋口は信じていた。

八時過ぎに警視庁を出た樋口が、新玉川線に揺られ、自宅に帰ってきたときには九時を過ぎていた。

リビングルームに妻の恵子と娘の照美がいた。

ふたりは、テレビを見ながらあれこれと話をしていたようだった。

「お帰りなさい」

照美が言った。リビングルームから立ち去ろうとはしない。こういう点もうまくいっていると樋口は思った。

友人などの話を聞くと、照美くらいの年齢の子供は、たいてい部屋に閉じこもったきり、出てこようとはしないのだという。父とは会話しようとしない。特に、娘は、年頃になると父親を毛嫌いするようになるという話を聞いたことがある。

照美にはそういう兆候は見られない。妻の恵子のおかげかもしれないと樋口は思う。妻が若くして照美を産んだおかげで、ふたりはまるで友達のような付き合い方をしている。恵子は照美の話をよく聞き、照美も恵子には何でも話すようだった。

こうした関係を壊したくはないと樋口は常に思う。樋口は、よき夫を演じ、よき父を演じている。

たしかに演じているのかもしれない。それが悪いことだとは思わなかった。平穏な家庭を維持するためには、努力が必要なのだ。

多少の演技はその努力の一環でしかないと考えていたのだ。

恵子がビールを冷蔵庫から出し、夫婦はささやかな晩酌を始める。照美がその様子を眺めながら、会話に参加しようとする。

学園紛争の嵐が吹き荒れる時代、樋口は、こうした平和な日常が次々と壊されていく様を傍観していた。当事者にはそれが必要なことだったのかもしれない。やりどころのない怒りを、親や教師や、体制の象徴である大学の当局にぶつけるしか自己主張ができなかったのかもしれない。

階級闘争、世代闘争……。

にわか共産主義者、にわか社会主義者となった若者たちは、ブルジョア的なものを否定し、父親たちを批判した。家庭すら闘争の場と化したのだ。

苦労して大学まで行かせた親たちは当惑した。

親たちの悲しみをよそに、学生たちは、家を出てバリケードの中に立てこもり、共同生活を始めた。自宅に住んでいた者も、親との日常を破壊していった。

非日常的な生活の中、追われるような危機感を抱いた男と女は刹那《せつな》的な関係を求め合った。彼らはあらゆるものを解放しようとしていたが、その中に性も含まれていたようだ。

解放された女性たちは、そのあまりのすがすがしさに責任や義務を忘れてしまったようだと、樋口は皮肉まじりで考えていた。

樋口から見れば、付き合いにくい女性はその世代に集中しているような気がした。幸いにも、恵子は、解放という洗礼を受けずに育った。

全共闘の連中に言わせれば、恵子はプチブル的に育ったのだ。

「援助交際というのを知っているか？」

樋口は、妻の恵子に尋ねた。

「知ってるわよ。女子高生や女子大生なんかが、小遣いをもらって中年男と付き合うんでしょう？」

「まったく最近の若い娘には恐れ入る」

「あら」

照美が言った。「冗談じゃないわ。どうしておとなって、そうやって最近の若い娘ってひとくくりにしてしまうの？」

「そうか。ここに当事者がいることを忘れていた」

「女子高生だっていろいろいるのよ。一部の過激な女子高生をマスコミがおもしろがって取り上げるから、みんなそんな子ばかりだと思われちゃう。女子高生がみんなブルセラショップに行ったり、売春したりしてると本気で思ってるの？」

「少なくとも、おまえがそういうことをしているとは思わないな」

「あたしの友達だってやってないわ。いつの時代だって変なことする連中はいるわけでしょう。つっぱりとか暴走族とか……。売春だってきっと、やってるやつはやってたのよ。お父さんの時代だって」

「そうかもしれない。だが、最近では、そうした行為が組織化されたり、社会風俗として黙認されたシステムの中に取り込まれたりしている。それが問題なんだ」

「どういうこと？」

「昔はブルセラショップなんてなかったし、女子高生を使うデートクラブなんてのもなかった」

「だから……」

照美は、本気で怒っていた。「そういうものを作ったのはおとなじゃない。お金を出すのもおとなでしょう？　おとなが女子高生を利用しているだけなのよ。マスコミだってそうよ。女子高生や女子中学生がこんなすごいことをやってるなんて記事や番組、喜んでいるのはおじさんたちじゃないの」

「そうだな……。その点については同感だな」

「おじさんたちがもっとしっかりしてりゃ、女子高生が売春したりしないわよ」

「おまえの言うとおりだ」

樋口は、無力感を覚えた。「おとながもっとしっかりしていれば……。ちゃんと躾《しつけ》ができ、教育することができるおとながもっといればな……。おまえの言うおじさんたちの一部は、若い時代におとなになることを拒否したんだ」

「何それ……？」

「いや、いいんだ。父さんだって人のことは言えない。とにかく、みんながみんなクラブで夜遊びをしたり、援助交際をしたりというわけじゃないことはわかった。参考までに訊《き》いておきたいんだが、おまえのクラスに、最近話題になっているようなことをやっている女の子はいるのか？」

「最近話題になっていることって、どんなことよ？」

「ブルセラ、デートクラブ、援助交際、テレクラ……」

「テレクラくらいはやったことある子、いるんじゃない。でも、実際に会いには行かないわよ。待ち合わせして会いに行くようなこと言っておいて、シカトするのよ。ブルセラショップに売りに行ったり、デートクラブやったりって子はいないわよ」

「そうか。そんなもんか……」

「ただ、クラスにそういう子がひとりいると、つられて何人かやりはじめるみたいね。みんなお小遣い欲しいのよ」

「なるほど……。クラブに通っている子はいるか？」

「それはいるわよ」

「普通のことなのか？」

「……ていうか、それも友達次第っていうか……。要するに、遊びのひとつなわけじゃない。クラバーの友達とかいたらいっしょに行っても別におかしくはないわ」

「だが、深夜まで遊ぶわけだろう？　未成年がそういう遊びをするのは感心しない」

「最近は、そういうことをはっきり言ってくれる親はいないみたいよ。それに、あくまで遊びなんだから、別にかまわないとみんな思っている」

「クラブでは、ドラッグが出回っていると聞いている。性犯罪の心配もある」

「ドラッグなんかも、マジではまってる子は少ないはずよ。みんな、興味本位というか、付き合いというか……。まあ、これも遊びね……」

「何もかも遊びで片づけてほしくはないな……」

「あたしはわかってるわよ。あたし、そういうの興味ないもん。クラブとか……。そういえば、クラスで万引きやってる子、けっこういるわ」

「なんだって……」

樋口は、あきれた表情で思わず照美を見つめた。

「かわいい小物とか万引きしてきて、クラスの友達に売るの」

「それは窃盗に故買だ……。立派な犯罪だぞ」

「そうよね。でも、誰も何も言わない。万引きするスリルがたまらないんだって。売ればお小遣いにもなるし……」

「おまえ、そういう品を買ったりしたことはないだろうな？」

「ないわよ。刑事の娘だってこと、自覚しているわ。ただね、万引きしている子に、やめろとも言わない。だって、言ったってわかんないんだもの」

「まったく、どうなっているんだろうな……」

樋口はつぶやいた。

子供たちは犯罪に関する感覚が麻痺《まひ》してしまったように感じられる。悪いことといいことの区別、つまり社会的なことと反社会的なことの区別がついていないのだ。

樋口は、またしても、学生運動時代のあるテーゼを思い出していた。

「あらゆる犯罪は革命的である」

一部の学生たちにとって、革命的であることだけが正しかった。

彼らにとっては、反社会的であることも正しかった。暴力的であり、犯罪的であることが正しいことだという理論が、一種の開き直りの形で信奉されていた。

それは、甘えのひとつの形でしかないように、樋口には思えたものだった。子供がだだをこねているのと大差ないと、高校時代に考えたことがある。虐《しいた》げられた民衆のために、ぎりぎりのところで作り上げた理論を、学生たちは自分の甘えのために利用している。そう感じたのだった。

反社会的であることは正しいことだという、世をすねた考えが蔓延《まんえん》した。その世代の子供たちは、犯罪に関する感覚を麻痺させている。

これには、きっと論理の飛躍があるのだろうと樋口は思った。物事はそんなに単純でないことはわかっている。

しかし、今の子供たちの甘えや暴力性や、犯罪行為に対する感覚の麻痺を見ると、無関係とも思えないのだった。

照美が部屋に戻ったあとに、樋口は妻の恵子に尋ねてみた。

「俺は、今の子供たちを巡るさまざまな問題には、親の世代の問題があるような気がする。これは、飛躍した考えだろうか？」

「社会的な出来事というのは、独立して突然起きるわけじゃないわ。つまりその出来事に至る遠因があり、環境があり、きっかけがあるのよ。そういう意味では、子供の問題は教育の問題だという気がするわ」

「躾も含めた教育だ。学校教育だけじゃなく……」

「そう。もちろんよ」

「俺の考えは、それほど間違ってはいないということかな？」

「たぶんね。ただ、あなたは、被害者意識が強すぎるのかもしれないわ」

「被害者意識？」

「全共闘世代の後始末をやらされつづけてきたという考え方よ」

「実際にそのとおりだったんだ。おまえもそう思うだろう？」

「たしかにキャンパスは荒れ果てていた。でも、あたしはあまり実害を感じていなかったわ。いつの時代でも前の世代の影響を引きずっているものよ」

「いや、全共闘世代はあまりに無責任すぎたと、俺は思う。そのツケが、今子供たちに回ってきているような気がしてならないんだ」

恵子はほほえんだだけで、何も言わなかった。

15

「じゃ、私ら、都立武蔵野東高へ行ってくるから……」

荻窪署のベテラン刑事が言った。彼は、樋口の部下である若手刑事と組んでいた。昨夜、高校を訪ねたのが彼らだった。やはり空振りに終わったのだ。飯島里央について話を聞けそうな教師はすでに帰宅したあとだった。学校の警備は、教師の当直ではなく警備会社の人間がやっており、教師の自宅までは教えてもらえなかったのだ。

樋口は、ベテラン刑事に声をかけた。

「私も同行していいですか？」

「そりゃ、かまわんが……。いいのかね？　予備班は居残り組じゃないのかね？」

「主任の許可を取ってきます。それならいいでしょう」

「ああ。急いでくれ」

樋口は、池田理事官に外出する旨《むね》を伝えた。

「どこへ行く？」

「飯島里央が通っていた高校へ……」

「何か、特に訊きたいことでもあるのかね？」

「そういうわけではありませんが……。何というか、飯島里央の周辺の雰囲気を直《じか》に感じ取っておきたいのです。そのあと、自宅のほうにも回ろうと思いますが……」

池田理事官はうなずいた。

脇《わき》で聞いていた田端課長が樋口を観察するように見ながら言った。

「ヒグっちゃん……。何か臭《にお》うのか？」

「いや……。だから、そういうことではなく……」

「何かつかんでいるわけじゃないんだな……？」

「判明した事実があれば、どんな小さなことでも捜査会議で発表しますよ」

「そうだな……」

田端課長は、池田理事官を見て言った。「ヒグっちゃんに限って、スタンドプレーの心配はないな……」

池田理事官がほほえんでうなずいた。

「そうですな……。いいだろう。行ってくれ」

（もちろんだとも……）

樋口は思った。（スタンドプレーなんてとんでもない。捜査はチームワークだとい

うのが、私自身の持論でもあるんだ）

樋口が同行した荻窪署のベテラン刑事は、北条という名だった。五十歳を過ぎているが、部長刑事だった。

北条と組んでいる樋口の部下の名前は、杉下。階級は巡査だ。

彼らは車を割り当てられていなかったので、電車で高校に向かった。

都立武蔵野東高の受付で来意を告げると、まず事務長が出てきた。応接室に案内されて、しばらく待たされた。

教頭が現れ、話を聞くと言った。

北条が言った。

「私らは、事情があって飯島里央さんの居場所を探しておるのですが……」

「飯島里央……」

教頭はうなずいた。髪をオールバックにした神経質そうな男だ。グレーの背広を着ているが、その背広はどうやら量販店で買ったもののようだ。

樋口は、教頭のしかめ面《つら》を観察していた。飯島里央の名前を聞いたとたん、覚悟を決めたような態度になった。

「彼女が何か問題を起こしましたか？」

「いや、そうじゃなくね……」

北条が相手を安心させるような調子で言った。「現在捜査している事件について、ちょっとうかがいたいことがありまして……」

これは嘘《うそ》ではない。

飯島里央は、まだ参考人なのだ。限りなく容疑者に近づきつつあるが、参考人であることに変わりはない。

「ちょっと、教室を見てきましょう……」

教頭は立ち上がった。彼が出ていくと、若い杉下が樋口に言った。

「飯島里央は、かなりマークされているようですね。教頭は名前を聞いてすぐに誰だかわかったようだし、いつか警察沙汰《ざた》になることを覚悟していたような様子でした」

樋口はうなずいただけだった。

北条が言った。

「問題児というやつかね……」

樋口は言った。

「家に帰っていないくらいだから、学校にも出てきていないかもしれませんね」

教頭は、ひとりの教師を連れて戻ってきた。その教師は、三十歳くらいだった。眼鏡をかけている。髪は脂気《あぶらけ》がない。黒々とした直毛だ。前髪がちょうど眼鏡にかかっている。

教頭が言った。

「飯島里央は休んでいますね……。こちら、担任の梅本先生です」

北条はちゃんと立ち上がって挨拶《あいさつ》をした。樋口も立ち上がっていた。若い杉下がふたりの先輩刑事を見て慌《あわ》てて立ち上がった。

梅本は、刑事たちの向かい側に教頭と並んで腰を下ろした。

「学校を休んでいる？」

北条が梅本に尋ねた。「それは今日だけのことですか？」

梅本は、うつむき加減でぼそぼそと言った。

「いえ、実は、飯島は、普段から学校を休みがちで……」

教頭が苛立《いらだ》たしげにあとを続けた。

「現在、二年生なのですが、一年のときの出席日数もぎりぎりでしてね……。まあ、試験の成績がある程度に達していたので、進級させましたが……。このままだと、三年になるのは難しいですね」

「自宅を訪ねたのですが、どうも家に寄りつかないらしいですなあ」

北条が言った。「どこにいるかわかりませんか？」

梅本は、さきほどと同じ姿勢のまま一言、「さあ」と言った。

「ご存じないのですね？」

北条は、念を押すように尋ねた。

教頭が梅本に代わってこたえた。

「こちらが教えてほしいくらいですよ」

教頭は、四十代の後半くらいだった。常に何かに苛立っているような感じの男だ。

北条は、あまり教頭のほうを見ていなかった。彼は、梅本を興味深げに見つめている。梅本は、刑事たちと眼を合わせようとしない。

「誰か、飯島里央さんの居場所をご存じの方はいらっしゃいませんかねえ……」

北条は梅本を見つめて言った。梅本は、眼を伏せたままこたえた。

「私にはわかりません」

「彼女と親しかった生徒さんとか……」

「学校では、彼女は孤立していました」

「若い女の子というのは、グループを作って行動すると聞いたことがある。飯島里央さんは、どうだったのですか？」

「いつもひとりでした」

「少々変わった生徒さんだったようですね……」

「ええ。たしかに変わっていたかもしれません」

「家庭環境が複雑なようですね？」

「ええ。そう聞いています」

再び、教頭が割って入った。

「変わっているというのは控えめな言い方ですね。要注意人物ですよ。教師の言うことは聞かない。学校は休む。校内で問題は起こす……」

北条はさっと教頭の顔を見た。

「驚きましたね……」

「何がです？」

「飯島里央さんはあなたの学校の生徒さんでしょう？」

「それがどうかしましたか？」

「生徒さんをかばわれるかと思っていたのですが、要注意人物とは……」

「私たちは、多くの生徒をかかえています。大半は教師の言うことや学校の方針に従う生徒です。そうしてつつがなく卒業していくのです。飯島里央のような生徒は、他の生徒の迷惑なのです。いいですか？　ここは、偏差値の低い私立ではありません。受験を控えた生徒が大勢いるのです」

樋口は、この教頭に対してあからさまな反感を覚えた。

「どんな生徒にも教育を受ける権利があり、あなた方は教育する責任がある。そう思っておりましたが……」

北条がそういうのを聞き、樋口は、心の中で拍手を送っていた。

「理想論はけっこう。現場というのは、なかなか理想どおりにはいかない……。私たちは、受験という戦争の最前線にいるのですよ」

樋口はあきれてしまった。

(紛争によって東大の受験を中止させてしまったのは、あんたたちの世代じゃないか……。体制を粉砕するのだと息巻いていたのに、今は、臆面《おくめん》もなく受験体制を擁護する側に回っている)

だが、口から出たのは別の言葉だった。

「どなたかに心当たりはありませんか？　私たちは、飯島里央さんにどうしてもお会いしたいのです」

樋口も梅本を見ていた。梅本は、力なく首を横に振っただけだった。

教頭が言った。

「学校というのは、そこまで面倒は見切れないものです。残念ですがね……」

ちっとも残念そうな口調ではなかった。

「梅本さん」

樋口は重ねて尋ねた。「あなたはどうです？　飯島里央さんの居場所を知ってそうな人物、あるいは、彼女がいそうな場所に心当たりはありませんか？」

「ありません。彼女の両親に訊《き》いてみてはいかがですか？」

「昨夜、尋ねてみましたよ」

北条が言った。「だが、ご両親も知らないということだった。いったい、どこに行ったのかねえ……」

「飯島里央のような少女は、いくらでも泊まるところが見つかりますよ」

教頭が言った。

樋口は、ゆっくりと教頭のほうを向き、尋ねた。

「それはどういう意味ですか？」

「彼女、つっぱりとかにもてましたからね……。どこかの男の部屋に転がり込んでいるのかもしれない……」

樋口は、怒りを覚えた。

だが、それは、道義的な怒りではなかった。もっとずっと感情的なものだ。教頭の態度に憤《いきどお》りを覚えたわけではなさそうだ。教頭が言った言葉の内容に腹が立ったのだ。

飯島里央が男の部屋に転がり込んでいるかもしれない。その事実が、どす黒い怒りを呼んだようだった。

樋口は、自分自身のその感情に当惑していた。

「つっぱりだけじゃない……」

梅本がやはり眼を伏せたまま、ぽつりと言った。

樋口たちは、梅本に注目した。

「飯島は、つっぱりだけじゃなく、普通の生徒にもてましたよ。相手にしませんでしたがね……」

「なるほど……」

北条が穏やかな表情で言った。「写真を拝見しました。美人ですからね、彼女……」

ふと、梅本は視線を上げた。

彼は、初めて北条を見た。

そして、一瞬、かすかな笑みを浮かべた。それは、ごくわずかな変化でしかなかったが、樋口には劇的な出来事に感じられた。死人が生き返ったような感じだったのだ。

梅本は、すぐにまた表情を閉ざし、眼を伏せた。

(何だったんだろう? 今の表情の変化は……)

樋口は考えていた。彼は、北条が自分を見ているのに気づいた。さらに質問があるかと無言で尋ねているのだ。

樋口はかぶりを振った。

北条が言った。

「いや、どうもお忙しいところ、ご迷惑をおかけしました」

北条と樋口はほとんど同時に名刺を取り出していた。捜査本部の電話番号が書かれた名刺だった。

教頭が反射的に自分の名刺を出し、梅本が、ふたりの刑事の名刺を受け取ってからゆっくりと自分の名刺を取り出した。

名刺には、梅本玲治とあった。

「何か思い出されたら、ご面倒でも、こちらまでご連絡いただけますか?」

北条は言った。「あ、そうそう。梅本さん。あなたのご自宅の連絡先をお教えいただけますか？」

「自宅の？」

「ええ。緊急に何かうかがいたくなったときのために……」

梅本は、明らかに当惑の表情になった。樋口は、この表情の変化も気になった。刑事に自宅の住所を尋ねられたら、誰でも多少は緊張する。その通常の反応でしかないのか？ それとも何か別に理由があるのか。その点はわからなかった。

「ああ……、そうですね……」

梅本は、すぐに落ち着きを取り戻すと、住所と電話番号を言った。

北条が立ち上がり出口に向かった。樋口と杉下がそれに続いた。

応接室を出ると、ふたり組の女生徒が正面のほうからやってきた。彼らは、会釈《えしゃく》をして通り過ぎた。

通り過ぎてから片方の女生徒が言った。

「梅ちゃん、暗いよ」

ふたりは、きゃっきゃっと笑いながら足早に去っていった。梅本をからかっているような口調だった。

樋口は、驚いて思わず梅本を見ていた。

梅本は、相変わらずうつむき加減で、表情を変えない。

教頭が苛立たしげに言った。

「何だ、あの生徒の態度は……。君、生徒になめられてちゃいかんぞ、まったく……」

梅本はかすかに何かつぶやいたようだったが、それだけだった。

教頭と梅本に見送られ、玄関を出ると、北条が樋口に言った。

「どう思うね？」

「どうでしょうね……。学校では誰も飯島里央の居場所を知らないというのは、本当のことのような気もします」

「まあ、そんなもんだろうな……。だが、あの梅本という教師……。妙な男だね」

「ええ。まったく表情が読めない。何を考えているかわかりませんね」

杉下が笑った。

「何だ？」

樋口が尋ねた。

「班長がそんなこと言うなんて……」

「どういう意味だ？」

「それ、いつもは、班長が言われていることですよ」

樋口はわずかながらショックを受けた。

「私が……？」

「班長、ポーカーフェイスですから」

「そういう批判があるとは知らなかった」

「批判じゃありません。クールでかっこいいんですよ」

クールだって？　そんなはずはない。樋口は思った。いつだって、心の中は揺れ動いている。

杉下に言われて気づいたが、そうした感情の起伏を表に出すまいとしているのは確かだった。

「何を考えているかわからない」というのは、若いころに妻に何度か言われた言葉でもあった。

「樋口さんもポーカーフェイスかもしれんが……」

北条が言った。「あの梅本という教師もそうとうなもんだ。あれ、何か隠し事をしているせいだと思うかね？」

「隠し事？　飯島里央の居場所を知っていて隠しているという意味ですか？」

「そう。例えばね……」

「どうでしょう……。私には、わかりません」

「何か感じなかったかね？」

「感じたといえば……。彼の態度はどこか病的でしたね。過度に感情を抑えているような……。抑鬱《よくうつ》状態のように見えました」

「抑鬱状態……。あんた、大学出だろう、ややこしい言葉を知っている」

「病的だと感じたのは素人《しろうと》考えかもしれません。刑事が訪ねてくるというのは、普通の人間にとっては、かなりストレスを感じさせるものですからね。それに、立場上いろいろなことがあるかもしれない」

「立場上……？」

「教頭に余計なことをしゃべるなと釘《くぎ》を刺されるとか……」

「まあ、あっても不思議はないな」

「氏家さんなら、もっと的確に判断できたかもしれない」

「氏家って、うちの氏家かね？」

「ええ。彼、大学で心理学を学んだんでしょう？」

「そうらしいな。おもしろい男だよ」

「おもしろい？　どういうふうに？」

「勝手気ままに振る舞っているようで、実は決して波風を立てまいと気を遣っているように、私には思える。例えば、議論が始まると、一歩引いたところで対立するふたりを眺めているようなところがある。ちょっと斜にかまえた態度でな。それでいて、彼はひそかに自分に何ができるか考えているんだ」

氏家は、自分とはまったく違うタイプの人間だと樋口は思っていた。なのになぜか共感を覚える。単に年齢が近いというだけではないことが、今わかった。樋口はかすかにほほえんで北条に言った。

「それは、私たちに共通した特徴かもしれません」

「私たち……？」

「昭和三十年前後に生まれた世代です」

「そうか……。世代論は苦手だがね……。同じ世代にもいろいろな人間がいると、私は思っている。だが、同じ年代の人間が集まると社会的にひとつの特徴を持つのは確かなようだな」

「団塊の世代が強烈なので、あとの世代が霞《かす》んでいますがね。たしかに世代の特徴というものはあります」

「だがね、世代の特徴と個人の特徴をごっちゃにしちゃいけないよ」

「ええ」

樋口は、そのことを充分に承知しているつもりだった。「わかっています」

「さて、私ら、いったん本部に帰るが、あんた、どうする？」

「そうですね……」

樋口は言った。「飯島里央の自宅を訪ねてみたいのですが、それは夜のほうがいいでしょう。私も一度戻ることにします」

16

樋口は、夕刻、池田理事官に、飯島里央の自宅を訪ねたい旨《むね》を伝えた。捜査員が勝手に捜査を進めると必ず不都合が起きる。捜査全体を把握している誰かに行動を報告しておくことが大切だと樋口は思っていたし、常日頃から部下に言っていた。

特に、一度訪ねた人間を再び訪問する場合は慎重に振る舞わなければならない。

「誰か連れていってくれ」

池田理事官が言った。「できれば、荻窪署か新宿署の人間がいい」

そのとき、まっさきに樋口の頭に浮かんだのは氏家だった。

「荻窪署でいっしょに生安班を組んでいた氏家さんと行きます」

「氏家？　ああ、荻窪署の生活安全課から来ている捜査員だな？　いいだろう」

樋口が氏家に声をかけると、氏家は、驚いたように言った。

「何で俺が行くんだ？」

「飯島里央の両親に会う。生活安全課の腕の見せどころじゃないか？」

「あんた、俺たちのこと、カウンセラーか何かと間違えていないか？　警察《サツ》官《カン》は、どこの部署にいても警察官だよ。融通のきかない嫌われ者だ」

飯島里央の継母、飯島祐美《ゆみ》は、大柄な女性だった。ぴったりしたジーンズをはき、スウェットのトレーナーを着ている。長く、ゆったりとしたウェーブのある髪を後ろで束ねていた。

プロポーションのよさが際立《きわだ》っている。目や口が大きく、派手な顔だちの美人だ。三十三歳になるということだが、今でもシェイプアップに精を出していることがその体つきからうかがえた。

「里央さんについて、うかがいたいのですが……」

樋口が言うと、飯島祐美はきわめて冷たい口調で言った。

「もう、あの子についてお話しすることはありませんわ。どこにいるのかすらわからないんですからね」

「ご主人とお話ししたいのですが」

飯島祐美は、抗議をこめた眼差しでしばらく樋口を見つめていた。

刑事はたしかに嫌われるが、これほど反感を剝《む》き出しにされることはあまりない。

この眼は飯島祐美の気性の激しさをそのまま表している。と同時に、里央に対する怒りをも表しているに違いなかった。

飯島祐美は、不意にふたりの刑事に背を向けると奥へ引っ込んだ。刑事たちを玄関に立たせたままだった。

しばらくすると、頭に白いものが混じった男が不機嫌そうな顔で現れた。やはりジーパンにトレーナーという姿だが、似合ってはいなかった。髪をかっちりとセットしているせいもあるだろう。

「娘のことはもうお話ししたはずです」

「昨日うかがった刑事は、娘さんのことについてお話をうかがう理由を説明しましたか？」

「殺人事件に何か関係があるのだとか……。事件のことは新聞で読みましたよ」

不安そうな様子はない。

ただ、警察官に時間を奪われることに不満を感じているようだ。

「その刑事は控えめな言い方をしたのです。お嬢さんは、重要参考人だと、私たちは考えています」

この一言は、なかなか効果的だった。

里央の父親、飯島洋一は、まるで頬を張られたような顔をした。

次の瞬間に、口がだらしのない感じで開いた。眼に落ち着きがなくなる。ようやく事態を把握したのだ。

顔色がみるみる悪くなっていった。この表情こそが刑事の待ち望んでいるものだった。相手が動揺すればするほど聞き出せることは多くなる。

「あの……、それは……」

飯島洋一は言った。「いや、私は、娘が単に何かを目撃したとか、被害者と知り合いだったとか、そういうことだと思っていましたが……」

「新聞でお読みなら、事件のことはだいたいご存じでしょう。ふたつの事件には共通点があり、連続殺人と見て捜査をしています。お嬢さんは、そのふたつの殺人現場に居合わせた可能性が大きいのです」

「つまり、娘が……」

「私は容疑者とは言っていません。重要参考人と言ったのです」

「しかし……」

「それをはっきりさせるためにも、娘さんを見つけなければなりません。ご協力いただけますね」

「だが、私たちは居場所を知らない……」

「お話をうかがううちに、手掛かりが見つかるかもしれません」

「いや……。ですが……」

「それに、もし、最悪の事態になったとき、お嬢さんについていろいろとうかがっていることが役に立つかもしれません」

「それはどういう意味です？」

「つまり、情状酌量です」

飯島洋一は、再び、殴られたような顔をした。こうしてショックを受けているうちに、物事の重大さを受け入れていくのだ。

彼は、ふと気づいたように表情を引き締め、言った。

「玄関では何ですので、お上がりください……」

飯島洋一は先にドアの向こうに行った。

「やるじゃないか。追い詰め方がうまい。これで、あいつは何でもしゃべってくれる」

氏家が言った。

樋口は、思わず振り返って氏家の顔を見ていた。彼は、かすかに皮肉な感じのする笑みを浮かべている。

「うまいだって？　誰でもやることをやっているだけだ」

「いや、あんたは、抜群にやり方がうまい。こちらの手札を見せるふりをして、切り札はさらしていない」

「ポーカーフェイスとはよく言われることだよ」

「刑事には必要な資質だよ」

東側に面したリビングルームには、柔らかい革を張った坐《すわ》り心地のいいソファが置いてある。台所寄りの場所にはダイニングテーブルがあり、椅子《いす》が四脚置かれていた。

サイドボードやテーブルは、白木の北欧調にそろえられてあった。家の調度だけ見れば理想的な家庭だった。

樋口は、ふと自分の家と比べていた。恵子のおかげで自分の家の雰囲気もそこそこ負けてはいないと、ひそかに思った。

樋口と氏家は並んで腰を下ろした。飯島洋一は、その三人掛けのソファと九十度の角度で置かれているひとり掛けのソファに坐った。

これは、理想的とは言えないと樋口は思った。刑事は、常に相手にプレッシャーをかける位置にいなければならない。相手が容疑者でなくてもだ。

九十度の角度は、相手を一番リラックスさせると言われている。だから刑事は、いつでも必ず向かい合うように心掛ける。

樋口は、何とか少しでも威圧感を与えようと、体を飯島洋一のほうに向けた。

「里央さんが、家に居つかなくなったのはいつごろからですか？」

「そんなことが、捜査と関係あるのですか？」

「さきほども言いました。お嬢さんの現状について知りうることをすべて知っておきたいのです。できれば、何を感じ、何を考えていたかまで……」

「高校に入ってしばらくしてからでした。夏休みを過ぎたころからでしょうか……」

「今、里央さんは高校二年生でしたね？」

「はい……」

「親しいお友達は、いらっしゃいましたか？」

「さあ、私はそういうことは……」

「男のお友達は？」

「誰かと付き合っていたかということですか？」

「そうです」

「それも、私にはわかりません」

「奥さんはどうです？」

「わからないと思います。妻と里央は最近ではほとんど話をしませんでしたから
……」

「昔のお友達でもけっこうなのですが……」

「中学校時代に、何人か友達の名前を聞いたことがあるように思います。でも、忘れました。それに、それがどこの誰か、私は知らないのです」

「家に帰らず、どこに寝泊まりしているか、心当たりはないのですね？」

「まったくありません」

「訊《き》いてみたことはないのですか？」

「ありません」

「里央さんとはあまり話をなさらないのですか？」

少しの間があった。飯島洋一はすでに疲れ果てているような印象があった。

「昔は、実にいい子でした」

「いい子……？」

「親や教師の言うことをよく聞く素直な子だったんです。中学では優等生でした。生

徒会の役員もやったことがあります。それが、高校に入ると突然……。私には、何が何だかわからなかった。里央が別人のようになってしまったのです」

「そのことについて話し合われたことはないのですか？」

飯島洋一は驚いたように樋口を見た。

「話し合うですって……？　取りつく島がないのです。日常の会話すらできないのです。話し合うなんて……」

「里央さんが小学生や中学生のころは、どうでした？」

「どうというと……？」

「よくお話はなさっていたのですか？」

「そのころは、私はどうしようもなく忙しかったのです。私は、自動車メーカーの宣伝部に勤めています。ちょうど、バブルのころで……。毎日、帰るのが深夜というありさまでした。でも、娘は、私のことを理解してくれていると思っていたのです」

「離婚されたのが、十年前……。里央さんが小学一年のときですね」

「そうです」

「そして、その二年後に再婚された。さらに、その四年後に今の奥さんとの間にお子さんが生まれたというわけですね」

「そう。再婚したのは、里央が小学三年のとき、妹が生まれたのが中学一年のときです……」

「奥さんは美人ですね」

飯島洋一は、苦笑を浮かべた。何も言わない。照れているように見える。妻の美しさを自慢に思っているのは明らかだった。

「どこで知り合われたのですか？」

「彼女は、車の展示会でコンパニオンをやっていたのです。私は、宣伝部でイベントの担当をしていました。それで知り合ったのです」

「付き合われてどれくらいで結婚されたのですか？」

「まさに電撃結婚でした。私は、彼女の魅力に参っちまいましてね……。祐美は、見かけだけじゃなく、なかなか才能豊かな女性で……。美大を出ているんです。そのうち、絵の展覧会をやりたいと言っているんですよ」

樋口は、飯島洋一の口調が変わったことが気になっていた。

里央のことを話すときは辛《つら》そうだったのに、今の妻のことを話しはじめると、自信に満ちていた。

「前の奥さんとの離婚の原因は？」

「そんなことまで話さなくてはならないのですか？」

「さしつかえなければ……」

「お互いに、仕事が大切だったのですよ。前の妻は、仕事をばりばりやるタイプの女でした。彼女は英語が堪能《たんのう》で、しかも人の間に立って物事の折衝をするような仕事が好きだったので、コンサルティングの会社で働き、離婚するときは部長になっていました。今、ニューヨークに住んでいます。お互いの人生ですからね。私は彼女とはもうやっていけないと思い、別れることにしたのです」

「前の奥さんと里央さんは連絡を取り合っていたのですか？」

「彼女も忙しい体です。連絡は滞りがちになっていたようですね。それでも誕生日やクリスマスには必ずプレゼントが届いていました」

樋口は、にわかに徒労感を覚えた。仕事は大切だ。だが、何のための仕事なのだろう。彼らはただゲームに夢中になっているだけだ。

仕事が最もおもしろいゲームだということだ。家族を養うのは、彼らにとってはあまりおもしろくないゲームなのだ。

「どうやら、おふたりは結婚に向いてなかったように私には思えるのですが……」

「ええ。私もそう思います。でも、成り行きでして……。学生時代、ふたりは、強い共感で結ばれていました。彼女は当時革マルに属していまして、私はいわゆるノンセクト・ラジカルでした」

樋口は、飯島洋一の口調がわずかに熱を帯びてきたように感じた。

「ふたりは、たしかに新しい社会を見据えていました。知り合ったのは、大規模な集会で、その後、デモ行進に移りました。四機が側面を固め、八機が放水車で待機していました。革マルの先導でジグザグ行進になったとき、四機が攻めてきました。路上は大混乱で、彼女は、機動隊員に取り囲まれていました。私は体を張って彼女を助けたのです。そのときの傷がまだ額に残っていますよ。ふたりはある意味で戦友でした。彼女は、古い秩序の弊害についていつも語っていました。特に女性に対する差別を憎んでおり、解放することが必要だといつも言っておりました。私も、体制秩序の破壊という点に関してはまったく同感だったのです」

「革マル……。奥さんは過激派だったのですか？」

樋口が尋ねると、飯島洋一は見下すような笑みを浮かべた。

「革マルなんかのセクトが先鋭化していくのは、七〇年代も半ばを過ぎてからのことですよ。内ゲバを始めるようになってからです。私たちが学生のときは、もっと和気あいあいとした集団でしたよ。学生たちは、気軽に参加したり脱退したりしていました」

「なるほど……」

樋口は、七〇年安保のころのセクトの実情を知らない。大学に入ったときは、すでに、エキセントリックな過激集団と化していた。

下級生をオルグに来る過激派を必死に排除した記憶しかない。そのときの不気味な印象は今でも忘れない。

飯島洋一が知っているセクトと樋口が感じているセクトの印象はまったく別のもののようだ。だからこそ、警察官相手にこんな話ができるのだ。

「そのまま、私たちは、いっしょに暮らすようになり、やがて、籍を入れました。私は、奇蹟《きせき》的に大企業に就職が決まり、身辺をきちんとする必要があったのです」

「これは大切なことなので、ぜひうかがっておきたいのですが……」

氏家が言った。「里央さんには、最近気になる癖のようなものはありませんでしたか？」

「癖……？」

飯島洋一は、困惑した表情を浮かべた。

「そう。例えば、小さいころの癖が、最近になってまた出はじめたとか……」

「いや……。娘のことは……」

「今の奥さんはどんな癖があります？」

「そうですね。髪を前から右手でかき上げる癖がありますね。それに鏡やガラスがあると必ず覗《のぞ》き込まずにはいられないというのも、まあ、癖でしょうね」

氏家はうなずいた。

樋口は、氏家の質問を最後に引き上げることに決めた。

「あれはどういう意味だったんだ？」

樋口は氏家に尋ねた。

「何のことだ？」

「飯島里央の癖がどうのと……」

「ちょっと、里央の心理面が気になってな……。同時に、父親の里央に対する関心の度合いを知りたかった」

「それで、どういう結果になった？」

「里央の気持ちがわかるような気がする。あんな孤独には、俺は耐えられない。誰も彼女に眼を向けなくなった。小学生の子供が急にひとりで放っぽり出されたんだ。父親も母親も仕事に追われていた。その両親が離婚。やがて再婚して、父親は新しい母親に夢中だ。そのうちに、そのふたりの間に新しい子供が生まれる。どこに里央の居場所がある？　あいつ、娘の癖には気づいていなかったのに、新しい妻の癖についてはすらすらこたえやがった」

「彼は古臭い秩序を破壊することを夢見ていた。彼らの世代のひとつの特徴かもしれない。彼らは、家族制度というものに縛られたくなかった。そして、飯島洋一は、家族制度だけじゃなく、自分の家庭の秩序まで破壊してしまった。結局、彼らに見えているのは自分のことでしかない」

「まあ、古い秩序や体制をぶっ壊したくなる気持ちはわかるがね……。俺だって、警察の体質をぶっ壊しちまいたいよ」

「同感だね」

「あんたが？」

「そうだよ。意外かね？」

「まあな……」

「飯島里央は、おとなたちを憎んでいると思うか？」

「どうだろう……。なぜそんなふうに思うんだ？」

「被害者はふたりとも、父親と同じくらいの年齢だ」

「そうだな……。だが、俺はもっと複雑な問題のような気がする。恨んだり憎んだりしていたら、事はもっと簡単だ」

「どういうことだ？」

「里央は中学のころ優等生だと言ってただろう？　自分に注目してほしかったから、精一杯いい子にしていたんだろう。だが、それでも父親の関心を得られなかった。彼女は、仮面をかぶりつづけていたんだ」

「その仮面がはがれたというわけか？」

「そうじゃない。また別の仮面を手に入れたのかもしれない。父親に心配をかけることで関心を得ようとしはじめた……」

「それが、殺人事件とどういう関係がある？」

「突っ込むなよ」

氏家は肩をすぼめた。「俺にもよくわからないんだ。ただ、これだけは言える。仮面をかぶりつづけていると、そのうちに本当の自分を見失うことがあるんだ。これは、ひどく危険なことなんだ」

17

「被害者の安斉史郎は、売春の斡旋《あっせん》をやっていました」

新宿の事件の鑑取り捜査に当たっていた捜査員が会議の席で発表した。

会議に出席していた捜査員たちは、無言でその刑事を見つめた。

「調べを進めた結果、現場のパブ『クワトロ』は、売春スナックとして、ある筋では有名だったそうです」

「ある筋……？」

司会をしていた田端課長が言った。「何だそれは？」

「つまり、フーゾク関係者です。もちろん、売春をやっているという広告を出せるはずはありません。客は口コミで集まっていたようです」

「具体的にはどうやってやるんだ？」

「契約している女の子を、客を装《よそお》ってカウンターに坐《すわ》らせておくんです。客は、その女の子の品定めをして、気に入った子がいたら、バーテンダーに話をつけるのです。表向きは、ただのナンパということになります」

「だが、店は女の子から上がりを掠《かす》めていたわけだろう。新宿署ではマークしていなかったのか？」

新宿署の署長は欠席していた。

新宿署の刑事課長が、生活安全課の係長と何事か耳打ちし合っていた。

捜査員が発表を続けた。

「実際のところ、ノーマークでしたね。もちろん情報は手に入れてました。でも、手入れすべき風俗営業の店はほかにもたくさんあり……」

「わかってるさ……。それで、どんな子を使っていたんだ？」

「いろいろですよ。プータロー、主婦、女子大生、外国人、それに、女子高生……」

田端捜査一課長はぶつぶつと何事かつぶやいた。

「どの女の子がいつ現れるかわからない。客は、本当にナンパする気分で女の子に声をかけたり、バーテンに話をつけたりするわけです。そのあと、ふたりは連れだって店を出て……」

「そんなことはいい」

捜査員たちの中から笑い声が起こった。

「……問題は、だ……」

田端課長は言った。「第一の被害者、安藤典弘はデートクラブのオーナーでもあった。第二の被害者、安斉史郎は、売春スナックをやっていた。ふたりとも、売春に絡《から》んでいたというわけだ」

「またしても、共通点だね」

池田理事官が言った。「そのあたりに糸口があるかもしれない」

「売春をやっているふたりの被害者が、どうやって飯島里央と接触したか……」

「こりゃあ……」

植村が言った。「単純な男女関係のもつれじゃないみたいだな……」

「だがね」

池田理事官が植村に言った。「出会いから事件に至るまでの過程に、必ず男女関係の問題は起こっている。私はそう思う」

樋口は、氏家が言ったことが気になっていた。

恨んだり憎んだりしていたほうがまだましだ……。

飯島里央は、ふたりの男をどう思っていたのだろう。父親と同じ年配の男たち……。

里央の気持ちになってみようとした。

だが、無駄だった。樋口は十七歳の少女ではなかったし、飯島里央のような境遇を味わったこともなかった。

第一、樋口は、まだ飯島里央に会ったことすらないのだ。想像の範囲を超えている。

「どう思う？　ヒグっちゃん」

池田理事官が声をかけた。樋口は一瞬、うろたえた。

「そうですね。飯島里央は家を出ていた。生活するための金が必要だったはずです。被害者たちに近づいたのは、金銭的援助を期待してのことだったのかもしれません」

「ならば、なぜ、殺したんだ？」

植村が尋ねた。

「まだ飯島里央が殺したと決まったわけじゃありません」

「もし、殺したと仮定してだ。捜査本部の方針はそう決まっている」

「男たちに父親のような優しさを期待していたのかもしれません」

「な……」

植村があっけにとられた顔で樋口を見た。田端課長や池田理事官も怪訝《けげん》そうな顔で樋口を見た。

樋口は、氏家がかすかに笑みを浮かべてかぶりを振るのを見た。

「何だそりゃあ……」

植村が言った。

「飯島里央の置かれていた状況を考えてみると、そう思えてくるのです」

「その状況とやらを話してもらいたいな」

樋口は話した。

捜査員たちは、樋口の説明に聞き入っていた。

樋口が説明を終わると、田端課長が言った。

「父親の関心を引くためにいろいろ努力をした。それでもだめだったからグレてみた。そして、ついに他の男に父親のような優しさを求めるようになったと――こういうことだな？」

「はい。しかし、そういう期待は必ず裏切られます。父親のような無条件の愛情を他人が持てるはずはありません。しかも、もし飯島里央が期待して近づいた男たちが、売春を強要したとしたら、飯島里央は理性を失うほど激怒したかもしれません」

「いやはや、たいした心理学者だな……」

植村は言った。皮肉な口調だった。「だが、まあ、言いたいことはわかるな……」

「心理学者という言い方をするなら、私より氏家さんのほうが優れているかもしれない。彼は、大学で心理学を学んでいるし、生活安全課という立場上、少年少女と関わることも多い」

田端課長は、氏家に言った。

「あんた、ヒグっちゃんといっしょに飯島里央の自宅を訪ねたんだったな。どうだい。ヒグっちゃんの言ったことについてどう思う?」

「さあ……。こういうことは、ケースバイケースですからね……」

「犯行の動機に関することなんだ。何か考えがあるなら聞かせてくれ」

「俺、大学で習ったことなんて忘れちまいましたし、殺人の動機なんて言われてもぴんとこないんですよ。ただね、里央が心理的なバランスを欠いているということだけは想像できますね。どこで訊《き》いても、彼女はひとりだったというこたえが返ってくる」

樋口は、氏家の話を聞きながら思っていた。これまで調べたことをまとめあげると、ぼんやりした人物像が浮かんでくる。それはひどく冷淡なように見える。だが、狂おしいほどの情熱が心の奥底で渦巻いている。その情熱を押し止《とど》めているのは、恐ろしく強固な他人への不信感だ。その情熱と冷たい不信感の間《はざま》にいる少女の気持ちを思いやると、樋口はいても立ってもいられないような気持ちになった。救いを求めてのたうち回っている美少女。その姿が脳裡《のうり》に浮かび、樋口は一種の切なさを感じていた。

会議が終わると、氏家が樋口にそっと言った。

「おい、俺に振るなんて、汚いぞ」

「あんたが発言すべきだと思ったんだ。私だけ矢面に立たされるのはごめんだ」

「みんな、あんたを信頼しているんだ。だからあんたに発言を求める」

「みんなが私のことを信頼しているだって……？」

「そうだ。だが、誰も俺なんか信頼していない。だから、俺が発言する必要なんてなかったんだ」

「必要はあった。私が信じている」

「あきれたね……」

「みんなが私を信頼していると言ったな。そのみんなの中には、植村さんも含まれているのか？」

「いや」

氏家は言った。「あのオヤジは、自分のことしか信じていない」


五月二十一日、火曜日。

夜の十一時過ぎ、渋谷のラブホテル『シャノアール』を訪れた若いカップルは、思わず眉《まゆ》をひそめた。

「やだ、ドアが開いてるわ……」

女が言った。

「誰か出てくるところかな……」

ふたりが部屋に入るためには、そのドアの前を通り過ぎなければならなかった。

「ラブホでドア開けっ放しだなんて……」

「人に見せたい趣味のやつだったりして……」

ふたりは、そっと戸口の前を通り過ぎた。通り過ぎざまに部屋の中を覗《のぞ》く。

思わず彼らは立ち止まっていた。部屋の中の光景が尋常ではなかった。

まず、ライトがこうこうと灯っている。撮影用のライトだった。床に業務用らしい大きなビデオカメラが転がっている。

そのすぐ脇《わき》に、人が倒れていた。倒れているのは男のようだった。

戸口近くの床に、黒い服を着た女が坐《すわ》っている。髪の長い女だ。

うつむいている。泣いているのかもしれなかった。

体が前後に揺れている。

女は、ゆっくり顔を上げた。

カップルは、反射的に歩み去ろうとした。ドアの陰に隠れる直前、男は、顔を上げた黒い服の女の顔を見た。

涙を流していた。泣いていたせいで鼻が赤くなっている。

それでも驚くほど美しかった。

象牙《ぞうげ》から丁寧に彫り出した天使の像のように整った顔だちをしている。完璧《かんぺき》に整った顔にどこかあどけなさが残っている。それが、その顔の魅力を強烈なものにしていた。

黒い服に長い髪。そして、真っ白な肌。見たのはほんの一瞬でしかなかったが、その顔は男の眼に焼きついた。

ふたりは、そそくさと自分たちの部屋に入りドアを閉ざした。

「あれ、何……？」

「わかるもんか……」

「倒れてたわよね。死んでたの……？」

「ライトやカメラがあったろう？　ビデオか何かの撮影だろう」

「こんなホテルで？」

「ＡＶの撮影なんかはよくラブホテル借りてやるんだよ。坐ってた子、美人だったよな……。ＡＶ女優かな……」

「顔見たの？」

「ああ。最近のＡＶ女優は、へたするとアイドルよりかわいいからな……」

「でも変よ。カメラが床に落ちてたわ。あのふたりのほかに、部屋には誰もいないみたいだったし」

「わかんないよ。奥のほうにいたのかもしれないし……」

オ「何か、変だわ。絶対変よ……」

「そうだな……」

男は、黒い服の少女のことを思い出した。もう一度、彼女をよく見たいと思った。

リ「ちょっと様子を見てこようか」

「冗談じゃないわよ。事件だったら関わりになるのはごめんよ」

男は、少女と今目の前にいる自分の彼女をひそかに比べ、心の中で溜《た》め息《いき》をついていた。

「じゃ、どうすんだよ」

「ホテルの人に電話すればいいわ。様子が変だって」

「そうだな……」

男は、黒い服の少女を再び拝むのを諦《あきら》めた。ベッドの脇にある電話に歩み寄る。

「あ、もしもし、四階にね、妙な部屋があるんだよ。ドアが開きっぱなしでね……」

従業員からの通報で、ホテル『シャノアール』に駆けつけた外勤警官ふたりは、戸口で立ちすくんだ。

少女はまだそこにいた。

カップルが見たときと同じ姿勢で床に坐っている。

外勤警官のひとりは巡査部長で、もうひとりは若い巡査だった。

「どうしました……」

巡査部長は、思わず少女に尋ねていた。少女はゆっくりとふたりの警察官のほうを向いた。

ふたりは、言葉を失った。少女の美しさに一瞬打たれたようになった。

顔面は蒼白《そうはく》だった。唇も色を失っている。それでも、充分に美しかった。というより、蒼白な顔が凄味《すごみ》のある美しさを彼女に与えているようだった。

色を失った唇がかすかに動いたようだった。何かを言おうとしたのかもしれない。

だが、言葉にならなかった。

いち早く役目を思い出したのは巡査部長のほうだった。彼は、倒れている男に眼をやって、若い巡査の腕を肘《ひじ》でつついた。

「おい……」

巡査部長は、少女の脇を通り抜けて、倒れている男に近づいた。ドアのところからはわからなかったが、部屋の中は乱れていた。

ビールの缶が床にふたつ転がっていたし、ライトがひとつ倒れて割れていた。

そのライトから伸びたコードは、倒れている男の首に巻きついていた。

巡査部長は背筋に軽い衝撃が走るのを感じた。注意深く男に近づく。片膝《かたひざ》をつくと、男の顔を覗《のぞ》き込んだ。

男は、首を右に向けてうつ伏せに倒れている。手足はまるでランニングをしているような恰好《かっこう》だ。

男の顔を覗き込んだ巡査部長は、即座に、肩章《けんしょう》に止めていたUW無線機のマイクをつかんだ。

男の眼は開かれたままだった。その眼は、ひどく充血して、光を失っている。口が限界まで開いており、そこから、紫色になりふくらんだ舌が飛び出している。

「ただ今現地到着《ゲンチャク》。男性の死体を確認。繰り返す。男が死んでいる」

特別合同捜査本部には、まだ半数以上の捜査員が残っていた。

樋口もそのひとりだった。

田端課長は、すでに泊まり込みを覚悟したようだった。

植村も氏家もまだ残っている。

樋口は、荻窪署のベテラン刑事、北条が言ったとおりだと思っていた。氏家は、用がないからといって、ひとりでさっさと帰るタイプの男ではない。

勝手気ままに振る舞っているようで、必ず周囲の人間の様子をうかがっているのだ。

ひとりの刑事が捜査本部にやってきて、田端課長に近づいた。田端課長は、その刑事に声をかけた。

「おう、おまえさん、当直か。何だ？」

「今、渋谷のラブホテルに男の死体があると知らせが入りました。機動捜査隊と所轄《しょかつ》署が初動捜査をやってますが、どうやら殺人《コロシ》のようだと……」

「この捜査本部と何か関係があるのか？」

「現場で黒い服を着た少女が保護されたというので、ここの連続殺人と関係があるんじゃないかと……。ほら、今日、火曜日だし……」

それまでぐったりした様子で椅子《いす》にもたれていた捜査員たちが、いっせいに身を起こした。

田端は、樋口と植村の顔を順に見て言った。

「おまえさんたち予備班が行ってくれ。パトカーを出させる」

樋口は、即座に背広に腕を通した。植村がうめき声を洩《も》らしながら立ち上がった。

「俺も行こう」

氏家がどこか諦めを感じさせる調子で言った。

「あんたが?」

樋口は思わず訊いていた。

「少女が保護されたと言っただろう? 俺の出番じゃないのか?」

部屋には他に予備班の刑事がふたりいた。五人は次々と捜査本部を出ていった。

『シャノアール』の周囲は、樋口にとって馴染《なじ》みの雰囲気だった。

狭い路地をふさぐように駐車したパトカーと救急車。

救急車は、建物の壁に平行に駐車しているが、パトカーは思い思いの角度で停まっている。

救急車とパトカーの回転灯が投げかける赤い光が、絶えず周囲のホテルの壁を撫《な》でつづけている。

そこは、渋谷のホテル街のど真ん中だった。

深夜にもかかわらず、野次馬が集まりはじめていた。制服を着た警官が、付近の交通整理と野次馬対策をやっている。

すでに、建物の前には、黒と黄色のロープが張られていた。

樋口たちは、白い手袋をしている。それが、刑事であることを示していた。出動服に略帽の鑑識係員や、受令機のイヤホンを耳に差し込んだ機動捜査隊の連中が現場を歩き回っている。

植村が所轄の渋谷署の刑事らしい男をつかまえて言った。

「本庁《ホンブ》にある捜査本部から来た。どんな具合だ？」

渋谷署の刑事がこたえた。

「被害者は男性。身長一七〇センチ、やや太り気味。年齢は四十五歳から五十歳。首を絞められたようだ。したがって殺人ということになる。凶器は、ライトのコード」

その口調は、きわめて事務的だった。

「ライトのコード？」

植村は、思わず部屋の中を覗き込んだ。あとの四人もその後ろから同様に中を見た。

「そう」

渋谷署の刑事が言った。「撮影用のライトが二脚、職業用ビデオカメラもある。何かの撮影をやっていたんだろうな」

「撮影だって……？　被害者の身元は？」

「免許証なし。クレジットカードと名刺を持っていた。アメックスのゴールド。クレジットカードと名刺の名前が一致した」

彼は手帳を開いて確認した。「名前は、稲垣康弘……。健康の康に弘法大師の弘」

「それで、少女を保護したと聞いたのだが……」

「あっちだ」

渋谷署の刑事は、廊下の一角を指さした。機動捜査隊員と刑事に囲まれた少女が見えた。

樋口は、その美しさにあらためて驚いた。写真で顔だちは知っていた。

しかし、写真からは伝わってこない瑞々《みずみず》しい美しさだった。

その驚きはほとんど衝撃に近かった。

18

樋口たち合同捜査本部の五人は、保護された少女に近づいた。

「あんた、飯島里央さんだね？」

植村が言った。周りにいた渋谷署の刑事や機動捜査隊員が植村のほうを見た。

最後にゆっくりと飯島里央が植村の顔を見た。

顔色を失った少女。その顔は、樋口にとっては完璧《かんぺき》に思えた。大きな目、高くはないがまっすぐに筋の通った鼻、そして小さな口が、完全なバランスで配置されている。顎《あご》の線はシャープで見事な顔の形を造り出している。もう少し年齢がいけば、頬からのラインはもっと完成された美しさを描くはずだ。

まだ、頬が丸く、その顔に少女らしいあどけなさが残っている。それが、いっそう刺激的に思えた。

前髪が眉《まゆ》を越えて、目の上ぎりぎりまで垂れている。残りの髪は長くまっすぐだった。黒いジャケットに白い絹のような光沢のあるシャツブラウス。全体に細身のイメージがあるが、意外なほど豊かな胸がそのブラウスに丸いふくらみを作っている。

スカートはタイトのミニで、それも黒かった。さらに黒いブーツをはいている。膝が目立たないまっすぐな脚だった。

樋口は、そっと周囲の捜査員たちの様子をうかがった。

彼女の美しさに動揺しているのは自分だけなのだろうか？　それが気になった。

植村は、まったく頓着《とんちゃく》していないように見える。彼は、捜査のことしか考えていないようだ。

樋口は、氏家の反応が気になっていた。独身でいまだに若い女に関心があるはずだからだ。

氏家も表情を変えなかった。彼は少女の返事をじっと待っていた。

他の予備班のふたりも、別に変わった様子はない。

（当然だな……）

樋口は思った。（ここは殺人の現場なんだ）

彼は、皆と同じ態度を取ることに決めた。他の連中も、少なからず少女の美しさに驚いているはずだ。だが、顔に出さないだけなのだ。樋口は、そう考えた。

少女が何も言わないので、植村がもう一度尋ねた。

「飯島里央さんだね？」

ぼんやりと植村を見ていた彼女の眼に、ふと意識の光が差した。

「そうよ、でも……」

その先は言葉にならなかった。

植村がきっぱりした口調で言った。

「殺人の容疑であなたを緊急逮捕します」

飯島里央は、何を言われたのかわからないような様子で、植村を見つめつづけている。

樋口は、驚いた。

緊急逮捕？　そうすべき状況なのだろうか？

自信がなくなり、またしても、そっと、あとの予備班の連中の顔をうかがった。誰も植村の言ったことに異を唱えようとしない。

三件の殺人現場で姿を見られている。そして、今回は現場で発見された。その身柄を押さえたのだ。緊急逮捕もやむをえない。

樋口は、ようやくそのことを理解した。

判断力が鈍っていたのだ。思考が停止していたのかもしれない。その理由が少女の美しさであることに気づいて樋口は愕然《がくぜん》とした。彼は、飯島里央に見とれて捜査のことを忘れていたことになる。

ひどく恥ずかしい気分になった。

「でも……」

飯島里央が植村に言った。「でも、あたしじゃない……」

真っ白だった頬にすうっと赤みが差してきた。唇が明るいピンク色に染まっていく。

その変化は樋口にとって劇的だった。少女の瑞々しさがいっそう強調された。彼女に化粧など必要なかった。

樋口は、一瞬、その場から彼女を連れ去りたい衝動を覚えた。

飯島里央はもう一度言った。

「あたしじゃない」

その口調は、強いものになっていた。彼女は、興奮してきたのだ。

「そういう話は、本部で聞こう」

植村は、飯島里央の腕を取った。

反射的に彼女は、それを振りほどこうと体をよじった。

「あたしじゃないんだってば」

「抵抗すると手錠をかけることになるぞ。手錠をかけないのは、せめてもの思いやりなんだ。おとなしくしろ」

植村が脅しつけるように言った。

機動捜査隊の隊員と渋谷署の捜査員が両側から飯島里央の腕をつかんでいた。

植村は、そのふたりに言った。

「身柄《ガラ》、もらっていくよ」

渋谷署の捜査員は、餌《えさ》を取り上げられる犬のような表情を浮かべた。

氏家がさっと手を伸ばして飯島里央の腕を取った。渋谷署の捜査員から奪い取るように、彼女と渋谷署捜査員の間に体を割り込ませる。

樋口は、それを見て慌《あわ》てて手を貸した。飯島里央は、樋口を睨《にら》むように見て再び言った。

「あたしじゃないんだってば」

樋口は、その眼をまともに見てしまった。アルコールか薬剤の影響を受けているように見える。

眼が据わっているような感じだ。

だが、にわかにその眼が意志の力を持った。訴えかけるように樋口を見ている。

樋口は、眼をそらせなくなった。彼女が私に助けを求めている――。その瞬間、樋口はそう感じていた。飯島里央にとっては誰でもよかったのかもしれない。だがそのとき、樋口はたしかに助けを求められているように感じたのだった。

次の瞬間、氏家がぐいと飯島里央を引っ張った。

植村が先頭に立って歩きはじめる。パトカーに飯島里央を押し込めた。渋谷署の捜査員は誰も声をかけてこなかった。

五月二十二日、水曜日。

合同捜査本部に渋谷署の捜査員が十二名加わった。

飯島里央が緊急逮捕されたことで、捜査本部には一息ついたような安堵《あんど》感が漂っている。笑顔がそこかしこで見られるようになっていた。

正式に逮捕するために、逮捕状の請求が行われる。午後には交付されるだろう。

飯島里央は取り調べを受けていた。婦人警官がひとり付き添っている。尿検査をしなければならなかったからだ。

樋口は落ち着かなかった。取り調べは、予備班が受け持っている。

あとの班は、飯島里央を送検するための証拠集めと資料作りに追われていた。今のところ犯行の動機がはっきりしない。その点については、自供が頼りなのだ。

植村と新宿署の捜査員が取り調べを行っている。

「尿検査の結果が出ました」

捜査員のひとりが、出入口から入ってきて、田端捜査一課長と池田理事官がいる席のそばに近づいた。「アンフェタミンが検出されたということです」

「アンフェタミン……?」

田端課長が、入ってきた捜査員を睨むように見て言った。「覚醒剤《かくせいざい》か?」

「そのようですね……」

「なんとまあ……」

池田理事官が溜《た》め息《いき》まじりに言った。

「けっこう流行《はや》ってるんですよ」

氏家が池田理事官に向かって言った。「メタンフェタミンほど強力じゃないが、そこそこ効果があるアンフェタミンは比較的たやすく手に入る。スピードと呼ばれるやつです。クラブなんかで女子高生たちが使用するんです」

「クラブ……?」

「学校の部活やホステスのいるクラブじゃありませんよ。こぢんまりしたハコで、音楽かけて踊るための店です」

「ディスコか？」

「いや、ちょっと違うんですけどね……」

「とにかく……」

田端課長が言った。「これで覚醒剤取締法違反の容疑が増えたわけだ。殺人で令状《オフダ》が取れなくても、そっちで逮捕できるな」

「いや」

樋口は言った。「覚醒剤取締法だったら、現行犯じゃないと……」

「尿から検出されているんだ。どうにでもなるさ」

「なぜ尿検査が必要だったかが問題になります」

樋口が言うと、氏家が付け加えるように言った。

「キムチをたくさん食べたのかもしれない……」

「キムチ……？」

「そう。キムチを食べると微量だが、アンフェタミンが検出されることがある」

田端課長は、何か反論しようとして、気づいた。氏家は、茶化しているだけなのだ。

「とにかく……」

田端課長が言った。「身柄《ガラ》を押さえてるんだ。それが何よりの強みだ。覚醒剤で揺さぶりをかけてみるのも手だな。取り調べをしている植村くんに知らせてくれ」

検査の結果を知らせに来た捜査員が出ていこうとした。樋口は立ち上がって言った。

「私が行きます。ちょっと様子も見てきたいし……」

飯島里央は、うつむき加減でじっとしていた。だが、悲しみに打ちひしがれているという感じではない。

何かにじっと耐えているような感じだった。

植村は苛立《いらだ》ちを露《あら》わにしている。指で机の上をとんとんと叩《たた》きながら、飯島里央を見据えていた。

その脇《わき》に新宿署の捜査員が立っていた。記録を担当しているのは婦人警官だった。彼女は、飯島里央のほうに背を向けるようにして机に向かっているが、体をひねり、飯島里央の顔を見ていた。

婦人警官の顔に奇妙な表情が浮かんでいるのに樋口は気づいた。

ぼんやりとした表情だった。容疑者を見る眼ではなかった。その眼には、羨望《せんぼう》と嫉《しっ》妬《と》があるように思えた。若さと美しさに対する羨望と嫉妬が……。

植村が樋口の顔をしげしげと見た。無言で何事かと尋ねているのだ。

樋口は、覚醒剤らしい反応が出たことをそっと告げた。

植村は、飯島里央のほうに向き直り、厳しい口調で言った。

「いよいよ、おまえは言い逃れができなくなったぞ。おまえのションベンから覚醒剤の反応が出たんだ」

若い女性に対する言い方ではないと樋口は思った。だが、そういうやり方が有効なのは確かだった。

取り調べは心理戦だ。

飯島里央は何も言わない。

「おまえは、三人の男を殺した。なぜだ？　覚醒剤を巡るトラブルか？　それとも、別れるの切れるので、話がこじれたか？」

無言。

植村は、溜め息をついてパイプ椅子《いす》の背もたれに体をあずけた。ふいに樋口の顔を見ると、立ち上がり顎《あご》で廊下のほうを示した。話があるという仕草だ。

廊下に出ると植村は言った。

「やりにくいな……」

「やりにくい？」

「相手が小娘じゃな……。手荒なこともできない」

つまり、小娘でなければ手荒なことをするという意味だ。だが、今、ここでそのことに抗議する気は樋口にはなかった。

「そうですね……」

「俺はお手上げだよ。あの手の相手はどうもな……。あんた、やってみてくれないか」

「かまいませんよ。でも、植村さんが落とせなかった相手でしょう」

「いつかの、あれ、やってくれよ。あんたの魔法だ」

「魔法……？」

「与田とかいうデートクラブの店長を相手に、ちょっとした魔法を見せたことがあっただろう？」

「私は、話を聞こうとしただけです。いつもうまくいくとは限りませんよ」

「いずれにしろ、交代だ。俺たちは疲れた……」

「ならば、被疑者も疲れているはずです」

植村は不思議そうな顔で樋口を見た。相手を疲れさせ、根負けさせるのも刑事のテクニックのひとつだ。拷問《ごうもん》と変わらない。

だが、植村は、反論しなかった。被疑者が少女であるということが影響しているようだった。

「そうだな。では、一休みさせてから始めればいいさ」

「相棒に氏家を選んでいいですか？」

「氏家……？　なぜだ？」

「何となく……。彼とならうまくやれそうな気がするんです」

「好きにすればいい」

植村は、取調室の中に消えた。

やがて、婦人警官に付き添われた飯島里央が現れた。彼女は、樋口の前を通り過ぎるとき、彼の顔を見た。

そのとき、樋口は、またしても飯島里央が助けを求めているように感じた。

（もちろん、錯覚だ）

彼は思った。（私はどうかしちまったみたいだ。疲れが溜まっているのかもしれないな……）

二時間後に、取り調べが再開された。記録係は、さきほどと同じ婦人警官だった。

樋口が飯島里央の正面に坐った。

氏家は、壁にもたれて立っている。彼は、まるで取り調べなどには関心がないかに見える。そういうポーズを取っているのだ。

「飯島里央さんですね。私は、樋口と言います。あちらに立っているのは氏家……」

取り調べの際に刑事が被疑者に名乗る必要はない。誰もそんなことはしない。

樋口も普段ならしないが、今は、それが必要な気がした。少なくとも、樋口は飯島里央が置かれていた状況をある程度把握している。

飯島里央は眼を伏せたままだ。緊張しているのがわかる。幾分顔色が悪いが、初めて見たときよりはずっといい。

樋口は、どうやって話を聞き出そうかと考えているうちに、自分がまったく別なことを考えはじめているのに気づいてびっくりした。いつの間にか、彼は、飯島里央を形容する言葉を探しているのだった。

胸が高鳴っているのを感じた。

何か切ないものがこみ上げてくる。

飯島里央は、樋口には完璧《かんぺき》に思えた。顔のつくりから、背恰好《かっこう》まで完全に好みに合っているのかもしれない。

（ばかな……。相手はまだ十七歳でしかも容疑者じゃないか……）

樋口は、何とか頭を働かせようとした。

「あなたは、三つの殺人事件に関わっています。すべての現場で目撃されているのです。もちろん、あなたには黙秘権がある。だが、考えてください。黙秘権というのは、裁判の際に不利になるような発言をここでしなくていいという権利です。何か言いたいことがあるのなら、言ったほうがいい。このままでは、あなたは、犯人にされてしまう」

飯島里央は、うつむいたまま動かない。

「あなたは逮捕されるとき、はっきりと、あたしじゃない、と言った。そのことについて話してくれませんか？」

反応はない。

「あなたは、今、私たちを信じていない。それはよくわかります。だが、私たちの仕事は、本当の犯人を捕まえることです。そのために何が起こったのか、本当のことを知る必要があるのです」

植村によると、何を言っても飯島里央は口をきこうとしなかったそうだ。

おとなをまったく信じていないのかもしれないと樋口は思った。無力感を覚えはじめた。

　ベテランの植村がだめだったのだ。うまくいくはずはない。そんな気がしてきた。

　だが、その無力感と同時に、またしても何かがこみ上げてきた。

　それは切実な思いで、樋口はその感情の動きに自分で驚いていた。彼は、こう考えていたのだ。

（誰も信じなくていい。だが、私だけは信じてほしい）

　その思いに衝き動かされるように樋口は言った。

「あなたがやっていないというのなら、いったいあそこで何が起きたのか話してください。私は耳を貸します。いいですか？　誰もあなたの話を信じないなどと思わないでください。検査の結果、覚醒剤の反応が出ました。あなたにとって不利な要素です。しかし、私は、最近の若い連中が遊びでそういう薬を使用していることを知っています。私が関心があるのは、その薬が三つの殺人に関係があるのかどうかということなのです。もちろん、覚醒剤の使用は重い犯罪です。しかし、今は、そのことをあれこれ言うよりも、本当のことを知ることが先決だと、私は考えているのです」

　樋口は、飯島里央の反応を探った。

　表情は変わらない。強い不信。それだけが感じられる。

辛抱強く反応を待った。

長い沈黙があった。

「あなたが犯人ならば、私は厳しく追及します」

樋口は言った。「しかし、そうでないのならば、私はあなたを助けたい」

やはり、飯島里央は顔を上げようともしない。

「おい……」

氏家が言った。樋口は、思わず振り返った。氏家は、親指で戸口を差した。

先に氏家が取調室を出ていった。樋口が廊下に出ると、氏家が言った。

「どういうつもりだ？」

「何が……？」

「あんた、飯島里央が犯人じゃないとでも言っているような口ぶりだぞ」

「そうは言っていない」

「だが、そう信じたいと思っているんじゃないのか？」

「まさか……」

「いいか、同情ならよすんだ。罪は罪だ。へたに助けたいなどというと、余計にあとで恨みを買うはめになるぞ」

「わかっている」

「余計なことかもしれんが……。あんた、里央に惚《ほ》れちまったんじゃないだろうな」

「ばかな……」

「ならいいが……」

樋口は、取調室に戻った。そのとき、飯島里央に変化が見られた。まっすぐに樋口を見ていた。そして、彼女は言った。

「あたしじゃないわ」

19

その瞬間、取調室の中は奇妙な雰囲気になった。

記録係を務める婦人警官は、体をひねったまま飯島里央を見つめている。

氏家は、戸口のところで立ち尽くしていた。樋口も、飯島里央を見つめていた。

今、飯島里央の眼には新しい意志が宿っているように見えた。その黒々と光る大きな眼に、樋口は吸い寄せられるような気がした。

（ふたりとも、私と同じことを感じているに違いない）

樋口は思った。

まるで、人形か彫刻がしゃべりはじめたような気がしたのだ。

樋口は、飯島里央の正面の椅子《いす》に坐《すわ》ると言った。

「あなたではない？」

「そう。あたしじゃないわ」

「それは、あの三人を殺したのはあなたではないという意味ですね？」

「そうよ」

婦人警官が慌《あわ》てて記録を取りはじめたのが気配でわかった。

氏家は、戸口のところに立ったままだ。

樋口は、ひそかに落ち着こうと努力していた。

「わかった。では、何が起こったのか話してくれないか」

今、樋口は、刑事ではなく、医者かカウンセラーの気分になろうとしていた。そうすべきだという気がしたのだ。

「わからないんだよ」

「わからない？　何が？」

「何が起こったのか……」

「殺人事件のことを言ってるんだね？」

「そうだよ。目の前で死んでいたんだ」

しゃべりはじめたとたん、感情の堰《せき》が切れたようだ。みるみる興奮していくのがわかった。「あたしの目の前で……。ちょっと前まで、あたしと話をしたりしていた人が、倒れて動かなくなって……。頭から血を流したり、全身血まみれになったり、顔が気味の悪い色になったりして……」

「落ち着くんだ」

「ねえ、何でなのよ？　どうして、あたしに優しくしてくれる人が次々と死んでいくの？」

飯島里央は、わめかずにはいられないといった様子になってきた。

樋口は、彼女の昂《たかぶ》りが治まるのを待つことにした。じっと飯島里央を見つめる。必要以上に優しい眼差しであることは自覚していた。

「あたし、何にもしてない。何にもしてないんだよ……」

次第に声の調子が落ち着いてくる。やがて、彼女は再びうつむいて口を閉ざした。

また沈黙が続いた。

樋口は言った。

「どういうことが起こったのか教えてくれないか？　まず、最初の事件からだ」

しばらく間があった。

飯島里央は、うつむいたままで話しはじめた。

「あのオヤジと待ち合わせて会ったんだ。西荻窪の駅前で……」

「それは、何時の約束だったんだ？」

「六時だよ」

「それから？」

「喫茶店でお茶飲んで、部屋へ行った。約束だったんだ。空いている部屋があるから、そこにしばらく住んでいいって……。あの人、不動産屋だったから……。バイトも世話してくれるって……。とりあえず、家具も用意するって言ってくれたし……。で、その部屋でピザでも取って引っ越し祝いやろうって、あの人、言いだして……」

「あの人というのは、安藤典弘さんのことだね？」

「そうだよ」

「それから、どうした？」

「ふたりでビール飲んで……。あの人、S《エス》持ってて、アブリのやり方教えてくれた……。そしたら、なんだかすごくおなかすいてきちゃって……」

「アブリ……？」

思わず樋口は訊《き》き返した。

「覚醒剤《かくせいざい》を火であぶって煙を吸い込むことだ」

氏家が戸口のところに立ったまま言った。「Sってのは、スピード。アンフェタミンだ。シャブなんかよりは効果が弱いがれっきとした覚醒剤だよ」

「ふたりきりで部屋に行ったら、何か変なことをされるとは思わなかったのか？」

「変なこと？」

飯島里央は、顔を上げた。「セックスのこと？　そうなったら、それでもいいやって思っていた。だって、部屋貸してくれて、バイトも世話してくれるって言うんだから……。援助交際みたいなもんでしょう？」

「……で、実際、そういうことをしたのか？」

「してないよ。あの人にシャワー浴びてこいって言われて……。バスルームに行ったわ。Sのせいか、ぜんぜん抵抗なかった。シャワーを浴びはじめたとき、部屋でガチャンて音がしたの。あの人が何かを引っ繰り返したんだと思った。そのあと、何だかドタバタしている音が聞こえた……。あたし、気になって耳をすました。そしたら、変な声が聞こえて……。心配になって、そっとバスルームを出て様子を見たの。そしたら……」

「安藤典弘さんが倒れていたんだね？」

「そう。頭がぐちゃぐちゃだった……。あたし、何が何だかわからなくなって……」

「どうして警察に連絡しなかったんだ？」

「わからないよ。あたし、その後、どうしたか、自分でもわからないんだ」

樋口は、飯島里央が言ったことを無言で検証していた。他の捜査員は納得しないだろう。単なる言い逃れにしか聞こえない。

「安藤典弘さんとはどういう間柄だったんだ？」

「間柄……？　別に……」

「どこで知り合った？」

「電話だよ」

「電話？」

「テレクラ」

「知り合ってどれくらいだった？」

「一か月くらいかな……」

「その間、何回くらい会った？」

「二、三回」

「二回か、三回か？　どっちだ？」

「はっきり覚えてない。そう、三回かな……」

「三回会っただけなのに、部屋を貸してやると相手が言ったのか？　妙だとは思わなかったのか？」

「どうでもいいって言ったでしょう。住むとこもお金もなかったんだから……」

「新宿の事件のときはどうだったんだ？」

「仕事くれるっていうから、会いに行ったのよ。いちおう、面接するからって……」

「面接……。被害者の安斉史郎は以前からの知り合いだったのか？」

「そう。やっぱり、テレクラで知り合ったの。やっぱり三回くらい会って、ごはんとかおごってもらった。いつだったか、家も金もないって言ったら、じゃあ、仕事を世話しようって……」

「『クワトロ』でのことを詳しく聞かせてくれ」

「あたしは、約束の時間に店に行ったわ。四時半に来てくれって言われていたから。安藤のオヤジからもらったSがまだ残っていたんで、飲んで出かけたわ」

「なぜ、覚醒剤を？」

「Sを飲むと、人と話をするのが苦痛じゃなくなるの。何だか素直な気分になれるのよ」

この娘は、薬の助けを借りなければ他人と話をする気にもなれないのか。

樋口は、心の中で溜《た》め息《いき》をついた。原因は、不信感なのだろう。相手を信じることができなければ、会話が成立するわけがない。

「『クワトロ』に着いたのは何時だ？」

「四時四十分くらいに着いた。安斉のやつは、もう店にいて……。話をしたの」

「どんな話を？」

「仕事について。普通のウェートレスは手が足りている。それにウェートレスじゃ稼ぎはたかが知れている。特別な仕事をしないか……。そう言われた」

「特別な仕事？　売春のことか？」

「別に客と寝ろとは言わなかったけど、そういうことだよね」

「抵抗はなかったのか？」

「お金、必要だったしね……」

「水商売なんかのほうがまだましだとは思わなかったのか？　街を歩けば、スカウトが寄ってきただろう」

「オミズのバイトやってる友達から聞いたことがあるんだ。仕事きついし、思ったより儲《もう》けは少ないんだって……。ノルマとかアフターとかあるし……。それに、オミズって、一所懸命話しなきゃならないでしょ。あたし、そんなのできない」

「『クワトロ』ではどういうことが起きたんだ？」

「特別な仕事っての、やってもいいよって言ったんだ。そしたら、本当にできるかどうか試してみようって……。店の奥の事務所みたいなところにソファがあるんだ。安斉のやつ、あたしをそこに連れていったんだ。そして、服脱がそうとした。あたし、別に抵抗しなかった。Sで気分よかったし……。Sやると、なんだか人に触られたりするの、嫌じゃなくなるし……」

「それから……？」

オ　「店のほうで電話が鳴ったの。安斉、舌打ちして部屋を出ていったわ。そしたら、また、最初の事件のときと同じで、ドタバタする音が聞こえてきて……。安斉がなかなか戻ってこないんで、様子を見に行ったわ。そしたら、安斉が血だらけで倒れていた。あたし、最初のときより落ち着いてたけどね。でも、逃げなきゃと思った。だってそうでしょう。二回目よ。誰が見たって、あたしが犯人だと思うじゃない……」

「逃げるべきじゃなかったかもしれない」

リ　「最初の事件のときは、何もわからなかった。気がついたら服を着て逃げ出していたんだ。とにかく、逃げなきゃって思ったんだよ」

飯島里央の話に説得力はまったくない。

樋口は考え込んだ。

「安藤典弘も安斉史郎もあなたの写真を持っていた。あなたが渡したものか？」

「いっしょに撮ったんだ。ふたりとも二度目か三度目に会うときにカメラを持ってきた。オヤジはポラロイドで、安斉のやつは使い捨てカメラ……。それで、写真を撮ったの」

「安斉史郎が持っていた写真には君の電話番号が書いてあった」

「しつこく訊くから、止められてる携帯の番号教えてやったよ」

「そして、第三の事件だ」

「監督もテレクラで知り合ったんだ」

「監督？　稲垣康弘のことか？」

樋口は、記憶をたどりながら尋ねた。たしか、稲垣康弘は、『ハイパック映像』という撮影プロダクションの代表取締役だった。

「そう。ビデオの監督みたいなことやってるって言ってたから、そう呼ぶことにしたんだ。監督とは、一回食事しただけ。そしたら、是非ビデオ撮らせてくれって……。ギャラくれるって言ってた……」

「どんなビデオだ？」

「ブルセラショップで売るんだって。現役女子高生のビデオ。制服着てポーズ取るだけでいいって言ってた。もちろん、それだけのはずないけどね」

「制服……？　用意したのか？」

「うちの学校、制服ないもん。あとから、スタッフが持ってくるって言ってた。渋谷の１０９で待ち合わせして、そのままホテル入ったの。部屋にはもうライトとかカメラが置いてあった。スタッフが来るまでに、親密になっておく必要があるって、監督、言ったんだ。撮る人と撮られる人の気持ちが通じ合っていれば、それだけいい映像が撮れるって……。理屈つけて抱きたいだけだってわかったけど、ま、いっかって思って……」

「Ｓを飲んでいたんだな？」

「ホテルに行ってから飲んだ。安藤のオヤジにもらったのが残ってたから……。それで最後だったけどね……。あたし、撮影前にシャワー浴びてくるって……。バスルームに行ったの。やっぱりその後……」

「物音がして、出ていってみると稲垣康弘が殺されていたというんだね」

「そう」

「今度はどうして逃げなかった？」

「もう、逃げる気もなくなったんだよ。わかるでしょ？　三人目だよ。あたし、マジでショックで……。気味も悪かったし……。ひょっとして、あたしが殺《や》ったのかなんて気にもなった」

「あなたが殺した？」

「だってふたりきりでいたんだよ。三回とも……。あたしの潜在意識がなんかそういうこと起こしたのかな、なんて……。世の中、不思議なことって起きるじゃない」

「こう言いたいのか？　あなたが潜在意識で三人を殺したいと強く思っていた。そうしたら、そういうことが起きてしまった」

「そんなこと、ありっこないとは思うよ。でも、そうでも考えないと説明つかないじゃない」

「残念ながら、警察ではそういう考えを受け入れる者は少ない」

「あたしだって、他人の話なら信じないよ。オカルトとか超能力とか興味ないもん。でも……」

飯島里央は懸命に言葉を探していた。「自信ないんだ。死んでるの見た前後のこと、あまりよく覚えてないような気がする」

ショックのせいだろうと樋口は思った。

「あなたは、殺された三人が、皆風俗営業に関わっていたことを知っていたのか？」

「知ってたよ。安藤のオヤジ、デートクラブを持っているって自慢げに言ってたし、安斉だって、あたしが店で働けばけっこう儲かるって言ってたから、ぴんときた。監督は、ブルセラビデオ撮ってること隠さなかったしね」

「そのことを誰かに話したか？」

「覚えてない」

「思い出してくれ」

「そういえば、話したかもしれない」

「誰に？」

「クラブなんかでＤＪやってるやつ」

「ハルか？」

「何で知ってるの？」

「警察というのはそういうところだ」

「ハルがしつこいから、あたし、デートの約束がたくさんあるんだって言ってやった。そのとき、三人のこと、話したような気がする」

「三人との待ち合わせだが、どうやって連絡を取った？」

「あたしのほうから電話した」

「日を指定したのは？」

「あたし」

「いつもそうだったのか？」

「そう」

「事件は三件とも火曜日に起こった。つまり、待ち合わせが火曜日だったということだな？　理由があるのか？」

「ハルだよ」

「ハル……？」

「あいつ、火曜日がオフだっていうんで、しつこく誘うから、火曜日に予定入れるようにしてたんだ」

「ハルには電話番号、教えてなかったんだろう？」

「教えてなかった」

「ハルはどうやってあなたと連絡を取っていたんだ？」

「探し出すんだよ」

「探し出す？」

「あいつ、クラブなんかにいろいろな人脈持ってるんだ。弟子とかになりたがってるやつもたくさんいるし。あたしがどこかのクラブにいると、そういうやつらがハルに連絡するの。ハルがそういうふうに手配してる。あいつ、あたしがクラブなんかにいると、突然やってくるんだ」

「ハルは人気者なんだろう。悪い気分ではなかったはずだ」

「まあね。だから、話はしたよ。でも、それ以上は嫌だった。あたし、若い男、興味ないの」

「ハルはそれほど若くないと思うが……」

「あたし、中年以上のほうがいい」

　樋口は、この言葉に当惑していた。心が騒いでいるのに気づいて、ひそかに自分を戒めた。

「三人の被害者のことを話した相手は、ハルだけか？」

「そうね……。あと、梅ちゃんにも話したかもしれない。よく覚えてないけどね……」

「梅ちゃん……？」

「担任だよ。高校の」

　樋口は、教師の梅本玲治が女生徒たちに梅ちゃんと呼ばれていたのを思い出した。

「高校の先生に、あの三人のことを話していたというのか？」

「そう。梅ちゃん、自分からあれこれ尋ねるタイプじゃないけど、さりげなく訊《き》いてくるんだよね。あたしが電話とかかけたあとに、世間話でもするみたいに、アルバイトの話か、なんて調子で……」

「どうもよく話がわからない。どうして、あなたが電話するときに先生がいるんだ？」

「あたし、しばらく、梅ちゃんの家に居候《いそうろう》してたもん」

樋口は驚いた。だが、つとめてそれを顔に出すまいとした。

刑事としての職業意識だった。だが、心の中は、自分でも不思議なほどざわついていた。

この動揺は、捜査の上で新たな事実がわかったせいなのだろうか？　それとも、もっと個人的なことなのだろうか？

樋口は、そう自問しなければならなかった。

「先生の家に居候していた？」

「そう。梅ちゃん、ひとり暮らしだし」

「いつごろから？」

「二か月前くらいからかな……。あたし、夜はたいてい出歩いてるし、昼間梅ちゃんがいないときに寝てるだけだったけどね。他に泊まるとこも見つからなかったから……。たいてい梅ちゃんとは入れ違いだけど、日曜とか、梅ちゃんも家にいるし……。

そう。日曜にオヤジたちのこと、話したような気がする。梅ちゃん、あたしのバイトのこととか気にしてたから……」

驚きと当惑と、新たな疑問……。

樋口の頭の中が、さまざまなものであふれた。その中に嫉妬《しっと》が混じっていたことを、樋口は認めざるをえなかった。

20

「どういうことなのだろう?」

樋口は、取り調べを終えると、氏家に尋ねた。彼らは、捜査本部には戻らず、廊下で立ち話をしていた。

氏家は、どこかおもしろがっているような風情《ふぜい》だった。

「向こうもまんざらじゃなさそうだな」

「え……」

「植村のオヤジが押しても引いてもだめだったのに、あんたにはぺらぺらとしゃべった。あんた、里央に気に入られたんだよ」

「そんなことを訊いているんじゃない」

「そうかい?」

「待てよ、向こうもってのはどういう意味だ?」

「あんた、里央がお気に入りなんだろう」

「……飯島里央が言ったこと、どう思うんだ?」

「誰も納得しないだろうな」

「だが、もし本当のことを言っていたら……」

「あんたは、里央の言うことを信じたいだけだ。冷静なら、取るに足らない戯言《ざれごと》だと思うに違いない」

「私は冷静だ」

「言葉を換えれば、あんたは里央に入れ込んでいる」

「待ってくれ……」

「まあ、聞けよ。俺は悪いことだと言ってるわけじゃない。いいか。刑事《デカ》なんてみんなリアリストだ。現実ばなれした話などに耳は貸さない。だが、その現実ばなれした話が真実の場合もあるんだ。あんたは、里央の話を信じようとした。ま、俺も含めて誰も信じはしない話だ。だが、別の見方というのは常に大切だ」

「それで……？」

「まず、三件とも犯行の直前まで被害者と里央のふたりきりだったことが確認された。そして、いずれの場合も、里央は、スピードをやっていた。この点は無視できない」

「スピードはどの程度の覚醒剤《かくせいざい》なんだ？　覚醒剤独特の幻覚や妄想《もうそう》は起きるのか？」

「シャブほど強いものじゃない。アメリカでは合法的に子供への投与も認められている。落ち着きのない子にスピードを飲ませると、逆に鎮静作用があるのだそうだ。だが、同じアンフェタミンだ。幻覚や妄想をひき起こさないとは限らない」

「では、覚醒剤の影響で、犯行に及んだということも考えられるわけか」

「捜査員の多くはそういう見方をするだろうな。その点も、里央にとっては不利だ。しかし、起訴されたとき、薬物による心神耗弱《こうじゃく》状態だったという点はおおいに考慮されるだろう」

「なるほど……」

「さらに、だ……。これは、専門家が確認しなければならないことだが……。もし、里央に特別な精神的特徴があれば、今回のことも説明がつく」

「特別な精神的特徴……?」

「つまり、多重人格だ。普段は隠れている人格が入れ代わる。人格が入れ代わったときの記憶というのは、もとの里央には残らない。やったことを、本人がまったく覚えていないわけだ」

「そんなことがありうるのか?」

「アメリカでは報告例がある。ほら、ＦＢＩの何とかいう男が本を書いて有名になったじゃないか。スピードが別の人格を引き出す引き金になったとも考えられる」

「調べればわかることなのか？」

「専門家にも鑑定が難しい。時間もかかる。だが、俺が弁護士ならその可能性にかけてみるな」

「私たちは弁護士じゃない。刑事だ」

「そうだ。だから、もうひとつの可能性を俺は考えている」

「第三者がいた」

「そうだ。だが、それも、里央の話を信用するとしてのことだ。さっきも言ったが、俺はまだ信用できない」

「ハルと梅本玲治にもう一度会う必要がある」

「そうだな……。だが、その前に、本部主任や課長さんに報告しなければならないんじゃないのか？　植村のオヤジも結果を待っているに違いない。何も聞き出せないことを期待しているかもしれないがな……」

「報告か……。記録を読んでもらえばいいさ。このまま外に出よう」

氏家がちょっとばかり驚いた顔で樋口を見た。

「どうした？　私が何か変なことを言ったか？」

「いやね……。あんたはそういう仕事の仕方をしない人だと思っていた」

「そういう仕事の仕方？」

「上司への報告をなおざりにしたり……」

「そう。あまりしないかもしれない」

ハル――吉田春彦は、ぐっすりと寝ていたようだ。

ドレッドと呼ばれる、パーマのかかった髪は乱れ、不精髭《ひげ》が伸びている。スウェットの上下を着ているが、街着にするようなものではなく、スーパーなどで安売りをしているようなものだ。

夜のスターは、昼間は実に冴《さ》えない。

「警察だって？」

ハルは言った。「何だよ……」

「飯島里央さんについて、もう一度お話をうかがいたいと思いまして……」

手帳を見せてから、樋口は言った。

「里央のこと……？」

ハルの頭はまだはっきりとしていないようだ。不機嫌そうに見えるが、それは単に寝起きのせいなのか、別に理由があるのか、樋口にはわからなかった。

「あなたと飯島里央さんの関係を詳しくうかがいたいのです」

「俺、寝てたんだよ。夜の仕事だからな……」

ハルは不満そうに言った。樋口たちが出直すことを期待しているような口調だ。

もちろん、刑事は出直したりはしない。樋口は無言でハルを見ていた。やがて、ハルは、居心地悪そうに身じろぎすると、体を引いた。

「まあ、入ってよ。刑事が玄関に居《い》坐《すわ》ってたんじゃ世間体が悪いや。散らかってるけど……」

部屋は１ＤＫで、まるで学生の部屋のようだった。窓際《まどぎわ》にベッドがある。オーディオ装置は、それほど高級なものではなかった。レコードとＣＤが部屋の中に散乱している。その山の中央あたりに、どうやらコーヒーテーブルがあるようだ。

ハルはレコードとＣＤの山をかき分け、なんとか三人が腰を下ろせるスペースを確保した。

樋口と氏家はハルが坐るまで待った。礼儀を重んじているわけではない。行動を見守ることでプレッシャーを与えることになるのだ。

ガラスを天板に使った小さなコーヒーテーブルに向かって腰を下ろすと、樋口は言った。

「最近、飯島里央さんに会ったのはいつです？」

「里央？」

ハルは煙草《たばこ》をくわえて火をつけた。「はっきり覚えてないよ」

「思い出してください」

「そんなこと言ったって……」

「思い出していただけなければ、あなたの立場は不利になりますよ」

「ちょっと待ってよ。それ、どういうこと？　俺、何か疑われてるわけ？」

「飯島里央さんに最後に会われたのはいつです？」

「理由を説明してよ。何でそんなこと訊《き》くんだよ」

「質問にこたえてください」

ハルは、抗議を露骨に顔に表していたが、勝ち目がないと判断したのか、煙草をもみ消し、言った。

「ここんとこ、ずっと姿を見てないな」

「ずっとというのはどれくらい？」

「そう。二週間くらい……。そうだ。最後に会ったのは、三週間前の日曜日だ」

「三週間前の日曜日というのは、何日ですか？」

ハルは壁にかかったカレンダーを見た。カレンダーにはさまざまな書き込みがしてあった。

「五月五日。こどもの日だ」

「どこで？」

「新宿の『キングストン』。ガキの多い店だ」

「それは、クラブですか？」

「そうだよ」

「待ち合わせたのですか？　それとも、偶然に会ったのですか？」

「網張ってたんだよ」

「網……？」

「あんたたちの言葉で言うと指名手配だな。里央がどこかに現れたら、俺に連絡をくれって、あちこちに声かけてあったんだ」

「なるほど……。そのときに、どんな話をしました」

「別に……。世間話さ。里央はあんまりしゃべんないしな……」

「口説いてたんだろう？」

氏家が言った。

ハルは、氏家を見た。その瞬間、眼に反抗の色があったが、すぐに、やわらいだ。

氏家が話のわかる男だと肌で感じ取ったようだった。同類の臭《にお》いを嗅《か》ぎつけたのだ。

「そう。あんな美形、めったにお目にかかれないからな」

「だが、うまくいかなかった……」

ハルはさっと肩をすくめた。

「まあね」

樋口は尋ねた。

「その後は会っていないのですね」

「ああ。それ以来、姿は見ていないな。ねえ、里央に何があったのさ」

「あなたは、五月七日の火曜日、七時から八時の間、どこで何をしていました？」

「それって、容疑者に対する質問じゃないの？」

「どこで何をしていました？」

「ええと……。五月七日火曜日……？　そう、オフだからな。うちにいたんじゃないかな？」

「確かですか？」

「……と思うよ」

「それを証明できる人は？」

「何だよ、アリバイ調べようっての？　いったい何の話だよ」

「誰か証明できる人はいますか？」

「わかんないよ、そんなの……。ひとりでうちにいたんだから……」

「五月十四日の火曜日、午後五時頃はいかがです？」

「やっぱりオフの日だ。多分ひとりでいたよ」

「昨日の午後十一時から十二時の間は？」

「何だよ。俺のオフの日のことばかり……」

　そこで、ハルは、ふと表情を曇らせた。みるみる驚いた顔になっていく。「火曜日……。新聞で読んだ。まさか、火曜日の連続殺人のことじゃ……」

　樋口も氏家も何も言わない。

「ちょっと待ってよ。俺、何も関係ないよ。何で俺のところになんか訊きに来るわけ？」

「昨日の午後十一時から十二時の間、何をしていました？」

「昨日は、女といっしょだった」

「相手の、お名前と連絡先を教えてください」

「リカコっていうんだ。名字はええと……。思い出せないな……。連絡先なんて知らない。俺のプレイがある日に店に現れるんだ」

「名前しか知らない相手と……？」

「役得だよ。こういうことがないと、やってる意味がない。ギャラだって安いし……」

「どこの誰かわからないんじゃ……」

氏家が言った。「アリバイにゃならないな……」

ハルは眼を大きく見開いた。

「冗談じゃないよ……。俺、本当に何も知らないよ。何で俺が疑われることになったわけ？」

「あなた、被害者の安藤典弘さんを知っていましたか？」

「知らないよ。会ったこともない」

「安斉史郎さんは？」

「知らない」

「稲垣康弘さんは？」

「知らないってば。会ったこともなければ、名前を聞いたこともない」

「飯島里央さんから名前を聞いたことはありませんか？」

「何で里央から……？」

氏家が言った。

「里央は、安藤典弘のことをオヤジと呼んでいた。稲垣康弘は監督だ。どうだ？　覚えはないか？」

「知らない……」

ハルは、次第に事態をのみ込んだような顔になってきた。

「おかしいな。里央は、あんたからの誘いをかわすために、火曜日に集中的に約束を入れていたと言っていた。被害者たちは、火曜日に里央と会っていたんだ」

「つまり、火曜日の連続殺人に里央が関係しているということか？　新聞にはそんなことは書いてなかったぞ」

「いろいろと事情があるんで伏せてあるんだよ。捜査上の秘密というやつだ。里央は未成年だしな」

「知らないよ。たしかに、誘うたびに里央は、火曜日は都合が悪いって言っていた。人と会う約束があるってな……。だけど、誰と会うかなんて知らなかった」

「おかしいですね」

樋口が言った。「飯島里央は、三人のことをあなたに話したと言っているのです」

ハルは、緊張の度合いを高めた。

「聞いたかもしれない。けど、覚えてないよ。どうせ、里央は俺の誘いを断るために嘘《うそ》をついてるんじゃないかと思っていたから、本気でそんな話、聞いてなかった」

「さっきは、聞いたことがないと言い、今度は、聞いたかもしれないと、あなたは言いました。どちらが本当なのです？」

「いや、その……。つまり……」

ハルはしどろもどろになった。

樋口と氏家の顔を交互に見る。これは、樋口にとって馴染《なじ》みの反応だった。

ハルは、やがて、全身の力を抜いた。誰も助けてはくれないということにようやく気づいたのだ。彼は、言った。

「わかったよ。オヤジだとか監督だとか、聞いたことがあるよ。だけど、殺人事件の被害者と同じ人間だなんて気づきもしなかった……」

「なぜ、最初からそう言わなかったのですか？」

「知らないといえば、それで済むと思ったからだよ。関わり合いになりたくない。だって、俺、本当に何も知らないんだからな。被害者のこと、知ってるなんて言って変に疑われるの嫌だった」

「実際は、逆のことが多いのですよ」

「わかってるよ。でも、咄嗟《とっさ》に隠したくなった。それだけだよ」

「五月七日の火曜日、十四日の火曜日、そして二十一日の火曜日、何をしていたか、もう一度思い出してくれませんか？」

「二十一日は、さっきも言ったとおり、リカコといっしょにいた。一晩中ベッドの中にいたよ。十四日は、ええと、人に会ったかな……。五時ごろだっけ？」

ハルは、必死で記憶をたどっているようだった。「いや、誰にも会ってないな」

「電話はかかってきませんでしたか？」

「電話はあったかもしれない。でもたいてい携帯にかかってくる。これじゃアリバイにならないよな……」

「七日はどうです？」

「七時から八時の間といったな……。テレビを見ていたと思う」

「どんな番組です？」

「バラエティーだと思うよ。真剣に見ていたわけじゃない。覚えてないよ」

「誰にも会ってないんですね？」

「オフの日はあまり人に会わない。プライベートの時間が欲しいからな。ＣＤやレコードのチェックもあるし……。なかなかそういう時間、取れないからな……」

樋口は、飯島里央から聞いた話とハルの話を比較して検討していた。今のところ、判断がつかない。

氏家を見た。氏家は、小さくかぶりを振った。これ以上、質問はないという合図だった。

樋口は、切り上げることにした。

ハルの部屋を出たのは、午後二時になろうとしているころだった。

「梅本玲治だが……」

樋口が氏家に尋ねた。「高校を訪ねるべきだと思うか？」

「自宅を訪ねたほうがいいと思う。夜に出なおそう」

「私もそう思っていたところだ。それで、ハルだが……」

「ああ……」

「怪しいと思うか？」

「疑おうと思えば疑える。あいつは里央にぞっこんだった。しかも、思いどおりにならないことですごく苛立《いらだ》っていたに違いない。里央が火曜日ごとに違う男と会っていたんだからな……」

「しかし、ただ会っていただけだ。飯島里央の話からすると深い関係ではなかったようだ」

「里央がちゃんとしゃべっていないだけかもしれない。もう、被害者たちとは関係を結んでいたかもしれないよ。あんた、そう思いたくないだけだ」

「そんなことはない……」

「まあ、たとえ、もし本当に寝てないとしても、ハルはそうは思わないかもしれないな……」

「殺人の動機になるだろうか？」

「普通なら考えにくい。だが、ハルだってスピードくらいはやっているかもしれない。コカインもやっているかもしれない。音楽関係者はコカインがかっこいいと思っている。どちらも幻覚や妄想《もうそう》の作用がある」

「身柄を押さえるべきだったかな？　あるいは、家宅捜索をするとか……」

「動きを見張る必要があるかもしれないな……。だが、今のところ容疑を確定する証拠などない」

樋口は、うなずいた。

「そうだな……」

彼らは捜査本部に戻ることにした。

樋口は、警視庁にいる飯島里央のことが気になってしかたがなかった。彼女に会いたいと思っていた。

21

「おう、また例の魔法を使ったんだってな……」

帰りを待ち構えていたように、植村が樋口に言った。

「言ったでしょう」

樋口は、まともに相手をしたくなかった。「相手の話を聞こうとしただけだって」

ベテランのプライドが傷ついているに違いないと樋口は思った。

「里央がしゃべったのには、また別な理由があるかもしれない」

氏家が言った。

「ほう……」

植村は、油断のない眼で氏家を見て言った。「どんな理由だ？」

「あの年頃の娘は、相手の感情にきわめて敏感だということです」

「おまえの言っていることはいつもよくわからん。何のことだ？」

「自分に好意を寄せている男を嗅《か》ぎ分けるんですよ」

「この樋口さんが、飯島里央に……」

植村は、あざ笑うかのような表情で樋口を見た。その視線がうっとうしかった。

「つまらんことを言うな」

樋口は、氏家にそう言うと、捜査本部の置かれている会議室を出た。そのまま、捜査一課へ行くと、天童の背中が見えた。

なぜかほっとする思いで樋口は天童に近づいた。天童は、足音を聞いて振り返った。

「ヒグっちゃんか……。ちょうどいい。訊《き》きたいことがあったんだ」

「何です？」

「飯島里央が逮捕されたな。今、本部は容疑を固めようと捜査を進めている」

「ええ」

「あと一週間で、捜査本部の一期が終わる。解散するかどうか、判断が微妙なところなんだ」

捜査本部の一期は二十一日間だ。一期ごとに解散か存続かの判断をすることになる。

「そういうことは、幹部の連中が考えることでしょう。最終的に判断するのは警視総監だと思っていましたが……」

「実務は私たちショムタンがやるんだよ。それで、どう思うね？」

「私に訊かれても……」

「何かひっかかると言っていたじゃないか。その点、どうなんだ？」

「氏家に言わせると、私は、冷静さを欠いているようなんです」

「氏家というのは、荻窪署の？」

「はい。荻窪署の生活安全課の男です」

「冷静さを欠いている？　それはまた、なぜ……？」

「飯島里央は、とびきりの美人です。私は、だらしのない男の代表のようです。つまり、あんなかわいい子が、三人もの人間を殺すはずがないと心のどこかで考えているようなのです。氏家は私が飯島里央に参っちまっていると思い込んでいるようです」

天童は、じっと樋口を見ていた。樋口は、その視線が気になった。

「それで……」

天童は、いつもの落ち着いた口調で言った。「実際のところ、どうなんだね？」

「よしてください」

樋口は苦笑を浮かべた。「飯島里央は容疑者です。そして、私は、その事件を捜査している」

「男と女というのは、しばしば立場を超えるものだ」

「男と女？　冗談じゃありません。私には、飯島里央と同じくらいの娘がいるのです」

「立場も年齢も関係ない。世の中にはいくらでもある話だ」

「私がそういうのを嫌っているのをよくご存じのはずです。おとなは分別を持たなければならない」

「そう。おまえさんは常にそういう考え方をする男だ。そして、自分にそれを課している。自分の感情より責任や義務というものを大切にしようとする」

「それが、当然の生き方だと思いますが……」

「ヒグっちゃんは、そういう考え方をするようになったのは、団塊の世代のせいだと言ったことがあるな」

「そういう面はあると思います。彼らの剝《む》き出しのエゴをいつも醜いものと感じて育ちましたから」

「そう。あの時代……。学生運動が盛んだったころ、あらゆる価値観が変化していった。若者は自己主張をし、おとなたちと対立した。当時の若者は感情を大切にした。たてまえより本音を大切にした。それは悪いことではなかったと私は思う。過渡期というやつかな……」

「そう。古い価値観を打破するのは、悪いことではないと思います。問題なのは、彼らが、破壊することだけに夢中になったということです」

祭りの雰囲気に乗った破壊衝動だけで行動したように樋口には見えたのだった。祭りが終わったとき、彼らは、破壊することに疲れ果て、そのあとに何かを作るということができなかった。再建のビジョンを何も持っていなかったのだと、樋口は思っていた。そして、その後、社会に出た彼らは、旧来のシステムに何の疑いもなく組み込まれていった。

「その後始末をさせられてきたということが、ヒグっちゃんには問題なのだな？」

「別に問題だとは思っていません。ただ、生き方に相違が出てくるのはしかたのないことだと思っています。団塊の世代は、古い体制から解放されることを旗印としていました。自分たちを解放した結果、抑制というものがすっぽ抜けてしまったのです。彼らは、私生活においても抑制や我慢ということが足りないように私には思えます。そのツケが、その子供たちに現れているように私には思えるのです」

「たしかに、不倫ブームや離婚ブームの担《にな》い手は団塊の世代だと言われているな」

「親が離婚すると、子供にいろいろな形で影響が現れます。飯島里央の両親も離婚をしています。しかも、父親は新しい妻の機嫌を取ることに夢中で、飯島里央にあまり関心を向けなかった……」

「なるほど……」

天童は、どこか悲しげな表情になった。「ヒグっちゃんの飯島里央に対する思いは、かなり複雑なようだな」

「いや、私は何も……」

「いいかい、ヒグっちゃん。男と女というのは、いつどうなるかわからない。だから、我慢が必要なんだ。我慢する自信がないのなら、近づかなければいい。おまえさんは、それを実践してきた。家庭を大切にし、奥さんを大切にしてきた。しかしね、そういう男はかえって危ないんだよ。免疫がない」

「何を言いたいのです？」

「私の取り越し苦労ならいいのだがね……。もし、抜き差しならない気持ちになったら、そのときは、眼を背けたり、逃げたりしちゃだめだ。自分の気持ちと闘う覚悟がなければな……」

「飯島里央のことを言っているのですか……？」

「そうだ。団塊の世代とか全共闘世代とか呼ばれる連中は、それなりに修羅場をくぐっている。ふしだらな生活を恐れなかった分だけ、男女間の泥沼にも免疫がある。だが、ヒグっちゃんはずっときれいな生活を送ってきた。それが悪いと言っているわけじゃない。だが、いざというとき、ちゃんと自分の気持ちと面と向かえるかどうか心配なんだ」

「天童さん。考えすぎです。私は、飯島里央を容疑者としか考えていません。そりゃ、たしかに、彼女の生い立ちを知って多少同情はしましたが……」

「それが同情だけだといいのだがね……」

「心配いりませんよ」

「そうか。まあ、ヒグっちゃんのことだ。間違いは起きるまいがね……。ただ、相手が若いといってなめていてはいけないよ。さっきも言ったが、男女の関係というのは立場も年齢も超えることがある」

「まったく、氏家といい天童さんといい……」

「おまえさんを見ているとひとこと言っておきたくなってな……。余計なことだったかもしれんが……。まあ、いい。捜査の話だ。捜査本部では、飯島里央の容疑を固める方針で動いているようだが……」

「そうですね……。状況から見て、容疑は動かしがたいですね。ただ……」

「ただ……？」

「飯島里央は、犯行を否定しています。三度とも、彼女がシャワーを浴びに行ったり、奥の部屋にいたりと、被害者から眼を離した隙《すき》に何かが起こったのだと、彼女は言っています」

「取り調べたのはヒグっちゃんかね？」

「そうです」

「それで、その話は信用できるのかね？」

「氏家がいっしょに取り調べました。彼は、信じるに足る話ではないと言っています。ただ、氏家は、別の見方というのは、常に大切だと言っていました」

「私は、ヒグっちゃんの心証を聞きたい。どう思うんだ？」

「わかりません。判断がつかないのです」

「ヒグっちゃんらしくないな」

「私は、いつも迷っていますよ」

「そうは見えない。上の人間もそうは思っていない。ヒグっちゃんの判断はいつも冷静で正しいという評価だ」

「それが私には不思議なのです」

「つまり、それだけいつも慎重に考えているということなのだろう。氏家という男が言ったこともわかるような気がする」

「私が冷静さを欠いていると……？」

「まあね……。そう言って悪ければ、判断がつかないくらいに、別なことに気を取られている……」

「別のこと？」

「理性と感情が、おまえさんの中で衝突を繰り返しているのかもしれない。理性では、飯島里央の話は信用できない。だが、感情では信じようとしている」

オ
「私は冷静に考えているつもりですが」

「本人にはいかんともしがたいこともあるさ……」

「飯島里央の言っていることが本当だとしたら、真犯人は別にいることになります」

リ
「その可能性はどの程度なのだね？」

「かなり低いと思います。飯島里央は、発見されたとき、スピードと呼ばれる覚醒剤《かくせいざい》を使用していました。あとの二件のときも、被害者に会う際にスピードを使っていたと言っています」

「なるほど……。覚醒剤によって心神喪失状態だったとなると、無罪になる可能性がある。刑法第三九条だ。心神喪失者の行為は之《これ》を罰せず、心神耗弱《こうじやく》者の行為は其《その》刑を軽減す、とあるな」

「ええ……。でも、起訴されるかどうかが問題だと思うのです。万が一、飯島里央がやってないとしたら……。彼女は、大人を信じていません。何もしていないのに起訴されたとなれば、人間不信はさらに強まるでしょう」

天童は、樋口の顔をじっと見て言った。

「何だか、飯島里央が犯人ではないと言っているように聞こえるな……」

「本人がそう主張しているかぎり、その可能性も少しはあると考えるべきでしょう。冤罪《えんざい》は避けなければなりません」

「捜査本部の方針を覆《くつがえ》すような材料はあるのかね？」

「今のところありません。ただ、吉田春彦という男が、飯島里央にしつこくつきまとっていたという事実をつかんでいます」

「何者だね？」

「クラブのＤＪだそうです」

「何だそれは……」

「若い連中が踊りに行く店で、レコードをかける仕事をしています。ちょっとしたスターなのです。三つの連続殺人は、いずれも火曜日に起きており、吉田春彦の休みも火曜日なのです」

「ちょっと弱いが、注目すべき事実ではあるな……」

天童は、考え込んだ。「しかし、捜査本部の方針は変わらんだろうね……。さて、どうしたものかな……。もう一期捜査本部を継続するというのも、捜査員たちの負担がな……」

「本部を解散したあとも、まだ、飯島里央の容疑が固まらないとしたら、継続捜査には誰を当てるつもりですか？」

「いつものとおり、二係に任せようと思っている」

「それ、うちの係でやらせてもらえませんか？」

「おまえさんがやるのかね？」

「途中で放り出すのは嫌なんですよ」

天童はまた考え込んだ。しばらくして彼は言った。

「そうだな……。どうせ誰かがやらなければならないんだ。よし、捜査本部は一期で解散。それまでに、飯島里央の自供が取れなかったら、その後は、おまえさんに任せることにする。課長にそう言おう」

「その際に吸い上げてもらいたい人物がいます」

「当ててみようか。氏家とかいう男だろう。おまえさんの口ぶりでわかる」

「そのとおりです」

「わかった。そのように段取りをしよう」

そそくさと夕食を済ませて、樋口と氏家は、梅本玲治の自宅を訪ねた。

梅本玲治は、勤めている都立武蔵野東高の近くにアパートを借りて住んでいた。

アパートの部屋はごくささやかで、学生が住む下宿のようだった。六畳間がひとつと、三畳ほどの台所。トイレとバスがいっしょになった小さなユニットバスがついている。

梅本玲治は、突然の刑事の訪問にもそれほど驚いた様子は見せなかった。

「学校ではうかがえなかったことを、詳しくうかがいたいのですが」

樋口が言った。梅本玲治は相変わらず表情を閉ざしている。樋口の眼を見ない。学校で会ったときと同じ態度だった。

「どんなことです？」

「飯島里央がどこにいるかご存じないかと、あのときうかがいました。あなたは、ご存じないとおっしゃいました。でも、それは嘘《うそ》だったようですね」

梅本玲治は動揺した様子を見せない。その代わりに、諦《あきら》めを感じさせるような小さな溜《た》め息《いき》をついた。

彼は言った。

「どうぞ、お上がりください」

部屋の中は片づいている。

樋口は、部屋に上がるとすぐに、女物のバッグが置いてあるのに気づいた。

「あれは、飯島里央のものですね」

「そうです」

梅本玲治は躊躇《ちゅうちょ》なくこたえた。何の感情もこもっていない。

「飯島里央は、この部屋に寝泊まりしていたのですね？」

「はい」

「そのことをどうして秘密にしていたのですか？」

「学校に知られるのがまずかったんです。それで、あの場では言えませんでした」

「私たちのもとに連絡もくれませんでしたね」

「その必要があるとは思いませんでした」

「私たちは、飯島里央の居場所を探していたんです。すぐに教えてくれれば、第三の殺人は防げたかもしれないのです」

梅本玲治は、ようやく顔を上げて樋口を見た。

「殺人……？」

「そう。私たちは、殺人事件に飯島里央が関係していると考えて行方を追っていたのです」

「あのときはそうは言いませんでしたね」

「そう。学校でお会いしたときは、まだ、飯島里央は参考人でした。今では、容疑者です。第三の殺人事件の現場で緊急逮捕されました」

梅本玲治は、ぼんやりと樋口の顔を眺めていた。やはり感情が読み取れない。彼は、やがて言った。

「あの火曜日の連続殺人のことを言っているのですか？」

「そうです」

「新聞では、殺人現場で少女が保護されたとだけ書かれてありましたが……」

「残りの二つの事件の現場でも、飯島里央が目撃されています。今のところ、彼女以外の容疑者は見つかっていません」

「でも、飯島は殺人などできる子じゃありません」

「犯行当時、飯島里央は覚醒剤を使用していたのです。その影響があったに違いないとわれわれは考えています」

「覚醒剤……？」

「スピードと呼ばれる覚醒剤です」

「ああ……。若い子が、クラブなんかで遊び半分にやるやつですね……」

「遊び半分でも覚醒剤使用は立派な罪ですよ」

「わかっています……」

「飯島里央がここに来たのはいつのことです？」

「二か月ほど前です」

「どういう経緯で？」

「私がここに来るように言ったのです。宿無しでしたからね……。妙な男に騙《だま》されたり、犯罪に巻き込まれたりするより、ずっといいと思いましたから」

「それは、教師としての職業意識からですか？」

「そうです。もちろん」

「やりすぎのような気がしますがね……。独身の男性教師の部屋に、教え子の女生徒が居候《いそうろう》する……」

「だから、学校に知られるわけにはいかなかったのです。そう。おっしゃりたいことはわかりますよ。個人的な思いがなかったかどうか知りたいのでしょう？」

梅本玲治は顔を上げた。

そのとき、かすかな感情の起伏が見られた。学校でも同じことがあったなと、樋口は思った。

「ええ。私は、美しい子が大好きです。飯島里央はとびきりの美人ですからね。私は、飯島里央が大好きでしたよ」

22

梅本玲治の眼が、一瞬、うっとりするような表情になった。樋口はそれを見逃さなかった。

「あなたと飯島里央は個人的な関係があったと考えていいのですか？」

「個人的な関係……？　付き合っていたか、とか、寝たことがあるかという質問ですか？」

「そうです」

「ならば、こたえはノーです。しかし、別な意味では個人的な関係はたしかにあったと、私は考えています」

「それはどういう意味ですか？」

「私は、間違いなく飯島が好きでした。そして、飯島も私を慕っていました。私はあの子の話を親身になって聞こうとしましたからね。彼女には、誰か話を聞いてやる人間が必要だったのです」

「友達とか、両親ではなく、なぜ、あなただったのです？」

「飯島は、なかなか友達ができないようでした。性格と、見た目の両方が災いしていました」

「それはどういうことですか？」

「あの子は自分からは決して他人に近づこうとしませんでした。おそらく、拒否されたり裏切られたりするのが恐ろしかったのでしょう。わかりますか？」

「わかるような気がします。私は先日、彼女の自宅を訪ねました」

「そして、あの完璧《かんぺき》な美貌です。近づきがたいと誰もが感じるのです。教師ですらね」

「先生が……？」

「教師も男ですよ。あれほど美しい女の子に軽蔑《けいべつ》されるのは耐えがたい。声をかけて無視されるのは怖い」

「しかし、教師と生徒の関係でしょう」

「飯島の美しさは、そんなものを超越してしまうのですよ」

「それはあなたの思い込みなのではないですか？」

「どうでしょうね……。だが、事実、私以外の教師は、飯島をもてあましていた」

「では、どうしてあなたは飯島里央に近づけたのですか？」

「私が本気で理解しようとしたからです。みんな見た目で尻込《しりご》みしてしまいますがね……。実は、それほど難しいことではない。真剣に話を聞いてやればいいのです。飯島は常に何かを訴えたがっていました。複雑に見える彼女も、ある種のパターンに該当するのですよ」

「ある種のパターン？」

「アダルト・チルドレンという言葉をご存じですか？」

「いえ……」

「アメリカのカウンセリングの中から生まれた概念だそうです。子供時代に親から何らかの傷を受けて育った人々は、しばしば、世の中というものを信じることができなくなります。この世は、まやかしでできていると感じるようになることがあるのです。そうした人たちは、他人との関係をうまく築くことができない。それが、アダルト・チルドレンと呼ばれる人々です。クリントン大統領が、自分はアダルト・チルドレンだったと告白して話題になったことがありますよ。アダルト・チルドレンは、誠実さというものを信用できません。他人との距離をうまく設定できないのです。だから、自分の主張や感情を殺して生きるような癖を身につけます。同時に、周囲の期待を読み取って行動するので、おとなからはとてもいい子に見えるのです。従順すぎるのですよ」

「飯島里央は、中学生時代、たいへんいい子だったと聞きました」

「アダルト・チルドレンというのは、精神的な疾病《しっぺい》です。そして、その原因はすべて親にあるのです。アルコール中毒や、ギャンブル、暴力、ワーカホリックなどの親によって、子供は心に深い傷を負います。だが、最も傷が大きいのは親の離婚です」

「飯島里央が、そのアダルト・チルドレンだというわけですね……」

「何もかも、飯島にはあてはまるのですよ。飯島のような子には、守ってやる人間が必要です。誰かを信じることが必要なのです。私は、彼女のためなら、何だってやります」

「彼女を愛しているから……？」

「ただの男女の愛情ではありません。私しかあの子を助けられないのです」

梅本玲治というのは、異常に思い込みが激しい男なのかもしれないと思った。だが、彼の気持ちをまったく理解できないわけではなかった。飯島里央に初めて会ったとき、樋口も似たようなことを感じたのだ。

そのとき、じっと話を聞いていた氏家が言った。

「飯島里央のことを理解できるのは自分しかいないとあんたが考えるようになり、飯島里央があんたに気を許したのには、ちゃんと理由がありそうだな……？」

梅本玲治は、何も言わず、氏家のほうを見た。そこに氏家がいることに初めて気づいたかのような表情だった。

樋口も思わず氏家の顔を見ていた。

「あんたも、そのアダルト・チルドレンだというわけだ……」

樋口は、梅本玲治に視線を戻した。梅本玲治は、やはり何の表情も浮かべていない。

「そうです」

梅本玲治は、言った。「私も、飯島と同じような境遇なのです」

「どういった境遇だったのです？」

樋口が尋ねた。

すると、ごくわずかだが、梅本玲治の顔に嘲《あざけ》るような笑みが浮かんだ。樋口は、そんな気がした。

「それは、捜査に関係あるのですか？」

「あるかもしれないし、ないかもしれない。刑事はあらゆることを知りたがるものなのですよ」

「父親は、真面目《まじめ》すぎるほど真面目な男だったそうです。東京の下町に小さな印刷所を持っていたのですが、それが景気の向上に乗っておおいに儲《もう》けました。PR関連の大口をしっかりとつかんでいたのです。当時は、広告代理店が湯水のように金を使っていましたからね。その恩恵にあずかったわけです。仕事一筋だった父が、次第に遊びを覚えるようになりました。水商売の女に現《うつつ》を抜かすようになり、やがて、愛人を作りました。家には寄りつかなくなり、たまに帰ると母親に暴力を振るうようになりました。ギャンブルも覚えました。私は、母に暴力を振るう父の姿しか覚えていません。やがて、母は、私を連れて家を出ました」

「暴力を振るう父親の姿しか覚えていないだって……？」

氏家が言った。「問題は覚えていないことじゃなく、それ以外を忘れようとしたことだろう？」

そのとき、梅本玲治は驚くほどの反応を示した。

鋭く氏家を睨《にら》んだのだ。その眼には、今まで決して見せなかった感情が宿っていた。

怒りだった。

「あなたは、何の権利があってそういうことを言うのですか？」

梅本玲治が言うと、氏家は軽い調子で肩をすくめてみせた。

「別に権利なんてないさ。思ったことを言っているだけだ。他人なんてそんなもんだ。

他人との関係を、権利だ義務だで割り切ろうったって、そうはいかないんだ。いいか。あんたは、ときおり、優しかった父親のことを思い出す。そうするといたたまれなくなるんだ。人間はそういうもんだ。手をつないで歩いた記憶とか、何かを買ってもらった記憶。いっしょに食事をしている記憶。何かに大笑いしている記憶。そういうものは、封じ込めているつもりでも、ふとした拍子に思い出すものだ。夢に見るかもしれない。だが、あんたは、自分でそれを許せなかった。父親は悪逆非道な男でなければ、あんた自身の整理がつかなかったんだ」

「そうです。私は、そうすることで生きてこられたんです。都立の高校を出て、早稲田大学に入り、教師になった。私は、母親に心配をかけたくなかった」

「だから、あんたは、飯島里央のことを放っておけなかった。飯島里央を救うことで、何らかの罪滅ぼしができると感じたのかもしれないな」

「罪滅ぼし……？」

「自分自身に対する罪滅ぼしだ。あんたは、自分をいつわっていたことに罪の意識を感じているんだよ」

「ばかな……。私は、これまでの生き方に後悔はしていない」

「だから変なんだよ。どんな生き方や選択をしてきたとしても、後悔しない人間なんていやしないんだぜ」

「やってきたことに自信がないから後悔するんですよ」

「そうじゃないな」

氏家は薄笑いを浮かべていた。樋口には、それが意地の悪そうな笑いに見えた。

「どんな選択をしても、あとには必ず後悔する。そういうもんなんだよ。その後悔とどうやって折り合いをつけていくかってのが、まあ、言ってみれば人生ということさ」

「人生の選択を許されない人たちだっているんですよ」

「飯島里央やあんたのようにか？　そう。そういう意味で親の責任というのは、非常に大きい。親たちが自覚している以上にな」

樋口は、ふたりの会話がどこに行き着くのか興味を覚えた。口をはさまずに聞くことにした。

梅本玲治が言った。

「たしかに、飯島を助けることは、私が私自身に与えた義務なのかもしれない」

「そうは言ってないよ。あんたがそうしたかっただけなんだ。それも、切実にそうしたかった。それには理由がふたつある。あんたが飯島里央に惚《ほ》れたからであり、もうひとつは、飯島里央を救うことで自分自身が救われると心の奥底で信じていたからだ」

「心理学者でもないのに、そういうことを他人に言うのは、たいへん危険なことなのですよ」

「承知している。だが、刑事というのは、ある意味で皆りっぱな心理学者でなければならないんだ。飯島里央のことだがね……。彼女のためなら、何でもできると言ったな」

「それくらいの覚悟がなければ、彼女を救うことはできません。中途半端な考えでは、彼女に信じてもらうことはできない。逆にかえって傷つける結果にもなりかねない」

「飯島里央のためなら、人を殺せるか？」

樋口は、驚き、思わず氏家の顔を見たくなった。だが、何とかこらえることができた。梅本玲治の表情の変化をじっと観察していた。

梅本玲治は、再び表情を閉ざした。

そうする必要があったのか、単に興味のない話題だったからか、樋口には判断がつかなかった。

「さあ、殺せるかもしれませんね。それがどうしても必要だったら……」

「俺たちは刑事だ。刑事相手にそういうことを言うと、まずいことになるとは思わないのか？」

「単純に質問にこたえただけです。心情的なことを言ったまでですよ。もちろん、実際にそういうことがあるとは思えません」

樋口は言った。

「飯島里央のためなら殺人もできるかもしれない。あなたのこの発言に従って、私たちは、あなたの犯行当時の所在を確認しなければなりません」

梅本玲治は、樋口に眼を向けた。その眼はたいへん聡明《そうめい》な感じがした。樋口は、ふと自分だけがひどくつまらないことを言っているような気がした。

「まず、五月七日の火曜日、午後七時から八時くらいの時刻、あなたはどこで何をしていましたか？」

梅本玲治は、樋口から眼をそらし、やや下を向いた。考えているようだ。

彼はうつむいたままでこたえた。

「ここにいました。学校からまっすぐ帰ってきましたからね……。飯島が部屋にいるかもしれないと思ったので……」

「学校から帰ったときに、飯島里央は部屋にいましたか？」

「いや、もう出かけたあとでした」

「あなたがその時刻、ここにいたということを証明できる人物はいますか？」

「いません」

「五月十四日の午後五時ごろは、どこでどうしていました？」

「午後五時なら、たぶんまだ学校にいましたよ」

「職員室に？」

「そうだったはずです」

「五月二十一日の午後十一時から十二時くらいにかけての時間は、どうです？」

「そんな時間は、もう寝ています。教師は朝が早いですからね。十一時には起きていたかもしれないが、もう寝る支度に入っていますよ。十二時にはベッドに入ります。いつものことです」

「それを証明できる人間は？」

「いません」

「なるほど……」

樋口は、あまり熱心に追及する気になれなかった。アリバイについての質問は、半ば形式的なものにすぎなかった。

たしかに梅本玲治のアリバイは曖昧《あいまい》だ。だが、だからといって今は、梅本玲治を疑う気になれなかった。

動機が弱すぎると樋口には感じられたのだ。梅本玲治は、飯島里央を好きになった。境遇が似ていたということで共感があったのだろう。そして、しばしば恋に舞い上がった男性がそうであるように、彼女を理解できるのは自分だけだと信じ込むようになった。

たしかに、梅本玲治は思い込みの激しい男のようだ。しかし、それだけのことで人を殺すとは思えなかった。

樋口は、これ以上質問したいとは思わなかった。氏家を見た。氏家は、まだ梅本玲治を見つめている。

梅本玲治は、下を向いたままだった。

氏家が言った。

「助けたくても、今度ばかりはどうしようもないかもしれないな……」

梅本玲治は顔を上げた。

「飯島里央は、殺人の容疑で逮捕された。俺たちは、起訴できる材料をかき集めている。今のところ、飯島里央以外の容疑者はいない。飯島里央は、起訴されて裁判にかけられる」

梅本玲治は、何も言わず、また下を向いた。完全に表情を閉ざしている。何も感じていないように見えた。

氏家が立ち上がった。樋口もそれに続いた。

梅本玲治の部屋を出ると、氏家は無言で歩きつづけた。

「興味を持ったようだな？」

樋口は言った。

「興味？」

氏家は、上の空で訊き返した。

「梅本玲治に対してだ。あんた、妙につっかかっていたように感じた」

「そうか……？」

「何か気に障《さわ》る点があったのか？」

氏家は、ひとつ溜め息をついてからちらりと樋口のほうを見た。

「アダルト・チルドレンとかいう物言いが、ちょっとな……」

「なぜ？」

「誰でも、多かれ少なかれ心に傷を負っている。それが生きるということだ。たしかに親にひどい目にあわされたというのは、大きな傷となるだろう。だが、そういう人間がすべて人間関係に支障をきたしているわけじゃない。社会が心理的な病気を生んでいる現実は否定しない。だが、すべてをそのせいにするのは気に入らない」

「梅本玲治は、甘えていると言いたいのか？」

「俺はアメリカの心理学というやつをあまり信用していない。あの国はベトナム戦争以来めちゃくちゃになった。麻薬と犯罪。離婚、アル中、ワーカホリック……。病的な健康ブーム、禁煙運動にセクハラ……。何かあるとすぐに訴訟を起こす。国中が神経症なんだ。そういう状態のときは、ちょっとした感覚のずれが、重大な心理的症状に見える。心理学者が新しい用語を考える。そうすると、また新しい病気がひとつ増えるわけだ」

「それで救われる人間もいるわけだろう。人知れず苦しんでいた人は、自分の病を知り、治療を受けることができる」

「そういう面はある。だが、それが、梅本玲治のようなやつに逃げ道を与えることになる。彼は、おそらくアダルト・チルドレンという言葉を発見して膝《ひざ》を打ったに違いない。いいか？　誰だって、他人との関係を測りかねているんだ。失敗し、学んでいくもんなんだ」

「そういう意見を聞くと、私も安心するね……」

「両親が子供に与える影響というのは、すごく大きい。だからといって、すべてを両親のせいにして生きていくわけにはいかない」

「それはそうだな……」

「梅本玲治は被害者意識の固まりだ。俺にはそう思える。自分はこれまで思いどおりに生きたことがなかったという考えに凝り固まっており、それを親や他人のせいにしている。思いどおりに人生をやっている人間なんていないのだが、それに彼は気づいていない。必死に救われたいと願っている。同時に罪の意識も感じている。自分をいつわってきたことが後ろめたいのだ。彼は、その免罪符を見つけた」

「飯島里央か？」

「そうだ。飯島里央を救うことで、自分の罪が許されるかもしれないと思ったのだろう。それがいつしか、飯島里央を救うことでしか自分は救われないと考えるようになった」

「あんた、今日初めて梅本玲治に会ったのだろう？　どうしてそんなことがわかる？」

「わかるさ。同類だものな」

「同類……？」

「そう。俺の母親は、若いころに男を作って逃げた。父親はそれから酒に溺《おぼ》れた。子供のころは地獄だったよ」

「じゃあ、飯島里央の気持ちもわかるということか？」

「わかるかもしれない。だが、知ったふうなことは言えない。人それぞれに違うもんなんだ」

　樋口は急に気恥ずかしくなった。

「私は、知ったふうなことを言っていた」

「あんたは理解しようとしただけだ。正直言うとな、あんたのような人は、俺にとっても救いだった。飯島里央にとって救いであることがわかったからな」

「いや、私は恥ずかしいよ」

「なぜだ？　不幸でなかったからか？　そんな考えは捨てることだ。誰だって他人の人生は生きられない」

「わかってる……」

「それにな……」

氏家は樋口のほうを見て言った。「俺が梅本玲治につっかかったのには、もうひとつ理由がある」

「なんだ？」

「あんたの気が少しは晴れるんじゃないかと思ってな」

「どういうことだ？」

「あんたは、梅本玲治に会った瞬間から、あいつに嫉妬《しっと》を感じていた」

「嫉妬だって？」

「そうだ。俺にはわかったよ」

樋口は、何だか打ちのめされたような気分になった。反論する気になれない。

彼は小さくかぶりを振ってから言った。

「最初の事件の犯行現場を見ておきたい。この近くだった……」

氏家は、軽い調子で言った。

「付き合うよ」

23

「私はずうっとこの鍵《かぎ》のことが気になっていたんだ」

現場の部屋に着くと、ドアのところで樋口は言った。

「通報したふたりの証言か？　鍵がかかっていたという……」

「そうだ。鍵がかかった部屋で、被害者の安藤典弘と飯島里央はふたりきりだった。だが、それが、もし第三者の意図したものだったら……」

「何かのトリックだというのか？」

氏家が、鍵を子細に調べた。「もし、飯島里央のほかに犯人がいたとして、どうやって鍵をかける？　合鍵を持っていなければ、外から鍵をかけることは不可能だ」

「ああ……。私は、最初、内側からボタンを押してドアを閉めればロックされる類《たぐい》の錠前かと思っていた。だが、これは違うな……。内側からツマミを回さなければロックできない。外からロックするには鍵が必要だ」

氏家は、ベランダに近づいた。その部屋は五階にある。ベランダの下はアスファルトの歩道だ。

隣りの部屋のベランダとの間には仕切りがあり、侵入できないようになっている。防犯を考えた造りだ。上下の階に移動するのもちょっと不可能に思えた。ロープか何かなければ無理だった。現場にはロープなど残されていなかった。

「ここから逃げ出したとも思えない」

氏家が言った。

「そうだな……。窓からベランダづたいに下まで逃げたとしたら、きっと誰かに目撃されているはずだ」

「結局、里央は被害者とふたりっきりだったのさ」

「通報者にもう一度会ってみよう。この階に住んでいる」

樋口は、野沢朱美の部屋の前まで行き、インターホンのボタンを押した。

「はあい……」

けだるげな返事があった。

「警察の者です。ちょっとうかがいたいことがあるんですが……」

しばらくしてドアが開いた。野沢朱美は、白いバスローブを着ていた。

「何？　あの事件のこと？」

「ええ……。あれから何か思い出したことがないかと思いまして……」

「別にないわ」

「もう一度、詳しくうかがいたいことがあるんですが……」

「どういうこと？」

「ドアの鍵のことです」

「ドアの鍵……？」

「物音がして、あなたと中島昇さんは様子を見るためにあのドアに近づいた。そして、ドアに鍵がかかっていることに気づいた。そうですね？」

「ドアのノブを回したのはあたしじゃないわ。あたしは確認していない」

「では、中島昇さんがそれを確認したのですね」

「そうよ」

「そうですか……。その点は中島さんを訪ねて話を聞くことにしましょう」

「その必要はないわ」

「どういうことです？」

「彼、ここにいるもの……。ねえ、中島くん。例の事件のことですって……」

部屋の奥から、中島昇が顔を覗《のぞ》かせた。身繕いをしている最中のようだ。

「ええ……？」

「ドアに鍵がかかっていたかどうか、ですって……」

「とにかく、入ってもらえよ」

「そうね……」

野沢朱美は、樋口のほうを向いた。「どうぞ、入って……」

樋口と氏家は、部屋に上がった。

中島昇は、野沢朱美と並んで、カーペットの上に坐《すわ》った。野沢朱美はクッションを抱いている。

樋口と氏家も腰を下ろした。樋口は言った。

「どうも、せっかくのところをお邪魔したようですね。すぐに退散します」

「気にしないで。どうせ、彼、泊まっていくから。いつものことなの」

「あの事件のとき、初めて会ったと言いませんでしたか？」

「そうよ」

野沢朱美は平然と言った。「あたしたち、あれから付き合いはじめたの。彼の強引なアプローチでね……」

氏家がそっと樋口に言った。

「男と女というのはいつどうなるかわからない、と言っただろう」

樋口は、それを無視して尋ねた。

「最初にあの部屋に様子を見に行ったときのことです。あなた、ドアのノブを回してみたそうですね？」

「ええ」

中島昇はこたえた。「鍵がかかっていましたよ。間違いなく」

「そして、中から、少女が飛び出してきた……」

「そうです。びっくりしました。肌が真っ白で、すごくきれいな子でしたよ。今でも顔が眼に焼きついている……」

野沢朱美は、一瞬悔しそうな顔をしたが、樋口のほうを見ると言った。

「それは認めるわ。けっこうかわいい子だったわ。白い肌と大きな眼が印象的だった……」

「その後、部屋に人が倒れているのに気づいて、一一〇番した……」

「そうです」

「どちらが、通報したのですか？」

「僕です」

「どこから？」

「ここから」

「その間、どちらかがあの部屋に残っていたのですか？」

「いや、ふたりでこの部屋にやってきました」

「だって、あたし、一一〇番なんてしたことないし……。こういうときは、男がしっかりしてくれなくちゃ」

「ふたりとも、あの部屋を離れたのですね？」

「そうです」

樋口は、考え込んだ。

その沈黙を救うように、氏家が言った。

「野次馬はどうだったんだ？」

「どうって……？」

「あんたたちが、一一〇番するために部屋に戻ったときだ。その間、誰か犯行現場を見ていた者はいるか？」

中島昇と野沢朱美は顔を見合わせた。

「どうだったかな……」

中島昇が野沢朱美を見たまま言った。「誰も見ていなかったように思うけど……」

「誰もいなかったわ」

野沢朱美が氏家のほうを向いて言った。「あたし、覚えてる。ふたりで一一〇番したでしょう？　それから、様子を見るためにもう一度廊下に出たのよ。近くの部屋の人たちが顔を出しはじめたのは、それからよ」

「つまり……」

樋口は言った。「少女が飛び出した。そして、あなたがたが部屋の中の死体を発見した。それから、あなたがたは、ふたりでこの部屋に戻った……。その間、誰も現場を見てはいなかった……。こういうことですね？」

「そうです」

「死体を発見したとき、部屋に入ってみましたか？」

「冗談じゃないですよ」

「何で死体のある部屋に入らなきゃならないの？」

「じゃあ、ふたりとも、戸口から被害者を見ただけなんですね」

「そうですよ。最初に質問されたとき、ちゃんとそう言いましたよ」

「いや、失礼……。ちょっと確認したかったものですから……。それで、通報なさっている間、廊下のほうとか気にはなさっていなかったでしょうね……」

「電話、ここにあるでしょう？」

野沢朱美が言った。電話は、リビングルームの床に置かれている。「あたしたち、一一〇番の係の人が訊《き》くことに夢中でこたえていたのよ。こっちが慌《あわ》ててるのに、ずいぶんあれこれ質問するのよね。こっちの名前や住所まで……」

「正確な情報を得るためなんです」

樋口は、言った。「すっかりお邪魔しました。参考になりましたよ」

「あんたの考えていることはわかる」

マンションを出ると、氏家が言った。「あのふたりの話からすると、別の人間がいた可能性はわずかだがある」

「新宿の事件のとき、被害者は、奥の部屋に飯島里央を連れ込んだ」

樋口は、考えながら言った。「そのとき、店で電話が鳴り、被害者の安斉史郎は飯島里央を奥の部屋にひとり残して店のほうに出ていった。そして、殺された……」

「電話をかけたのが犯人だというのか？」

「店の出入口近くにある公衆電話か、携帯電話で安斉史郎を呼び出す。安斉史郎が出てきたのを確認して店に入り、犯行に及ぶ。そうだとすれば、飯島里央が言ったとおりのことになる」

「渋谷の事件はどうなる？　現場はホテルだ。しかもラブホテルだ。他人は滅多なことじゃ入り込めない」

「ラブホテルということで、単純にそう思い込んでいた。だが、ビデオの撮影のために部屋を借りていたんだ。飯島里央は言っていた。あとから、スタッフが撮影用の制服を持ってくることになっていた、と……。被害者の稲垣が、ノックが聞こえたとき、スタッフだと思ってドアを開けたとしたら……」

「犯人は、あとでスタッフが来ることを知っていたのだろうか？　だとしたら、事情に明るい者の犯行ということになる」

「知らなくても同じことが起こるさ」

「どういうことだ？」

「例えば、犯人は、何とか飯島里央のいる部屋に近づきたいと考えた。だがその方法が思いつかない。やむにやまれず、ホテルに入る。そうすると、予想していないことが起こった。ホテルの従業員は、犯人をスタッフだと思って通してしまう。ノックをしたら、これもスタッフと間違えた被害者がドアを開けてしまうといった具合だ」

「それじゃまるで、偶然によって犯行が成功したみたいじゃないか」

「そうだな……」

「最初の事件に戻ろう。犯人は、飯島里央がバスルームに行った隙《すき》にあの部屋を訪ねたことになるな。そして犯行に及ぶ。その後、部屋に隠れていた。里央はそれに気づかず逃げ出す。死体を発見したふたりが、一一〇番するために現場を離れる。まだ、野次馬も現れない。その隙にドアから逃げた……。あんたは、そう言いたいのだろう？」

「その可能性はある」

「それも行きあたりばったりという気がする。いいか。犯人は、三人を殺している。連続殺人だ。それも決まって火曜日に犯行を繰り返している。そこには計画性が感じられる。犯人が里央じゃないとしたら、里央に罪を着せることまで考えていたわけだ。その場の思いつきとは思えない」

「そこが問題のような気がする」

「どこが……」

「連続殺人。しかも、すべて火曜日の犯行。そうした事実から、私たちは、計画的な犯行のような気がしていたんだ。だが、考えてみろ。犯行が火曜日だったのは、飯島里央の都合でしかない」

「だから、飯島里央が容疑者なんだ」

「私は別に犯人がいるという仮定で考えはじめた。そうすると、犯人は恐ろしく運が悪いやつじゃないかという気がしてくる」

「運が悪い……？」

「ちょっと運の巡り合わせが変われば、人を殺さずに済んだかもしれない。例えば、安藤典弘がドアを開けさえしなければ、安斉史郎が電話に出さえしなければ、ホテルの従業員や稲垣康弘がスタッフと間違えさえしなければ……」

「よほど警戒していないかぎり、誰でもやっちまう不注意だな……」

「手口がそれを物語っている」

「手口……？」

「犯人は決して凶器を用意していなかった。すべての犯行は、現場にあらかじめあったものを使用して行われている」

氏家は立ち止まり、しげしげと樋口の顔を見た。

「では、誰だと思うんだ？　里央の他に容疑者となりうるのは……」

「私は、ハルが怪しいと睨《にら》んでいる。しかし、梅本玲治にも怪しい点はある」

「その話を捜査本部の連中にするつもりか？」

「気が重いが、しなければならないだろう。この可能性を無視することはできない。何しろ、飯島里央の証言を裏付けているんだからな」

氏家は、かぶりを振り再び歩きはじめた。彼は言った。

「勝ち目のない勝負だな……」

捜査本部に帰ると、樋口と氏家はすぐに植村に呼ばれた。

「吉田春彦という男を知っているか？」

樋口と氏家は思わず顔を見合わせた。樋口がこたえた。

「知っています。通称ハルというＤＪです。飯島里央に特別な感情を持っていたようですが……」

「捜査本部に電話をかけてきてな……。アリバイが見つかったとか、わけのわからないことを言ってた」

「アリバイが見つかった……」

植村はメモを見ながら言った。

「五月七日はピザの宅配を頼んだんだそうだ。受け取ったのが、七時半。配達に三十分以上かかると安くなるんだそうだ。ぎりぎりなんで時計を気にしていた。それを思い出したそうだ。五月十四日の午後五時ごろには、朝飯の買い出しに、近くのコンビニに行ったそうだ。午後五時に朝飯ってのはどういうわけだ？　そして、五月二十一日は、間違いなく女と寝ていたと言っている。その女の電話番号を言っていた」

植村が、樋口を睨んだ。

「アリバイってのはどういう意味だ？　この連続殺人の容疑者は飯島里央だ。捜査本部は、その容疑を固めるために動いているはずだ」

氏家が樋口に言った。

「ハルのやつ、本気でヤバイと思って、必死に思い出したらしいな……」

「いちおう、裏を取ろう……」

「工作した可能性はあるだろうか？」

「調べればわかるさ。だが、おそらく本当のことだと思うな……」

植村が苛立《いらだ》った調子でもう一度尋ねた。

「おい、何をごちゃごちゃ言っている。質問にこたえろ」

「飯島里央の供述記録は読みましたか？」

樋口は尋ねた。

「読んだ」

「私は、飯島里央の発言の真偽を確かめる必要があると思うのです」

「無理やり容疑者を作ろうというのか？　それで吉田とかいうやつが慌ててアリバイだのと言いだしたわけだ。なあ、捜査を混乱させて何がおもしろい？」

「そんなつもりはありません。ただ、疑問点ははっきりさせるべきだと思うのです」

「捜査員は、捜査方針に従って動かなくてはならない。捜査ってのはな、個人ではなく組織力でやるもんだ」

「個人と組織、その両方が必要なのだと思いますよ。私は、これから幹部の連中に話をするつもりです」

「控えめなやつだと思っていたが、ずいぶんでしゃばったまねをするじゃないか」

「必要なことです」

樋口は、田端捜査一課長と池田理事官の姿を探した。

田端課長、池田理事官、所轄署の課長らが集まった。その場には植村もいた。

樋口は、飯島里央の取り調べの結果から始めて、さきほど氏家と話し合ったことのすべてを説明した。

樋口が話し終わると、その場は奇妙な沈黙に包まれた。

「屁理屈《へりくつ》にしか聞こえんな」

植村が言った。「飯島里央の口を開かせたと思ったら、口車に乗せられちまって」

樋口は何も言わなかった。正直なところ、樋口には判断がつかなかった。自分は、たしかに里央のことが気になってしかたがない。樋口は不安になっていた。その気持ちを否定したかった。分別のあるおとなが十七歳の少女に惚《ほ》れるなどと……。

田端課長が言った。

「飯島里央の容疑を覆《くつがえ》すには、論拠が弱いな……」

彼は池田理事官に尋ねた。「どうだ？」

池田理事官はうなずいた。

「現場の状況から考えて、今のところ、飯島里央の容疑は動かんでしょう。もうじき起訴に持ち込めるだけの材料もそろうと思いますが……」

田端課長が言った。

「そういうことだ、ヒグっちゃん」

植村が樋口に向かって言った。

「あんたの魔法にも限界があるということらしいな。もう一度、俺がやろう。俺が口を割らせてみせるよ」

その結果、飯島里央の心がどうなるか。それを考えると樋口は暗澹《あんたん》たる気持ちになった。

「捜査本部の方針は変わらない」

田端課長は言った。「別の可能性を探りたいのなら、単独でやることになるな」

24

「案の定、孤立してしまったな」

捜査本部の部屋を出てふたりきりになると、氏家が樋口に言った。

「ひとりでもやるさ」

「里央のためにか？」

「いや、たぶん自分のためにだ」

「だとしたら、梅本玲治とそれほど変わらんな……」

「そうかもしれない」

「だが、ひとりじゃない」

「どういうことだ？」

「俺も付き合うよ」

樋口は驚いて氏家の顔を見た。

「そんなことをする義理はないぞ」

「義理じゃない。俺は、興味を感じたんだ。少なくとも、里央を起訴するための材料をせっせと集めるより、はるかにおもしろい」

「あんたがどういう男か、ようやくわかりはじめたよ」

「ほう……？」

「要するに一筋縄ではいかないということだ」

「たまげたな。俺もあんたのことをそう思いはじめたところだ」

「もうひとり、面倒なことに興味を持ちそうな男が捜査一課にいる」

「誰だ？」

「ショムタンの天童さんだ。かつて私と組んでいた。いずれにしろ、私は、天童さんに話そうと思っていた」

「日勤なら、この時間はもう帰っているだろうな」

すでに九時を回っていた。

「明日の朝一で話す」

「では、そのときに会おう」

氏家はさっさと帰途についた。

樋口が帰宅すると、妻の恵子と照美がまたリビングルームで何やら話をしていた。

っと抱いていた。
樋口は、照美と話をすることで我に返れるのではないかという期待を、このところず
飯島里央と照美は同じ年頃なのだ。だが、その期待は裏切られた。照美の姿を見て、
言葉をかわしていても、飯島里央のことは頭を離れなかった。
娘の照美と飯島里央は、同じ年頃であってもまったく別の存在だった。
樋口は困惑していた。まさか、自分が娘と同じ年頃の少女に強く惹《ひ》かれるとは思っ
てもみなかった。始まりは、里央が置かれている境遇に対する同情だった。だが、里
央を一目見たとたん、それだけでは済まなくなった。里央がもてあそばれることが我
慢ならない気がした。金のために、体を売ろうとしたりすることが耐えられないと感
じるようになった。そして、樋口は、切実に里央を助けたいと思うようになったのだ。
あらゆる意味で助けたいと――。
天童がいつか言ったように、その点に関しては、樋口はまったく無防備だったのか
もしれない。
いつものように、恵子は、樋口のためにビールを一本取り出し栓を抜いた。恵子と
ささやかな晩酌を始める。この日常的な幸福に不満はない。
だが、どこか家族を裏切っているような気がして樋口はひどく落ち着かない気分だ

った。浮気をしようなどと思ったことはない。それは彼の考えている理想の生き方ではない。理想は、今目の前にある。そのことに疑問はない。

一方で、飯島里央との心のつながりは、きわめて貴重な気がした。同情かもしれない。だが、それだけではない。忘れていたもの、置き去りにしたものを再び手にしたような気がした。飯島里央の美しさが影響していることも間違いない。

「おまえ、父さんくらいの歳《とし》の男の人をどう思う？」

樋口は照美に尋ねてみた。

「なあに……。またこのまえの援助交際の話？」

「まあ、そんなところだ」

「そういう女の子ってお金目当てでしょう？」

「そうなんだろうな」

「でも、オヤジ趣味の友達もいることはいるわよ。あたしは興味ない。オヤジ趣味のやつって、どこかおかしい気がする。本人の趣味だから、何とも言えないけどね。ちょっと不健全な気がするわ」

「不健全か……」

「あたし、歳が離れてたって、いいと思うわよ。でも、それは、女のほうも一人前のおとなになってからのことだと思うわ。女子高生と付き合うおとなって、どこか女を騙《だま》しているような気がする」

「そうだな……」

「恋愛にもトレーニングみたいの、必要なんじゃないかと、あたしは思う。そういうトレーニングもしないうちに、オヤジにとっつかまるなんて、不幸だよ」

「おまえの言うとおりだと思う」

子供だと思っていた照美も、一人前のことを言うようになっていた。しっかりした考え方は恵子のおかげなのだろう。

だが、おとなびた物言いをするようになったとはいえ、やはり、飯島里央とは別の存在だった。

「だが、恋愛に健全も不健全もないのかもしれない」

「好きになるのはしかたがないかもしれないわよ。でも、実際に付き合うのとは違うでしょう?」

「おまえ、誰かと付き合っているのか?」

「さあ……」

照美は、いたずらっぽい笑顔を見せた。「どうかしらね」

一瞬、樋口は、嫉妬《しっと》を感じた。娘が誰かと付き合っているかもしれないと思ったとたん、男としての嫉妬を感じたのだ。それは、娘を持つ父親がいつかは味わうことになる気持ちだった。

樋口は、恵子に尋ねた。

「どうなんだ？」

「さあ、あたしは知らないわ」

恵子は、照美に言った。「さ、早く部屋に戻らないと、お父さんの取り調べが始まるわよ」

「ひゃあ、退散するわ」

照美は慌《あわ》てたふりをして部屋に逃げ込んだ。

樋口は、その様子がおかしくて笑いだしていた。恵子がその樋口をじっと見ていた。

「何だ……？」

樋口は、恵子の視線に気づいて、思わず訊《き》いた。

「本当に捜査の話？」

「そうだよ」

「そうかしら？」

「どういう意味だ？」

「あなた、感情を隠すのが得意だと思っているでしょうけど、あたしにはとてもわかりやすいの。何か後ろめたいことがありそうね……」

「そんなことはない」

　恵子は笑った。

「冗談よ。むきにならないで」

　恵子はからになった樋口のコップにビールを注いだ。樋口は、そのビールをゆっくりと飲んだ。

（破壊衝動に身を任せた全共闘世代とは違うんだ）

　樋口はあらためて思った。（私は、この家庭を絶対に壊したりなどしてはいけない）

　天童隆一は、黙って樋口の話を最後まで聞いた。氏家は、じっと天童の反応を観察していた。

　朝一番に淹《い》れた茶がすでに冷えていた。

　樋口も天童の言葉を待っていた。天童は、どこか諦《あきら》めを感じさせるような口調で言った。

「成り行きとしてはしかたがないね……。飯島里央のほかに犯人がいたことを示す物証は何もないんだろう？」

「その気になって捜査しなおせば、必ず出てくると思いますが……。例えば、鑑識に現場を洗いなおさせるとか……」

「今からかね……。時間が経《た》ちすぎているように思うね」

「初動捜査でかき集めたものを分析しなおすことはできると思います」

オ
「例えば、第三の人物の髪の毛なんかが発見されるかもしれない。あるいは衣服の繊維とか……。だが、それは何も証明するわけじゃない。第一の事件の現場には、家具を運んだ業者も立ち入っている。部屋を借りようとしてやってきた人物もいるかもし
リ
れない。第二の事件はパブ、第三の事件はホテル。いずれも、不特定多数の人間が出入りする場所だ」

「でも、何かをやらねばなりません」

「何ができるかな……」

天童は冷えてしまった茶をすすった。

「飯島里央が何かを思い出すかもしれません」

「そうだな……」

天童は考え込んだ。「あるいはね……。君たちは、すでに真相にかなり近づいているのかもしれない。ただ、それに気づいていない……。そういうことが、捜査ではよくあるものだ」

「どういうことでしょう」

「聞き込みでいろいろな人物に会ったはずだ。その中に犯人がいるかもしれない」

「その可能性はないとは言えませんね」

樋口は、期待薄だと思いながら言った。

「そう。話を聞いてみると、可能性があるのは、吉田春彦と梅本玲治だが、どちらも動機が今ひとつ弱い。それはわかる。だが、物事は単純に考えたほうがいい場合が多い。捜査本部を設けてこれだけの捜査をやった。だが、飯島里央とそのふたりしか犯人と思える人物はいない。だとしたら、その中に犯人がいる。そして、おまえさんは、現在、飯島里央は犯人ではないと思っている」

「吉田春彦はアリバイがあると主張している」

氏家が言った。「まだ確認は取れていないがね……。もし、吉田春彦のアリバイが証明されたら、残るは梅本玲治しかいないということになる」

樋口はかぶりを振った。

「どう考えても理屈に合わない。梅本玲治があの三人を殺す理由がない」

「そうかな……」

氏家がつぶやくように言った。樋口は氏家の顔を見た。天童も思わず氏家を見ていた。氏家は、言った。

「俺は、案外かなり有望な線だと思いはじめたよ」

「たしかに、梅本玲治は飯島里央を助けようとしていた」

樋口が言った。「しかし彼にできるのは、せいぜい、住むところのない飯島里央に寝場所を提供するくらいのことでしかない」

「だが、その寝場所の提供の仕方が問題のような気がする」

「どういうふうに……？」

「匿《かくま》うように自分の部屋に住まわせていた。学校に内緒でだ。これがばれたら、自分の立場が目茶苦茶になることを充分に自覚していたはずだ」

「しかし……」

「俺は、その事実が意外に重大なのではないかと気づいた。教師が学校に内緒で自分の教え子を部屋に匿うというのは、自分の立場を捨てて初めてできることだ。梅本玲治は、文字どおり自分を捨てていたんだ。あいつは、飯島里央のためなら何でもできると言った。あれは掛け値なしの本音だったのかもしれない。あいつは、里央のためなら人殺しもできると言ったんだ」

「しかし、あれは言葉のゲームにすぎない。刑事相手に、本気で言った言葉とは思えないな……」

「言わずにいられなかったのかもしれない。もし、梅本玲治が犯人なら、意図せずに里央を罠《わな》にかけたことになる」

「ならば、なぜ自首しない？　そうすれば、飯島里央を助けられる」

「人間、そんなに簡単に割り切れるもんじゃないさ。自分の罪は反射的に隠したくなる。それにな……」

「何だ？」

「里央はそれで救われた気持ちになるか？　自分のために梅本玲治が殺人を犯したということを知ったら……。梅本玲治はその辺のことで今ごろ悩んでいるかもしれない」

「だがな……。動機がはっきりしない。梅本玲治はなぜあの三人を殺害しなければならなかった？」

「飯島里央を傷つける人間を許せなかったのかもしれない。それは、そのまま、自分を傷つけるということだった。梅本玲治はそれくらいに里央に共感していたんだ」

「共感？」

「そうだ。里央の傷を自分の傷と感じるくらいに……。梅本玲治は単に境遇が似ているということで里央に同情したわけじゃない。それはきっかけにすぎなかった。梅本玲治は、自分の傷にあまりに囚《とら》われすぎていた。そのために苦しんでいた。その苦しみを分かち合える相手が見つかったんだ。それが里央だった。里央はとびきりの美少女だ。最初、梅本玲治をひきつけたのは、彼女の見かけだったかもしれない。だが、里央への関心は、次第に恋愛感情に変わり、さらに深い共感へと変わっていった……」

「説得力があるような気がしてきたな……。だが、それも、あんたが似たような立場なのでそう感じるだけじゃないのか？」

「あんたは、飯島里央に何かを感じた。それと同じように、俺も梅本玲治に感じるものがあったんだ。そういうことじゃいけないか？」

樋口はどう判断していいかわからなくなって、天童に尋ねた。

「どう思います？」

「ただ飯島里央を助けたいというだけなら、たしかに殺人の動機としては弱い。だが

「……」

天童は、氏家を見た。「自分を助けるためなら、動機になりうる気がするね」

「そう」

氏家は言った。「梅本はそれくらい必死に、救われることを望んでいたかもしれない」

「いつ、それを感じたんだ？」

「あいつを一目見たときからさ。あいつは、明らかに人と会うことに苦痛を感じていた。なのに、あいつは教師をやっているんだ。その矛盾が、あいつの苦悩を物語っていた」

樋口は、初めて梅本玲治に会ったときのことを思い出していた。そのとき抱いた違和感をはっきりと思い出した。

彼は女生徒にからかわれていた。だが、それに反応しようともしなかった。実は、からかわれることなどどうでもいいほど、追い詰められていたのかもしれない。

その瞬間に、樋口は、梅本の苦悩を実感できたような気がした。

そして、樋口は思い当たった。

「だとしたら、梅本玲治は次の行動に出るかもしれない……」

氏家がうなずいた。

「里央が捕まったことを知った。じっとしてはいられないだろうな……。どうやら、俺たちのやるべきことも明らかになった気がする」

「急いだほうがいい」

天童が言った。「梅本玲治に張りつくんだ」

「一種の賭《かけ》だな……」

樋口が言った。「梅本玲治が犯人でなければ、飯島里央の起訴をくい止めることはもう私たちにはできないかもしれない」

氏家がにやりと笑った。

「俺は、賭という言葉にけっこう弱いんだ」

「だが、まず、吉田春彦のアリバイを確認しなければならない」

「それは私がやっておく」

天童が言った。「さあ、おまえさんたちのやるべきことをやるんだ」

樋口が立ち上がった。ふと、彼は、考え込んで言った。

「出かけるまえに、飯島里央に会っておきたい」

氏家は肩をすくめた。

「好きにするさ。あんたのやり方に従う」

取調室に入ってきた飯島里央を見て、樋口は、一瞬、緊張した。相変わらず、顔色は青ざめているが、それが、彼女の肌の白さを強調していた。大きな眼が樋口を見つめている。ミルク色の肌。細い肩にふっくらした胸。

樋口は、一瞬、その場から飯島里央を連れ去って自分のものにしたいという衝動を覚えた。

飯島里央が好きだということを、否定しつづけることはもうできなかった。

樋口は眼をそらした。飯島里央が机をはさんで正面に腰を下ろすと、樋口はあらためて飯島里央を見た。

「もう一度、訊《き》いておきたいことがある」

飯島里央は何も言わない。無言で問いかけている。その眼、その唇、その頬。すべてが素晴らしかった。どこか自信を感じさせる眼差し。その自信は危うげだが、冷ややかな魅力を彼女に与えている。

「君が、安藤典弘、安斉史郎、稲垣康弘の三人に会うことを、梅本玲治が知っていた。そのことに間違いはないね」

「どうしてそんなことを訊くの？」

「頼むから質問にこたえてくれ」

飯島里央は、一度眼を伏せ、それから眼を上げると、きっぱりと言った。

「知っていた」

「会う日時も？」

「あたし、思い出した。梅ちゃんには、ちゃんと教えた。どこで何時に会うかも……。梅ちゃんにはそうしてもいいような気がしたし……、そうしないと梅ちゃんがかわいそうな気がしたから……」

樋口はうなずいた。

飯島里央が再び尋ねた。

「ねえ、どうして梅ちゃんのことなんか訊くの？」

「いいかい」

樋口は言った。「私のいない間に、別の刑事が来て、いろいろなことを尋ねるだろう。中にはそうとう厳しい言い方をする刑事もいるかもしれない。長い間、自供を迫られると、やってもいないことをやったと言ってしまうことがある。疲れ果ててどうでもいいような気分になるからだ。だが……」

飯島里央は、驚いたようにじっと樋口を見つめている。

その大きな眼を見ていると、思わず手を伸ばして肩を抱きたくなった。もちろん、樋口はその衝動に負けることはなかった。

「だが……、それは間違いだ。嘘《うそ》の自白を迫った側の間違いだし、嘘の自白をしたほうの間違いでもある。君はそうした間違いを犯してはいけない。本当のことだけを話すんだ。負けてはいけない。いいな」

飯島里央は、しばらく無言で樋口を見つめていた。やがて、薔薇《ばら》のつぼみが開くように唇が開いた。

「負けるな、ですって？　そんなこと、お父さんにも言われたことない……」

樋口は、立ち上がった。

振り返ると、記録係の婦人警官が樋口をじっと見ていた。

「どうした？」

樋口は尋ねた。「私は間違ったことを言ったか？」

「いえ……」

婦人警官は慌《あわ》てて記録用紙のほうに向き直った。

25

合同捜査本部は、一期で解散することが決まった。解散の期日は、五月二十八日の火曜日だ。

現在、捜査本部が問題にしているのは飯島里央の自白だった。捜査本部の解散までに自白が取れなかったら、本庁のどこかの係が継続捜査を行うことになる。天童は、樋口の三係にやらせようと思っていたが、それもままならなくなったかもしれないと考えていた。樋口が捜査方針からはみ出してしまったからだ。

田端捜査一課長は、別の人間にやらせたがるだろう。そして、それ以前に捜査本部は、面子《メンツ》にかけて解散までに自白を取ろうとしていた。

樋口と氏家は、ぴたりと梅本をマークしはじめた。ふたりきりの張り込みというのはたいへんに厳しい。ふたりは交代で眠ったが、睡眠不足はいかんともしがたかった。ときには、尿意や便意に苦しんだ。

通常の捜査の場合、交代要員がいて、休息を取ることができる。ふたりきりでは、そういうわけにはいかない。天童が覆面パトカーの都合を何とかつけてくれた。それだけが彼らの救いだった。

とはいえ、彼らは、新米の刑事ではない。張り込みがどういうものかよく心得ていた。不必要な過度の緊張を避け、眠れるときにはすぐに眠った。

張り込みの最初の日には、梅本の職場である学校と自宅のそばに公衆便所を見つけ、食事を買い出しに行くコンビニやスーパー、ファーストフードの店などをすでに物色していた。

「考えてみりゃ、俺は、この賭が外れても失うものはない。だが、あんたには、ちょっとばかり大きな賭になったようだな……」

梅本玲治の部屋の明かりを眺めながら、助手席の氏家が言った。

樋口はハンドルにもたれていた。

「余計なことは考えずに、今のうちに眠っておけよ」

「張り込みも三日目だ。梅本玲治は、学校と自宅を往復するだけ。それ以外のことといえば、コンビニに立ち寄って何かを買うだけだ」

「捜査本部解散まで、あと三日ある」

「その三日で、捜査本部は飯島里央の口を割らせようとするだろう。そして、もし、飯島里央が持ちこたえて、三日が過ぎたとする……。あんたは、もう、この件にはタッチできなくなる。捜査本部の方針に逆らった形になったんだからな……」

「逆らうつもりはなかったさ。別な見方が常に必要だと言ったのは、あんただ」

「俺はあんたを誤解していたよ。何でも杓子《しゃくし》定規にやるただの役人タイプかと思っていた」

「ああ……」

樋口は言った。「私も、そう思っていたよ」

「里央があんたを変えたのか？」

「どうかな……。ただ、少しだけ眼が覚めたような気がしている。誰かの信頼を得ようとしたとき、波風を立てまいとしているだけじゃ済まないことがあるということがわかった」

「里央に惚《ほ》れたんだ」

「そのようだな」

「もし、里央が無罪で放免されたらどうするつもりだ？」

「さあな……。そのときになったら考えるさ」

氏家はシートにもたれて眼をつぶった。

さらに何事もなく、三日が過ぎた。ついに、捜査本部解散の日となった。

飯島里央はまだ持ちこたえていた。捜査員は厳しく飯島里央を責めたてたが、口を開こうとはしなかった。

彼女は、ただ黙って、相手の捜査員を見ているだけだった。たいていの捜査員は、その眼差しに居心地の悪さを感じてしまう。

捜査員たちは、大きな眼の奥に耐えがたいほどの孤独と不信の色があることに気づきはじめた。

「おい……」

氏家が樋口をつついた。

そのとき、氏家は運転席におり、樋口は助手席でうとうとしていた。

樋口は、慌てて起き上がり、フロントガラスから前を見た。都立武蔵野東高の正門から梅本玲治が出てきた。ふたりの女生徒を連れている。

この学校には、制服がない。女生徒のひとりは、タイトのミニスカートにブーツをはいていた。革のベストに白いシャツブラウス。もうひとりは、タータンチェックのミニスカートに白いルーズソックスをはいている。白いセーターを着ていた。

梅本玲治と女生徒たちは、並んで歩きはじめた。梅本玲治は、相変わらずうつむき加減で歩いている。その脇《わき》でふたりの女生徒ははしゃいでいるようだった。

また、梅本をからかっているのかもしれないな、と樋口は思った。

氏家が言った。

「どこへ行くつもりだろうな……」

彼は車のエンジンをかけた。

「尾行すりゃわかるさ」

梅本はふたりの女生徒を自宅へ連れていった。

車を停めると、氏家が言った。

「どういうことだ？」

「さあてな……。しばらく様子を見るか……」

二時間ほどが過ぎて、日が暮れるころ、女生徒たちが梅本の部屋から出てきた。

氏家がドアを開けながら言った。

「俺が話を聞いてくる」

氏家は、ふたりの女子高生に追いついた。しきりに話を聞いている。その位置が、梅本玲治の部屋の窓から見えない角度なので、樋口は、氏家への信頼を強めた。

氏家は、なかなか女子高生を解放しようとしなかった。女子高生たちも、それほど迷惑そうな顔をしていない。

(あいつ、楽しんでるんじゃないのか)

樋口は溜《た》め息《いき》をついた。

ふと、眼を移して、樋口ははっとした。

梅本玲治が部屋を出てきたのだ。氏家を見ると、まだふたりの女子高生と話をしている。

樋口は、梅本と氏家を交互に見ていた。氏家が戻るのを待っていたら、梅本を見失う恐れがある。しかし、氏家は女生徒から何か大切なことを聞き出した可能性もある。

樋口は、助手席から運転席に移り、車のエンジンをかけた。

氏家がそれに気づいて、覆面パトカーのほうを見た。それからの行動に無駄はなかった。氏家は、迷わず車のほうに駆けてきたのだ。

梅本玲治は表通りのほうに歩いていった。

氏家が、助手席に乗り込んだ。樋口は、すぐに車をスタートさせた。ゆっくりと細い路地を進んで、梅本が向かった表通りへ走らせた。

「梅本玲治が動いたのか？」

氏家が尋ねた。

「そうだ」

車が表通りに出た。交通量が多い。

すでに梅本の姿はなかった。

「くそっ」

樋口が言った。「タクシーを拾ったのかもしれない」

前方には何台かのタクシーが走っている。樋口が無線のマイクに手を伸ばしかけた。だが、その手を引っ込めた。まだ、梅本玲治は容疑者ではない。緊急配備を敷くわけにはいかない。

「やつの行き先は見当がつく」

氏家が言った。樋口は、さっと氏家の横顔を見た。

「カラオケ屋だ」

氏家は、六本木のホテルの中にあるカラオケ屋の名前を言った。一階がゲームセンターになっており、そのカラオケ屋にはホテルのロビーからもゲームセンターからも入ることができる。

「どういうことだ？」

樋口は、頭の中で、六本木までのコースを描きながら尋ねた。

「あのふたりの女子高生が、ひとりの男を呼び出した」

「呼び出した？」

「テレクラに電話したんだそうだ」

「テレクラに……？　梅本玲治の部屋からか？」

「梅本玲治にそう言われたらしい。女子高生たちは、おもしろがっていたよ。梅本が彼女たちにそうするように頼んだらしい。女子高生がどうやってオヤジたちを騙《だま》すのか見てみたいと言ったそうだ。女子高生たちは、梅本玲治のことを怪しいとも思わずに部屋まで行って、きゃあきゃあ言いながら、テレクラに電話したそうだ」

「それで……？」

「いかにも怪しげなオヤジをひとりつかまえた。向こうは、山本と名乗ったそうだ。本名かどうかはわからん。女子高生たちは、カラオケ屋で会おうと持ちかけた。山本と名乗った男が、先にその店で部屋を取って待っていることになった」

樋口はまた溜め息をついた。

「つまり……」

「今日は五月二十八日の火曜日。火曜日の殺人魔というわけさ」

　都内は渋滞していた。

　氏家は、窓を開け、螺旋《らせん》状のコードでつながった回転灯をルーフに取り付け、サイレンのスイッチを入れた。けたたましいサイレンが前方の車を蹴散《けち》らした。

「こういうものは、まさにこういうときのためにあるんだ」

　氏家は言った。

「梅本が勘づくんじゃないのか？」

「勘づいたっていいさ。そうなりゃ、犯罪を未然に防げる」

「私たちのほうが先にカラオケ屋に到着するかもしれないな……」

「そうなれば、いろいろと段取りができる。あんた、本当に心配性だな……」

「勝てそうな賭《かけ》をぶち壊したくないんでな……」

　三十分後に六本木に着いた。

　ホテルにあるカラオケ屋に駆けつけ、カウンターで警察手帳を見せて確認した。

アルバイトらしい若い従業員が、リストを調べて言った。

「ええ……。つい今しがた、山本というお客さんが入りましたけど……」

「別の客が訪ねてきましたか？」

「いえ、山本という客がひとりですよ」

「その向かい側の部屋は空いてますか？」

「空いてますよ。まだ混みはじめる時間じゃない……。がらがらですよ」

「その部屋を貸してもらいたい」

「ええっと……。じゃあ、ここに名前を書いて……」

「すまんな」

氏家が言った。「歌を歌うわけじゃないんだ。場所を教えてくれればいい」

「はい……。じゃあ、ご案内します……」

廊下をはさんで両側に部屋がある。ドアには小さな窓がある。防犯のためなのだろうが、どれほど役に立つか樋口には疑問だった。

窓からの死角はかなりあるし、部屋の中の照明を落とせば、外からはたいへんに見づらくなる。

樋口たちが部屋に入ると、従業員は不安そうに言った。

「あの……。誰かが山本さんを訪ねてきたらどうすればいいんですか？」

「いい質問だ」

氏家がにやりと笑った。「何げない顔で、そいつに山本のいる部屋を教える。そのあとで、あんたは、あのインターホンを使って俺たちに知らせる。どうだ？　できるか？」

「ええ……。でも、どういうことなんです？」

「何も訊《き》かずに言われたとおりにしてくれれば、俺はあんたに褒美をやる気になるかもしれない」

氏家はまた凄味《すごみ》のある笑みを浮かべてみせた。

従業員は、居心地悪そうにもぞもぞと体を動かすと、それ以上は何も訊かずにカウンターのほうへと去っていった。

氏家がドアを閉めると、樋口が言った。

「一般市民に協力を求める態度じゃないな……」

「そうか？　生活安全課の俺としては、ずいぶん丁寧に頼んだつもりだがな……」

氏家は、部屋の明かりをすべて落とした。ふたりは、真っ暗な部屋で、梅本玲治の到着を待った。

それからすぐにインターホンのベルが鳴った。氏家が出る。

「わかった」

氏家はそれだけ言うとインターホンを壁のフックに戻した。

「来たぞ……」

氏家が樋口に言った。

梅本玲治は、いつもとまったく変わらない態度で廊下をやってきた。従業員に部屋を教えられたのだろう。

うつむき加減でドアに歩み寄った。まったくためらう様子はない。淡々とした態度でドアを開けた。

氏家と樋口は、ドアの窓から様子を見ていた。

「さて……」

氏家が言った。「早すぎても、遅すぎてもいけない」

「三分待ったら、突入しよう」

「三分？　早すぎないか？」

「火曜日の殺人犯は、いずれも短時間で犯行を終えているんだ」

樋口は時計を見ていた。

三分というのはこういう場合、意外に長いものだ。ふたりは、じりじりとした思いで待った。

「よし、行くぞ」

樋口が押し殺した声で言った。

氏家は無言で即座に動いた。ふたりは部屋から飛び出し、山本と名乗る男と梅本玲治が入っている部屋のドアを開けた。

ふたりの男がもつれあっていた。梅本玲治は倒れた男の首にマイクのコードを巻きつけていた。倒れている男は、額から血を流している。

樋口は夢中で梅本に飛びついた。抵抗されるかと思ったが、梅本はあっさりと男から身を離した。

倒れていた男が、目をまん丸に開いて言った。

「こ……、こいつが……。入ってくるといきなりマイクで殴ったんだ。そして、俺の首を……」

「梅本玲治……」

樋口は、言った。「殺人未遂の現行犯で逮捕する」

梅本は、ひっそりと立っていた。樋口は、その顔に安堵《あんど》の表情を見た気がした。

現場は駆けつけた麻布署の捜査員に任せて、樋口と氏家は、梅本玲治の身柄を警視庁に連行した。

捜査本部では、ある者は疑いの眼差しで、またある者は驚きの眼差しで成り行きを見守っていた。

田端捜査一課長が樋口に説明を求めた。

「取り調べを先にしたいのです」

樋口は言った。「機を逸すると、聞き出せるものも聞き出せなくなります」

「しかし、ヒグっちゃん……」

「私が説明しよう」

そういう声がして、樋口と田端課長はその声のほうを向いた。天童が立っていた。

樋口は、天童に会釈《えしゃく》して取調室に急いだ。彼の背後で、課長と天童のやりとりが聞こえてきた。

梅本玲治は、手錠をかけられたまま椅子《いす》に坐《すわ》っていた。いつものようにうつむいている。

取調室の壁にもたれるようにして氏家が立っている。

「まだ始めていないのか？」

樋口は氏家に尋ねた。

「あんたを待っていたんだ。俺は、せいぜい記録係の役にしか立たんよ」

樋口は、机に向かって坐った。

まず、梅本の住所、氏名、年齢、職業を確認する。それからおもむろに樋口は言った。

「なぜなんだ……」

梅本は、うつむいたまま、いつもの口調で言った。

「火曜日の連続殺人が、飯島の犯行でないことをわからせるために、もう一度やることが必要だった……」

「では、あの三つの殺人は、あんたがやったものなんだな」

「そういうことになる」

「どうしてまた……」

「言ったでしょう、刑事さん。私は、飯島を助けるためならどんなことでもやるって……。あの男たちは、飯島を利用しようとした。金をやるといって、飯島にいかがわしいことをさせようとしたんだ」

「それが殺した理由か？」

梅本玲治は顔を上げた。

「そうじゃないよ、刑事さん。何もわかってないんだな……」

「あの男たちは、飯島を傷つけようとした。それが許せなかったというわけか」

「そう……。そうだよ。もし、あの男たちに利用されていたら、飯島の傷はもっと深くなっていただろう……。それこそ、一生、誰も信じられないくらいに……。私は飯島にそんな思いをさせるわけにはいかなかった」

「それは、飯島の傷であると同時に、あんた自身の傷になるからだと、ある者は考えている」

梅本はその言葉について何もこたえなかった。

「今さらこんなことを言ってもしかたがないけどね……。最初、殺す気なんかなかった。本当だ……。あの不動産屋のところから飯島を連れ帰るつもりであの部屋に行ったんだ。そしたら、あいつは、こう言うんだ。邪魔するな。今、あの子はシャワーを浴びているんだ。これから楽しむところだって……。邪魔するなと言ったんだ。私と飯島の結びつきを邪魔しているのは向こうのほうなのに……。私は、部屋に入って力ずくで飯島を連れて帰ろうとした。そこでもみ合いになり、私は夢中で……。気がついたら、私は灰皿を握っており、相手は倒れていた」

「それからどうした？」

「バスルームのドアが開く音がして、私は、慌ててベランダに出た……。飯島は大急ぎで服を着た。彼女は、靴下を手に持っていたっけ……。飯島は、死体を見てびっくりして飛び出していったんだ」

「それから……？」

「戸口に誰かいるのがわかった。その連中が姿を消すのを待って、私は部屋を出た」

「部屋からあんたの指紋が出ていない。ドアのノブからも、ベランダへ出るガラス戸からも、凶器の灰皿からも……」

「あのとき、私は手袋をしていたからね……」

「手袋を……？　五月だというのに？　なぜ？」

「私は、電車に乗るときや、慣れない場所を訪れるときは、薄い手袋をする。気持ちが悪いんだ。無数の知らない人間が触った吊《つ》り革や手すりに触らなければならないからね……」

「職場では平気なのか？」

「慣れた場所なら不思議とあまり気にならない。もちろん、頻繁に手を洗わなくてはならないけど……」

樋口は、しげしげと梅本玲治を見つめた。梅本は、眼をそらすタイミングを逸したようだった。彼も樋口を見ていた。

「最初の事件は……」

樋口は言った。「過失致死と考えることもできる。最初のときに警察に話すべきだった。どうしてそうしなかった？ 怖くなったのか？」

「怖くはなかったね。私は、飯島があとふたつ、約束していることを知っていた。それで考えた。やってみれば、飯島を傷つける男を排除するのは簡単だった。また、同じことがやれるのではないか、と……」

「新宿の『クワトロ』で、飯島里央と安斉史郎が会う時間をあんたは知っていた。その時間に出かけていったのだな？」

「そう」

「そして、どうした？」

「ドアには鍵がかかっていなかった。私は、ドアをちょっとだけ開いて、そっと中の様子を見ていた。ふたりが奥に行ったので、男が何をしようとしているのか想像がついた。ドアの中に看板が置いてあり、それに電話番号が書いてあった。エレベーターの脇《わき》に公衆電話があったので、それでダイヤルし、受話器を置いたまま、また戸口に戻ったんだ」

「それから？」

「男が戻ってきた。私は、店に入り……。話をしようとしたが、やはり相手は話に応じようとはしなかった。彼は私を追い出そうとした。そのとき、カウンターに包丁があるのが眼に入った。そして、私は、それで相手を刺した」

「服に血が付いたはずだが……」

「私はスプリングコートを脱いで手に持っていた。誰かを訪ねるとき、コートを脱ぐのが習慣になっていた。そういうふうにしつけられたんだ。そのコートが、ドアのところに落ちていた。それを着ると洋服に付いた血を隠せた。私はそのまま、靖国通りまで出てタクシーに乗ったんだ」

「渋谷の事件のときは？」

「私はホテルの前で途方に暮れていた。ああいう場所を私はよく知らない。だが、じっとしていてもしかたがないと思い、とにかく中に入った。窓口で、飯島と相手の男の人相を言うと、従業員は、意外にもあっけなく部屋を教えて通してくれた」

「あんたを撮影のスタッフと間違えたんだ……」

「そして、ドアをノックすると、男はすぐにドアを開けた。そのときも飯島はバスルームに行っていていなかった。それからのことは、ほかの二件とだいたい同じだ……」

（やはりな……）

樋口は、ひどい疲労を感じて目頭をもんだ。素人《しろうと》が、あまりに大胆に行動したために、綿密な計画を実行したように見えてしまうことがある。今回がそれだった。

あれこれ策を弄《ろう》したりしないほうが、物事が容易に展開する場合がしばしばある。梅本は実に単純に考え、単純に行動した。事件はその結果にすぎなかったというわけだ。

「最後のカラオケ屋の事件だが、わざと捕まるつもりだったのか？」

「さあ……」

梅本玲治は曖昧《あいまい》にほほえんだ。「わからないよ。そうだったかもしれない。とにかく、犯人は飯島じゃないことをみんなにわからせなきゃならないと思った……」

樋口はかぶりを振った。

「私には、どうしてあんたが人を殺さなければならなかったのか、理解できそうにない……」

「飯島の心の傷を理解できれば、私のやったことも理解できるさ。誰かが飯島を守ってやらなけりゃならなかった」

「それは、おまえの心の傷のことを言ってるんだよ」

氏家が言った。

梅本玲治は、皮肉な感じの笑いを浮かべた。樋口は奇妙な感じがした。初めて彼の顔に人間らしい表情を見たような気がしたのだ。梅本玲治は言った。

「好きなように考えればいいさ……」

26

「すると、何か……」

田端課長が言った。「梅本玲治は、もともと殺すことが目的ではなかった。だから、小細工をしなかった。それで、かえって証拠が残らず、捜査が攪乱《かくらん》されたと……」

樋口はこたえた。

「そういうことになりますね……」

その場には、池田理事官や所轄《しょかつ》署の課長といった捜査本部の幹部たちが集まっていた。捜査員たちも遠巻きに話を聞いていた。

「しかしな……」

田端課長はうなるように言った。「俺はまだ、梅本玲治の動機がはっきりと理解できないよ」

「私も同感です。その点に関しては氏家君におおいに助けられました」

氏家は、話を聞いている捜査員の輪の中に混じっていた。

「だが、飯島里央にはまだ、覚醒剤《かくせいざい》取締法違反がありますね……」

そう言ったのは植村だった。

田端課長は苦い顔をして投げ出すように言った。

「もう充分お灸《きゅう》を据えただろう。ほっとけよ……」

課長への説明を終え、樋口は、その場を離れようとした。話を聞いていた捜査員の輪が解かれた。

捜査本部は解散となり、事後の手続き等を樋口の三係が受け継ぐことになった。

植村がそっと近づいてきた。

「いや、たまげたな。参ったよ……」

彼は、どこか皮肉な感じのする口調で言った。「あんたの魔法は、取り調べだけじゃないんだな。九回裏の逆転満塁サヨナラホームランだ」

「魔法なんかじゃありませんよ」

「俺にゃそうとしか思えないよ。まさか、運がよかっただけだ、なんて言わねえよな」

「運かもしれません。言いませんでしたか？　正しいものを正しいと信じていれば、きっと神や仏が運をくれるんですよ」

植村が何か言う前に、池田理事官が樋口を呼んだ。救われたような気持ちで、樋口は、植村から離れた。

「何ですか？」

樋口は池田理事官に尋ねた。

「飯島里央が会いたいと言っている。行ってやれ」


飯島里央は、婦人警官に付き添われて廊下に立っていた。

樋口が近づくと、例の吸い込まれるような大きな眼でまっすぐに見上げた。

「君の疑いは晴れた」

樋口は言った。

「やはり誰かがいたのね……」

梅本玲治が犯人だったことはまだ知らされていないのだ。

「いた。いずれ、それについて君も知ることになるだろう。犯人は、君を傷つけたくなかったのだと言った」

「どういうこと？」

「そのうちわかるときが来るだろう。私に会いたいと言ったそうだな？」

「負けるなと言ってくれたでしょう。それであたし、何とかもったんだよ。それが言いたかった」

樋口はうなずいた。

彼は、婦人警官に尋ねた。

「もう、いいのか？」

「ええ。今、親御さんに連絡を取りまして、迎えに来られるのを待っているところです」

オ 「そうか……」

そのとき、廊下の向こうから里央を呼ぶ声が聞こえた。父親が立っていた。

飯島里央は婦人警官に促されてそちらに行こうとした。

「じゃあね……」

里央が樋口に言った。

リ 「ああ……」

飯島里央が歩き去ろうとしている。樋口は、父親から里央を奪いたいと切実に思った。この無責任な父親から……。

そのとき、照美のことを思い出した。照美にボーイフレンドがいるいないの話になったとき感じた嫉妬《しっと》を。

樋口は、思わず里央に呼びかけていた。少女は振り返った。

「いいか。親がこの世のすべてではない。君の話を聞きたがっている人間が、君のことを理解しようとしている人間が、世の中には何人もいることを忘れないでほしい」

「刑事さんもそのひとりね？」

「ああ」

樋口ははっきりとうなずいた。「そのとおりだ」

そのとき、初めて飯島里央はほほえんだ。世界が明るくなるようなほほえみだった。

樋口はひそかに、報われたような気分になっていた。

捜査本部では、事件解決を祝う最後の酒宴が始まっていた。捜査員たちは湯飲み茶《ぢゃ》碗《わん》に冷や酒を注いで乾杯した。

樋口は、猛烈な睡魔に襲われ、そうそうに引き上げた。

帰宅する電車の中で眠り、乗り過ごしそうになった。

家に帰り着くと、すぐに風呂《ふろ》に入り、布団にもぐり込んだ。

ふと目を覚ましたのは、夜中の二時過ぎだった。まだ、妻の恵子が起きていた。翻訳の仕事をしているようだ。樋口は起き出し、リビングルームに顔を出した。

「まだ起きているのか？」

「もう少しだけ……。何か食べる？」

「いや、水が飲みたいだけだ」

「そう……。事件、解決したんでしょう？　お疲れさまでした」

「ああ……」

樋口は台所に行って水を飲んだ。

「なあ……」

「なあに……」

「照美には不幸な思いをさせたくないな……」

「何よいきなり……」

恵子は顔を上げて樋口を見た。

「いや、事件の絡《から》みでな……。いろいろあったから……」

「若くてかわいい女の子が好きになったりとか……？」

「ばか言うな……」

「だって、この間、そんな話をしていたから……」

恵子は笑った。

「もし、そうだったらどうする?」

「あら、あなた、惚《ほ》れっぽいから……」

恵子はあっさりと言った。

「惚れっぽい……?」

「そうよ。あたしが気づかないとでも思ってるの。昔からそうだった。惚れっぽいの。でも、それだけのこと」

樋口は、何だか急に笑いだしたくなった。

それだけのこと、か……。

彼は、本当に笑いはじめていた。

「呼び出されるとは思わなかったぞ」

氏家が言った。

彼らは、新宿にある酒場にいた。樋口が先に行って待っていた。

「ふたりで飲みたいと思ってな……。今回の本当の功労者はあんただ」

「そうだ。俺は単なる功労者だ。すべて、あんたがやったことだよ。里央の言い分を信じたのも、捜査方針に疑いを持って捜査を始めたのもあんただ」

「だが、梅本玲治のことを容疑者だと考えるようになったのは、あんたのおかげだ」

「どうでもいいことさ。まあ、飲もうというのなら、断る理由はない」

気分がよく、酒が進んだ。

「あれから、里央とは？」

氏家が尋ねた。

「別に連絡は取ってないよ」

「あんた、やっぱり冷淡なやつだ」

「そういうんじゃないさ。彼女は彼女で生きていかなければならない」

「無責任な親のもとでか？」

「いずれは独り立ちするさ」

「世の中には、里央のような子供が増えつつあるような気がする」

「親の身勝手のせいでか？」

「離婚がすべて身勝手だとは言わない。だが、そういう離婚も増えているのだろう。知ってるか？　日本の離婚は一九八三年にピークを迎えた。その後、いったん減ったが、また九〇年代に入って増えつづけている」

「知っている」

樋口はうなずいた。八三年のピーク時には三十代の離婚が急増した。つまり、団塊の世代の離婚だ。

彼らは、絶対数が多い。それが離婚の数にも反映される形になった。そのころから、「バツイチ」という言葉が流行《はや》りはじめた。

氏家がビールのコップを口元に運んでから、ふと言った。

「あんたは、どうするんだろうな？　例えば、今、里央がここに現れて結婚してくれと迫ったら……」

樋口は、笑みを浮かべた。

「何だ？」

氏家が言った。「余裕の表情だな」

「あんた、将来結婚するかもしれないからひとつだけ教えておく。結婚したからといって女房以外の女性に恋愛感情を抱かなくなるわけじゃないんだぞ。そんなことまで自分に禁じたら、結婚はひどく窮屈なものになる」

「まあ、それは想像がつくな……」

「問題は何が大切か見誤らないことだ。ずっと後片づけをやらされてきた私たちは、きっとだいじょうぶだ」

「何だか、つまらない人生のような気がするな……」

樋口は、ちょっと考えてから言った。

「いや、そんなことはないさ。私はそれなりに楽しい」

「里央は……」

氏家が言った。「いつまで演技を続けるのだろうな？」

「演技……？」

オ
「そうだ。仮面をかぶった演技だ」

「さあな。だが、これだけは言える。誰だって演技をして生きている。それが、楽しいか苦痛かの違いだ」

リ
「ほう……」

氏家は、ビールのジョッキを持ち上げ、笑った。「今のは気に入ったぞ」

彼は、持ち上げたジョッキを樋口のジョッキにぶつけてからぐいとビールを飲んだ。

樋口も乾杯にこたえた。

解説

香山二三郎

日本ミステリーの定番ジャンルのひとつ、警察小説が新世紀に入ってからいちだんと活況を呈しているようだ。

現実の警察はというと活況にはほど遠く、各地で不祥事や汚職が相次ぎ、組織を挙げての対応に追われる日々が未《いま》だに続いている。小説やドラマの世界ではそれがネタとなって、逆に追い風の役割を果たしているのは何とも皮肉なことだが、大沢在昌《ありまさ》や逢坂剛、佐々木譲といったベテラン勢に加え、横山秀夫を始めとする新たな有力作家も続々と登場、人材的にも厚みを増していることも好調の要因だろう。

二〇〇六年、警察庁のキャリア官僚が警察組織を揺るがす大事件に挑む『隠蔽捜査』(新潮社)で第二七回吉川英治文学新人賞を受賞した今野敏もそうした現代警察小説の旗手のひとりといっていい。

もっとも今野は、新人どころかデビュー後三〇年近く活躍を続けているベテラン作家。これまでに一三〇作近い著作があり、警察小説にも一九八〇年代の終わり頃にはすでに手を染めている。これまで賞に恵まれなかったのは、多彩な作風を書きこなす万能派にして多作家であることにも因《よ》ろう。警察ものも複数のシリーズを書き分けてきたこともあって、評価のほうが追いつかなかったのではないか。

氏のこれまでの足取りをざっと振り返っておくと、デビューは一九七八年。大学在学中に「怪物が街にやってくる」で問題小説新人賞を受賞したのがきっかけだった。卒業後音楽関係の会社に入り八一年に退社、プロの作家として創作に専念するようになる。長篇第一作は八二年刊の『ジャズ水滸伝』で、八〇年代は超能力者シリーズや『聖拳伝説』シリーズ等、ハードボイルドタッチのSF、伝奇系活劇を中心に活躍するが、八八年刊の『東京ベイエリア分署　安積《あづみ》警部補シリーズ』（現『二重標的（ダブルターゲット）』ハルキ文庫）を皮切りに警察ものにも進出する。

この安積警部補ものは『隠蔽捜査』の原点ともいうべきシリーズだが、安積たち捜査班はやがてベイエリア分署——東京湾臨海署の規模縮小をきっかけに渋谷区の神南署に異動、さらに再びベイエリア署が復活して古巣に戻るといった具合に、旧・ベイエリア署もの、神南署もの、新・ベイエリア署ものとに分かれる。このシリーズは版元も複数にわたるなど複雑な展開を見せたため、ちょっと全体像がとらえにくいかもしれないが、著者の警察小説の基幹ともいうべきシリーズであるのは間違いない。

九〇年代に入ると、『孤拳伝』シリーズのような武道ものから『宇宙海兵隊』シリーズのようなスペースオペラにまで作風を拡《ひろ》げるが、そのいっぽう、警察ものでも新たなシリーズを開拓していった。特に九八年刊の『ST——警視庁科学特捜班』（講談社文庫）を頭に始まるSTシリーズは得意のSF、活劇趣向をふんだんに取り入れた異色の科学捜査ものとして話題を呼び、人気を博している。

本書『リオ』もそうした今日的なシリーズのひとつであるが、作風はSTシリーズとは対照的。著者の警察ものは先の安積警部補ものとSTシリーズと、おおよそふたつの作風に大別される。すなわち、等身大の刑事たちが現実を反映した犯罪事件に当たるリアルな捜査小説と、伝奇や武道小説趣向を取り入れるなど今野流エンタテインメント作法を存分に味わわせてくれる荒唐無稽な捜査活劇。その分類でいくと、『リオ』に始まる一連のシリーズは前者に属することになる。すでに安積警部補ものをお読みのかたなら、主人公樋口顕《あきら》警部補のキャラクターにも彼の影響を認めるに違いない。

『リオ』は一九九六年七月、幻冬舎から書き下ろし長篇として刊行された。九九年一一月刊の幻冬舎文庫版に続く再文庫化であるが、後述するように、初刊から一〇余年たった今のほうがむしろその面白さを堪能《たんのう》出来るのではあるまいか。

物語は東京・杉並区のとあるマンションに新聞の集金に訪れた青年が客の娘ともども並びの部屋で起きた異変を目撃するところから幕を開ける。ふたりはその部屋から発せられた女の悲鳴を耳にしていたが、やがて玄関から若く美しい娘が飛び出し、階段を駆け降りていった。部屋の中には血まみれの男の死体が残されていた。通報を受けた警察は荻窪署に捜査本部を設置、警視庁捜査一課強行犯第三係の係長・樋口顕《あきら》警部補もこの事件に出張ることになり、捜査主任をアシストする予備班に入れられる。現場にいた少女は重要参考人として手配された。犯行当時、彼女は現場の部屋で被害者の不動産屋とふたりだけ。犯行は痴情のもつれが原因とも思われたが、樋口は捜査の結果待ちという慎重な態度を取る。

仮に「少女A」とされた重要参考人はやがて渋谷のクラブでリオと呼ばれていたことがわかるが、物語はあくまで地道な捜査活動に則《のっと》って展開していく。女子高生売春や援助交際がきっかけとおぼしき殺人事件の捜査ものとしては、ごくストレートな筋立てといえよう。ストレートじゃないのは、樋口警部補のキャラクターである。

彼は見た目はソツのない印象だが、「山っ気や押し出しがまったくない」真面目《まじめ》だけが取り柄の謙虚な男。脆弱《ぜいじゃく》に見られがちなことはマッチョな警察社会ではマイナスになるが、この男に限ってはそれがプラスに働き、警視庁の上司からも厚い信頼を寄せられている。ただ面白いのは、彼自身、自分が人の目を気にするタイプであるのに引け目を感じていること。自分の堅実な捜査術にも未だ自信が持てないでいたのだ。そんな弱気なヒーローではあるが、決して弱虫ではない。荻窪署ではお茶淹《い》れひとつにも自分のやりかたがあるといって周囲に変な目で見られるが、デートクラブの店長相手の取り調べでは、所轄《しょかつ》のベテラン刑事が無理強いしようとして失敗したのに対し、彼は生来の聞き上手を武器に話を引き出してみせ、所轄の刑事たちにも一目置かれるようになる。

堅実派という意味ではすでに安積警部補という先輩はいるものの、捜査刑事＝押し出しのいいタフガイというありがちなイメージを払拭《ふっしょく》してみせたことはやはり注目に値する。むろんそのキャラ造型が『隠蔽捜査』の主人公竜崎伸也警視長にも受け継がれているのはいうまでもない。

樋口の特徴としてもうひとつ、マイホーム主義者であることも挙げておきたい。彼には結婚して一七年の妻と一六歳の高校生の娘がいる。仕事柄、帰宅は遅くなりがちだが、妻はちゃんと食事を作って迎えてくれるし、娘との会話も怠りなし。家庭生活は円満のひと言で、彼も何より家庭が大切と固く信じているのだ（もっとも恵子のほうは、夫のキャラをとうに見通しているのだが）。

　樋口はそうした自分のキャラについて、全共闘運動という「祭りのあとの後始末の世代」であり、「中途半端な世代」であることに一因があると思っているのだが、そうした世代論も本書の読みどころのひとつだろう。

　全共闘運動というのは一九六〇年代末に日本各地の大学に作られた学生運動組織――全学共闘会議のもとで繰り広げられた反体制運動を指すが、それはやがて政府や国家相手の革命闘争へと連なり、数々の内ゲバ事件やよど号ハイジャック事件、浅間山荘事件、連合赤軍事件等、世を震撼《しんかん》させる大事件を引き起こした。樋口は著者と同い年の一九五五年生まれで全共闘真っ盛りの頃はまだ子供だったが、それより七、八歳年上の荻窪署のベテラン刑事たちは全共闘学生たちを鎮圧する側の機動隊に属し、学生ともどもやはり熱い時代を送っていた。樋口は、だが、彼らを相手に「学園闘争の反動で、大学の管理が以前より強くなっていました。その息苦しい環境の中で、私たちはひっそりと高校や大学時代を過ごしていたような気がします」と「全共闘には乗り遅れ、遊びの世代にもなれなかった」恨みにも似た思いを吐露する。

　学園生活だけではない。「六〇年代の終わりには（中略）、若者文化という点でもいろいろなことが起きました。音楽、ドラッグ、ファッション、生活様式……。私たちは、そういう文化をリードしていた若者とおとなたちの対立を子供の眼で見つづけてきたのです」。その結果培《つちか》われたのが、傍観者的な態度であったり、保守的な価値観であったりするわけで、彼のマイホーム主義も子供の頃の反動のひとつなのである。

先に、本書は「初刊から一〇余年たった今のほうがむしろその面白さを堪能出来るのでは」と書いたのは、全共闘世代が二〇〇七年から続々とサラリーマン社会をリタイアし始めるからだ。それをきっかけに樋口が唱えたような世代論も再燃しないとは限らないが、彼の世代とてすでに子を持つ親。リオのような新たな世代から不意の突き上げを食らう可能性もないではあるまい。

ちなみに『隠蔽捜査』シリーズ第二作『果断　隠蔽捜査2』（新潮社）では、ポスト全共闘世代の竜崎が思いも寄らない進路を志望する息子と対峙《たいじ》する羽目になる。五〇代に入った著者の新たな視点というべきか。

さて、注目すべき登場人物として、もうひとり、荻窪署生活安全課の氏家譲巡査部長の名前も忘れてはなるまい。後半、樋口のパートナーとして登場するこの三八歳の独身貴族は「おとなになることを拒絶した」全共闘世代を批判しながらも、自らもまた大人である自信が持てないでいることを告白する。そうした極めて今日的な大人の生態を本書では「アダルト・チルドレン」として説き、事件それ自体にも深い関わりを持たせているのだが、氏家は知識で後付けされた自己弁護には否定的。ストイックな樋口にクールな一面も持つ氏家という合わせ鏡のようなふたりが随所で現代社会の諸問題を論じ合う後半は、異色の刑事コンビによる〝相棒小説〟としても楽しめるはずである。シリーズの今後の展開にも自《おの》ずと期待がかかるというものだ。

　そのシリーズ展開だが、樋口警部補ものは第一作の本書の後、『朱夏』、『ビート』へと続く。二作目の『朱夏』では円満だったはずの樋口家に波紋が生じるなか、何と、妻の恵子が誘拐されることになる。

　本書で今野敏の警察小説の面白さに目覚めた人は引き続きご一読願いたい。

（二〇〇七年五月、コラムニスト）

この作品は一九九六年七月幻冬舎から刊行され、
九九年一一月幻冬舎文庫に収録された。

今野敏著

朱夏

―警視庁強行犯係・樋口顕―

妻が失踪した。樋口警部補は、所轄の氏家とともに非公式の捜査を始める。鍛えられた男たちの眼に映った誘拐容疑者、だが彼は――。

今野敏著

ビート

―警視庁強行犯係・樋口顕―

島崎刑事の苦悩に樋口は気づいた。島崎は実の息子を殺人犯だと疑っているのだ。捜査官と家庭人の間で揺れる男たち。本格警察小説。

今野敏著

隠蔽捜査

吉川英治文学新人賞受賞

東大卒、警視長、竜崎伸也。ただのキャリアではない。彼は信じる正義のため、警察組織という迷宮に挑む。ミステリ史に輝く長篇。

今野敏著

果断

―隠蔽捜査2―

山本周五郎賞・日本推理作家協会賞受賞

本庁から大森署署長へと左遷されたキャリア、竜崎伸也。着任早々、彼は拳銃犯立てこもり事件に直面する。これが本物の警察小説だ！

今野敏著

疑心

―隠蔽捜査3―

来日するアメリカ大統領へのテロ計画が発覚！　羽田を含む第二方面警備本部を任された大森署署長竜崎伸也は、難局に立ち向かう。

今野敏著

初陣

―隠蔽捜査3.5―

警視庁刑事部長・伊丹俊太郎が頼りにするのは、幼なじみのキャリア・竜崎だった。超人気シリーズをさらに深く味わえる、傑作短篇集。

今野敏著　転迷　―隠蔽捜査4―

外務省職員の殺害、悪質なひき逃げ事件、麻薬取締官との軋轢……同時発生した幾つもの難題が、大森署署長竜崎伸也の双肩に。

今野敏著　宰領　―隠蔽捜査5―

与党の大物議員が誘拐された！　警視庁と神奈川県警の合同指揮本部を率いることになったのは、信念と頭脳の警察官僚・竜崎伸也。

今野敏著　自覚　―隠蔽捜査5.5―

副署長、女性キャリアから、くせ者刑事まで。原理原則を貫く警察官僚・竜崎伸也が、さまざまな困難に直面した七人の警察官を救う！

今野敏著　去就　―隠蔽捜査6―

ストーカーと殺人をめぐる難事件に立ち向かう竜崎署長。彼を陥れようとする警察幹部が現れて。捜査と組織を描き切る、警察小説。

今野敏著　棲月　―隠蔽捜査7―

鉄道・銀行を襲うシステムダウン。謎めいた非行少年殺害事件。姿の見えぬ〝敵〟を追え！　竜崎伸也大森署署長、最後の事件。

今野敏著　清明　―隠蔽捜査8―

神奈川県警に刑事部長として着任した竜崎伸也。指揮を執る中国人殺人事件の捜査が公安の壁に阻まれて――。シリーズ第二章開幕。

恩田陸著
夜のピクニック
吉川英治文学新人賞・本屋大賞受賞

小さな賭けを胸に秘め、貴子は高校生活最後のイベント歩行祭にのぞむ。誰にも言えない秘密を清算するために。永遠普遍の青春小説。

荻原浩著
噂

女子高生の口コミを利用した、香水の販売戦略のはずだった。だが、流された噂が現実となり、足首のない少女の遺体が発見された——。

荻原浩著
コールドゲーム

あいつが帰ってきた。復讐のために——。4年前の中2時代、イジメの標的だったトロ吉。クラスメートが一人また一人と襲われていく。

垣根涼介著
ワイルド・ソウル（上・下）
大藪春彦賞・吉川英治文学新人賞・日本推理作家協会賞受賞

戦後日本の〝棄民政策〟の犠牲となった南米移民たち。その息子ケイらは日本政府相手に大胆な復讐劇を計画する。三冠に輝く傑作小説。

垣根涼介著
君たちに明日はない
山本周五郎賞受賞

リストラ請負人、真介の毎日は楽じゃない。組織の理不尽にも負けず、仕事に恋に奮闘する社会人に捧げる、ポジティブな長編小説。

桐野夏生著
ジオラマ

あたりまえのように思えた日常は、一瞬で、あっけなく崩壊する。あなたの心も、変わってゆく。ゆれ動く世界に捧げられた短編集。

岡嶋二人著
クラインの壺
僕の見ている世界は本当の世界なのだろうか、それとも……。疑似体験ゲームの制作に関わった青年が仮想現実の世界に囚われていく。

時武里帆著
護衛艦あおぎり艦長 早乙女碧
これで海に戻れる——。一般大学卒の女性ながら護衛艦艦長に任命された、早乙女二佐。胸の高鳴る初出港直前に部下の失踪を知る。

佐々木 譲著
ベルリン飛行指令
開戦前夜の一九四〇年、三国同盟を楯に取り、新戦闘機の機体移送を求めるドイツ。厳重な包囲網の下、飛べ、零戦。ベルリンを目指せ！

佐々木 譲著
エトロフ発緊急電
日米開戦前夜、日本海軍機動部隊が集結し、激烈な諜報戦を展開していた択捉島に潜入したスパイ、ケニー・サイトウが見たものは。

有栖川有栖著
絶叫城殺人事件
「黒鳥亭」「壺中庵」「月宮殿」「雪華楼」「紅雨荘」「絶叫城」——底知れぬ恐怖を孕んで闇に聳える六つの館に火村とアリスが挑む。

有栖川有栖著
乱鴉の島
無数の鴉が舞い飛ぶ絶海の孤島で、火村英生と有栖川有栖は「魔」に出遭う——。精緻な推理、瞠目の真実。著者会心の本格ミステリ。

古野まほろ著
新任巡査（上・下）
上原頼音《ライト》、22歳。職業、今日から警察官。新任巡査の目を通して警察組織と、組織で働く人間の哀感を描いた究極のお仕事ミステリ。

深町秋生著
ドッグ・メーカー
―警視庁人事一課監察係 黒滝誠治―
同僚を殺したのは誰だ？ 正義のためには手段を選ばぬ〝猛毒〟警部補が美しくも苛烈な女性キャリアと共に警察に巣食う巨悪に挑む。

松本清張著
点と線
一見ありふれた心中事件に隠された奸計！ 列車時刻表を駆使してリアリスティックな状況を設定し、推理小説界に新風を送った秀作。

真保裕一著
ホワイトアウト
吉川英治文学新人賞受賞
吹雪が荒れ狂う厳寒期の巨大ダムを、武装グループが占拠した。敢然と立ち向かう孤独なヒーロー！ 冒険サスペンス小説の最高峰。

瀬名秀明著
パラサイト・イヴ
死後の人間の臓器から誕生した、新生命体の恐怖。圧倒的迫力で世紀末を震撼させた、超弩級バイオ・ホラー小説、新装版で堂々刊行。

瀬名秀明著
ポロック生命体
人工知能が傑作絵画を描いたらどうなるか？ 最先端の科学知識を背景に、生命と知性の根源を問い、近未来を幻視する特異な短編集。

新潮文庫最新刊

C・ニエル
田中裕子訳
悪なき殺人

吹雪の夜、フランス山間の町で失踪した女性をめぐる悲恋の連鎖は、ラスト1行で思わぬ結末を迎える――。圧巻の心理サスペンス。

塩野七生著
ギリシア人の物語4
―新しき力―

ペルシアを制覇し、インドをその目で見て、32歳で夢のように消えた――。著者が執念を燃やして描き尽くしたアレクサンダー大王伝。

沢木耕太郎著
旅のつばくろ

今が、時だ――。世界を旅してきた沢木耕太郎が、16歳でのはじめての旅をなぞり、歩き、味わって綴った初の国内旅エッセイ。

小津夜景著
いつかたこぶねになる日

杜甫、白居易、徐志摩、夏目漱石……南仏在住の著者が、古今東西の漢詩を手繰りよせ、やさしい言葉で日常を紡ぐ極上エッセイ31編。

坂口恭平著
躁鬱大学
―気分の波で悩んでいるのは、あなただけではありません―

そうか、躁鬱病は病気じゃなくて、体質だったんだ――。気分の浮き沈みに悩んだ著者が発見した、愉快にラクに生きる技術を徹底講義。

カレー沢薫著
モテの壁

モテるお前とモテない俺、何が違う？ 小学生向け雑誌からインド映画、ジブリにＡＶ男優まで。型破りで爆笑必至のモテ人類考察論。

リ　オ

―警視庁強行犯係・樋口顕―

新潮文庫　こ－42－1

平成十九年七月一日発行
令和五年十月二十五日三十八刷

著者　今《こん》野《の》敏《びん》

発行者　佐藤隆信

発行所　株式会社新潮社

郵便番号　一六二―八七一一
東京都新宿区矢来町七一
電話　編集部(〇三)三二六六―五四四〇
　　　読者係(〇三)三二六六―五一一一
https://www.shinchosha.co.jp

価格はカバーに表示してあります。

乱丁・落丁本は、ご面倒ですが小社読者係宛ご送付ください。送料小社負担にてお取替えいたします。

印刷・株式会社光邦　製本・株式会社大進堂

ISBN978-4-10-132151-6 C0193